名家

# MINGJIA MING
## JINGDIAN YUEDU

# 希望与梦想

《开学第一课》编写组 编

时代文艺出版社

图书在版编目（CIP）数据

希望与梦想 / 《开学第一课》编写组编. —2版. —长春：时代文艺出版社，
2016.1（2023.7重印）

（开学第一课）

ISBN 978-7-5387-5059-1

Ⅰ.①希… Ⅱ.①开… Ⅲ.①世界文学—作品综合集 Ⅳ.①I11

中国版本图书馆CIP数据核字（2015）第286763号

出品人　陈　琛
责任编辑　余嘉莹
装帧设计　孙　利
排版制作　隋淑凤

# 希望与梦想

《开学第一课》编写组 编

出版发行 / 时代文艺出版社

地址 / 长春市福祉大路5788号　龙腾国际大厦A座15层　邮编 / 130118

总编办 / 0431-81629751　发行部 / 0431-81629755

官方微博 / weibo.com / tlapress　天猫旗舰店 / sdwycbsgf.tmall.com

印刷 / 北京市一鑫印务有限公司

开本 / 710mm×1000mm　1 / 16　字数 / 178千字　印张 / 12

版次 / 2016年1月第2版　印次 / 2023年7月第3次印刷　定价 / 36.00元

图书如有印装错误　请寄回印厂调换

# 目录

北平的四季……………………………郁达夫 / 001

快　乐………………………………张中行 / 006

寻求智慧的人生……………………周国平 / 010

儿　女………………………………朱自清 / 012

重来马赛………………………………巴　金 / 018

香山消夏录…………………………冰　心 / 021

马罗大叔……………………………陈忠实 / 025

赋得永久的悔………………………季羡林 / 038

读"吃喝玩乐"………………………贾平凹 / 042

蚩蚩小姐……………………[法] 莫泊桑 / 044

斐迪南………………………[德] 歌　德 / 056

听　泉………………………[日] 东山魁夷 / 069

大　海……………[挪威] 亚历山大·基兰 / 071

春的旋律…………………[苏联] 高尔基 / 073

凡　卡……………………[俄] 契诃夫 / 077

小英雄……………[俄] 陀思妥耶夫斯基 / 081

窗下的树皮小屋……………………冰　波 / 115

蝉……………………………………[法] 法布尔 / 122

野葡萄…………………………………萬翠琳 / 126

银 杏…………………………………郭沫若 / 135

内蒙访古………………………………翦伯赞 / 138

橡 树……………[意] 拉法埃莱·费拉里斯 / 151

太 阳…………………………………巴 金 / 152

焕乎先生………………………………沈从文 / 153

都江堰…………………………………余秋雨 / 173

最容易的路最好走吗……………………陈 彤 / 178

遭遇感恩节……………………………王力平 / 181

在大学里要做的20件事………………薛 涌 / 183

仇人与恩人……………………………高永斌 / 186

希望与梦想

# 北平的四季

**郁达夫**

对于一个已经化为异物的故人，追怀起来，总要先想到他或她的好处；随后再慢慢地想想，则觉得当时所感到的一切坏处，也会变作很可寻味的一些纪念，在回忆里开花。关于一个曾经住过的旧地，觉得此生再也不会第二次去长住了，身处入了远离的一角，向这方向的云天遥望一下，回想起来的，自然也同样的只是它的好处。

中国的大都会，我前半生住过的地方，原也不在少数。可是当一个人静下来回想起从前，上海的热闹，南京的辽阔，广州的乌烟瘴气，汉口武昌的杂乱无章，甚至于青岛的清幽，福州的秀丽以及杭州的沉着，总归都还比不上北京——我住在那里的时候，当然还是北京的典丽堂皇，幽闲清妙。

先说人的分子罢，在当时的北京——民国十一二年前后——上自军财阀政客名优起，中经学者名人，文士美女教育家，下而至于商贩拉车铺小摊的人，都可以谈谈，都有一艺之长，而无憎人之貌。就是由荐头店荐来的老妈子，除上炕者是当然以外，也总是衣冠楚楚，看起来不觉得会令人讨嫌。

其次说到北京物质的供给哩，又是山珍海味，洋广杂货以及萝卜白菜等本地产品，无一不备，无一不好的地方。所以在北京住上两三年的人，每一遇到要走的时候，总只感到北京的空气太沉闷，灰沙太暗淡，生活太无变化。一鞭出走，出前门便觉胸舒，过卢沟方知天晓，仿佛一出都门，就上了新生活开始的坦道似的，但是一年半载，在北京以外的各地——除了在自己幼年的故乡以外——去一住，谁也会得重想起北京，再希望回去，隐隐地对北京害起剧烈的怀乡病来。这一种经验，原是住过北京的人，个个都有，而在我自己，却觉得格外的浓，格外的切。最大的原因或许是为了我那长子之骨，现在也还埋在郊外广谊园的坟山，而几位极要好的知己，又是在那里同时毙命的受难者的一群。

北平的人事品物，原是无一不可爱的，就是大家觉得最要不得的北平的天候，和地理联合上一起，在我也觉得是中国各大都会中所寻不出几处来的好地。为叙述的便利起见，想分成四季来约略地说说。

北平自入旧历的十月以来，就是灰沙满地、寒风刺骨的季节了，所以北平的冬天，是一般人所最怕过的日子，但是要想认识一个地方的特异之处，我以为顶好是当这特异处表现得最圆满的时候去领略。故而夏天去热带，寒天去北极，是我一向所持的哲理。北平的冬天，冷虽则比南方要冷得多，但是北方生活的伟大幽闲，也只有在冬季，使人感受得最彻底。

先说房屋的防寒装置吧，北方的住屋，并不同南方的摩登都市一样，用的是钢骨水泥，冷热气管。一般的北方人家，总只是矮矮的一所四合房，四面是很厚的泥墙。上面花厅内都有一张暖坑，一所回廊。廊子上是一带明窗，窗眼里糊着薄纸，薄纸内又装上风门，另外就没有什么了。在这样简陋的房屋之内，你只教把炉子一生，电灯一点，棉门帘一挂上，在屋里住着，却一辈子总是暖乎乎像是春三四月里的样子。尤其会使你感觉到屋内的温软堪恋的，是屋外窗外面呜呜在叫啸的西北风。天色老是灰沉沉的，路上面也老是灰的围障，而从风尘灰土中下车，一踏进屋里，就觉得一团春气，包围在你的左右四周，使你马上就忘记了屋外的一切寒冬的苦楚。若是喜欢吃吃酒，烧烧羊肉锅的人，那冬天的北方生活，就更加不能够割舍。酒已经是御寒的妙药了，再加上以大蒜与羊肉酱油合煮的香味，简直可以使一室之内，涨满了白蒙蒙的水蒸温气。玻璃窗内，前半夜，会流下一条条的清汗，后半夜就变成了花色奇异的冰纹。

到了下雪的时候哩，景象当然又要一变。早晨从厚棉被里张开眼来，一室的清光，会使你的眼睛眩晕。在阳光照耀之下，雪也一粒一粒地放起光来了，蛰伏得很久的小鸟，在这时候会飞出来觅食振翎，谈天说地，吱吱地叫个不休。数日来的灰暗天空，愁云一扫，忽然变得澄清见底，翳障全无，于是年轻的北方住民，就可以营屋外的生活了，溜冰，做雪人，赶冰车雪车，就在这一种日子里最有劲儿。

我曾于这一种大雪时晴的傍晚，和几位朋友，跨上跛驴，出西直门上骆驼庄去过过一夜。北平郊外的一片大雪地，无数枯树林，以及西山隐隐现现的不少白峰头，和时时吹来的几阵雪样的西北风，所给予人的印象，实在是深刻，伟大，神秘到了不可以言语来形容。直到了十余年后的现在，我一想起当时的情景，还会得打一个寒战而吐一口清气，如同在钓鱼台溪旁立着的一瞬间一样。

北平的冬宵，更是一个特别适合于看书，写信，追思过去，与作闲谈说废话的绝妙时间。记得当时我们兄弟三人，都住在北京，每到了冬天的晚上，总不远千里地走拢来聚在一道，会谈少年时候在故乡所遇所见的事事物物。小孩们上床去了，佣人们也都去睡觉了，我们弟兄三个，还会得再加一次煤再加一次煤地长谈下去。有几宵因为屋外面风紧天寒之故，到了后半夜的一两点钟的时候，便不约而同地会说出索性坐到天亮的话来。像这一种可宝贵的记忆，像这一种最深沉的情调，本来也就是一生中不能够多享受几次的昙花佳境，可是若不是在北平的冬天的夜里，那趣味也一定不会像如此的悠长。

总而言之，北平的冬季，是想赏识赏识北方异味者之唯一的机会，这一季里的好处，这一季里的琐事杂忆，若要详细地写起来，总也有一部《帝京景物略》那么大的书好做。我只记下了一点点自身的经历，就觉得过长了，下面只能再来略写一点春和夏以及秋季的感怀梦境。

春与秋，本来是在什么地方都属可爱的时节，但在北平，却与别的地方也有点儿两样。北国的春，来得较迟，所以时间也比较短。西北风停后，积雪渐渐地消了，赶牲口的车夫身上，看不见那件光板老羊皮的大袄的时候，你就得预备着游春的服饰与金钱。因为春来也无信，春去也无踪，眼睛一眨，在北平市内，春光就会得同飞马似的溜过。屋内的炉子，刚拆去不久，说不定你就马上得去叫盖凉棚的才行。

而北方春天的最值得记忆的痕迹，是城厢内外的那一层新绿，同洪水似的新绿。北京城，本来就是一个只见树木不见屋顶的绿色的都会，一踏出九城的门户，四面的黄土坡上，更是杂树丛生的森林地了。在日光里颤抖着的嫩绿的波浪，油光光、亮晶晶，若是神经系统不十分健全的人，骤然间身入到这一个淡绿色的海洋涛浪里去一看，包管你要张不开眼，立不住脚，而昏厥过去。

北京市内外的新绿，琼岛春阴，西山抱翠诸景里的新绿，真是一幅何等奇伟的外光派的妙画！但是这画的框子，或者简直说这画的画布，现在却已经完全掌握在一只满长着黑毛的巨魔的手里了！北望中原，究竟要到哪一日才能够重见得到天日呢？

从地势纬度上讲来，北方的夏天，当然要比南方的夏天来得凉爽。在北平城里过夏，实在是并没有上北戴河或西山去避暑的必要。一天到晚，最热的时候，只有中午到午后三四点钟的几个钟头，晚上太阳一下山，总没有一处不是凉阴阴要穿单衫才能过去的；半夜以后，更是非盖薄棉被不可了。而北平的天然冰的便宜耐久，又是夏天住过北平的人所忘不了的一件恩惠。

我在北平，曾经过过三个夏天，像什刹海、菱角沟、二闸等暑天游耍的地方，当然是都到过的，但是在三伏的当中，不问是白天或是晚上，你只教有一张藤榻，搬到院子里的葡萄架下或藤花荫处去躺着，吃吃冰茶雪藕，听听盲人的鼓词与树上的蝉鸣，也可以一点儿也感不到炎热与熏蒸。而夏天最热的时候，在北平顶多总不过九十四五华氏度，这一种大热的天气，全夏顶多又不过十日的样子。

在北平，春夏秋的三季，是连成一片。一年之中，仿佛只有一段寒冷的时期和一段比较温暖的时期相对立。由春到夏，是短短的一瞬间，自夏到秋，也只觉得是过了一次午睡，就有点儿凉冷起来了。因此，北方的秋季也特别的觉得长，而秋天的回味，也更觉得比别处来得浓厚。前两年，因去北戴河回来，我曾在北平过过一个秋，在那时候，已经写过一篇《故都的秋》，对这北平的秋季颂赞过了一道了，所以在这里不想再来重复。可是北平近郊的秋色，实在也正像是一册百读不厌的奇书，使你愈翻愈会感到兴趣。

秋高气爽，风日晴和的早晨，你且骑着一匹驴子，上西山八大处或玉泉山碧云寺去走走看：山上的红柿，远处的烟树人家，郊野里的芦苇黍稷以及在驴背上驮着生果进城来卖的农户佃家，包管你看一个月也不会看厌。春秋两季，本来是到处都好的，但是北方的秋空，看起来似乎更高一点，北方的空气，吸起来似乎更干燥健全一点，而那一种草木摇落，金风肃杀之感，在北方似乎也更觉得要严肃、凄凉、沉静得多。你若不信，且去西山脚下，农民的家里或古寺的殿前，自阴历八月至十月下旬，去住它三个月看看。古人的"悲哉秋之为气"以及"胡笳互动，牧马悲鸣"的那一种哀感，在南方是不大感觉得到的，但在北平，尤其是在郊外，你真会得感至极而涕零，思千里兮命驾。所以我说，北平的秋，才是真正的秋。南方的秋天，不过是英国话里所说的Indian Summer或叫作小春天气而已。

统观北平的四季，每季每节，都有它的特别的好处。冬天是室内饮食奄息的时期，秋天是郊外走马调鹰的日子，春天好看新绿，夏天饱受清凉。至于各节各季，正当移换中的一段时间哩，又是别一种情趣，是一种两不相连，而又两都相合的中间风味，如雍和宫的打鬼，净业庵的放灯，丰台的看芍药，万牲园的寻梅花之类。

五六百年来文化所聚萃的北平，一年四季无一月不好的北平，我在遥忆，我也在深祝，祝她的平安进展，永久地为我们中华子孙所保有的旧都城。

1936年5月27日

# 快 乐

张中行

乐比苦好，处理人生问题，决定取舍的时候，这似乎是个不须证明的原则。也难于证明，因为这是来自切身的感受，生来如此，历来如此，或者只有天知道是为什么。

中国过去研讨哲理，重在躬行，讲道，讲德，不大推求德与乐的关系，可是说到君临之道，总是把与民同乐看为大德。西方讲学，喜欢问德的本质，古代有所谓快乐主义者，主张人生的真谛不过是求乐。近代的边沁学派，以快乐的"量"作为德的标准，因而主张，能够使最大多数人获得最大幸福的行为是上好的行为（善）。把快乐看作人生的最大价值，并且以此为原则立身处世，可以不可以呢？这个问题相当复杂，需要分析。

乐是人所熟知的感受，可是难于定义。它是生命活动中的一种现象，表现为心理的一种状态，表现为生理的一种状态，可以从心理学和生理学的角度予以说明。用日常的用语解说就比较难，因为无论说它是舒适的感觉也好，喜悦的情绪也好，实际等于说乐就是乐。这里想躲开定义的问题，因为是人所熟知，无妨利用这个熟知，只是说，乐是人所希求而喜欢经历的一段时间的感受。

希求是"某一个人"希求，经历是"某一个人"经历，换句话说，乐是某一具体人的具体感受。快乐主义者把这种具体感受看作人生的价值所在，于是乐就成为德的最后的依据。把乐看作价值，结果不管是有意还是无意，都不能不同边沁学派一样，兼承认一个"量"的原则，就是：小乐是小价值，大乐是大价值，能够产生小价值的行为是小德，能够产生大价值的行为是大德。

这对不对呢？理大致可通，但不完全对，因为，如果用此为决定行为的最高原则，一切准此办理，有时候就会遇到困难。一、正如常识上所熟知的，有的乐，作为一段时间的感受是真实的，但是结果会产生苦，这样的乐，显然是不宜于希求的。二、不管是常人还是道德哲学家，都把某种性质的寻欢作乐看作没有价值甚至卑下的行为，这表明行为的价值不能单纯由能否产生一段时间的快乐感受来决定。三、有些行为，与乐关系很少，或者经常要产生苦，可是不能不做，甚至人人认为有义务做，可见，至少是有些时候，决定行为的准则并不都是乐，而是兼有另外的什么。

自然，在这种地方，快乐主义者可以用个"明智"的原则予以解说，就是，有些行为，可以产生乐而不宜于做，或者不能产生乐而宜于做，是因为换一种做法，反而可以获得更大量的乐。这个明智的原则，或说是"核算如的原则"，对于有些情况确是颇为适用，譬如过去常说的"十年寒窗"，是苦事，可是能够换取"黄金屋"和"颜如玉"，那是更大的乐。但不是一切情况都如此，举例说，伯夷叔齐上首阳山（假定传说是真）之类的行为，用这个原则来解释就很勉强。

还有理论方面的更大的困难。一、前面说，乐是某一具体人的具体感受，如果把这个看作唯一实在的价值，利他（或说是边沁的"众乐主义"）的行为，一般推崇为至上德，就失去理论的根据，因为，"他人"的乐以及"他人"究竟乐不乐，另一个人是无法感受到的，不能感受到而必须承认有大价值，这怎么说得通了呢？二、边沁学派的大师，小穆勒先生，承认不同的乐兼有质的差别，就是说，有的乐（如欣赏艺术品）价值大，有的乐（如饮酒）价值小。这从常识上看是很有道理的，可是，正如薛知微教授在所著《伦理学之方法》中所指出，这样说，就等于放弃了"量"的原则，因为决定行为好坏，更根本的标准并不是"量"，而是"质"，这质显然是乐以外的什么。

是什么呢？叔本华的"盲目意志"的理论或者并不错。自然演化中出现生命，何以会如此，目的是什么，难于知道，我们只好不问。生则有需求，表现为心理和生理状态是"欲"，有欲就不能不求满足，求而不得，表现为心理和生理状态是苦；求而得，表现为心理和生理状态是乐。这样说，乐是欲的满足，所以叔本华的看法是，这只是苦（欲而未得）的免除，并没有什么积极内容，可以看作价值。

以居家度日为比喻，乐如果有积极价值，那就等于积蓄，如果没有积极价值，那就等于还债，究竟属于哪一种呢？不容易说，或者说可以各是其所是，各非其所非。反正事实总是那么一回事，如果没有欲，没有执着的需求，没有满足，就谈不到乐不乐。这里，更为切要的是对"欲"的看法。悲观主义者，如叔本华，以"己身"为独在的一方，认为"欲"（所谓"盲目意志"）是天命强加于人的胁迫力，受胁迫，听命，在世间奔波劳碌，实在没有意味。这样看欲，看天命，态度是敌视，如果真能够表现为行动，是不接受，连带的，由欲而生的乐当然也在摒弃之列了。

悲观主义是对"人生的究竟"的一种看法，不同道的人当然不这样看。但是一定要斥为错误，找出足以服人的理由却不容易，因为关于人生的究竟，我们所知还很少，所有这方面的哲理，都只是凭自己的偏好而捕风捉影。但是，至少由常人看，悲观主义有个大弱点，是坐而可言，起而难行。相信悲观主义，以"我"为本位，自爱，自尊，对天命几乎是怒目而视，一切想反其道而行。但是，如何反呢？充其量能够走多远呢？叔本华写过一篇文章，《论自杀》，说这是对自然的一种挑战，可是他自己却是寿终的，可见既已生而为人，不管如何发奇想，真正离开常道是如何不容易。

广泛地观察人世，可以看到，常道是不得不走的路，疑也罢（如少数哲人），"顺帝之则"也罢（如绝大多数人），既然已经在路上，唯一的也是最为可行的办法是"顺路""走"下去。依据这个原理立身处世，对于"乐"，我们无妨这样看：我们由自然接受"生"，应该顺而受之；"欲"是"生"的一种集中的最活跃的表现，欲的满足，是"利生"的不可避免的需要；乐的感受，是"得遂其生"的一种符号，一种报酬，也是一种动力。"生"是天命，这样的天命，究竟是好是坏，我们可以问，可以猜测，不过找到确定的解答却大难。古人说，"天地之大德曰生"，这样的信仰可以使人宽心，却未必真实。实事求是，我们最好还是谦逊一些，顺受天命而不问其所以然，也就是不到玄学方面去找根据。这样，我们把"生"（包括"欲"）看作更根本的东西，"乐"不过是连带而有的事物，如果说人生有所谓目的，这目的是"生"而不是"乐"，这就与快乐主义者的看法有了距离。

与快乐主义者相比，对于"乐"，我们只是重视它而不以之为"主义"。不以之为主义，这里就容许有个"别择"的原则，就是说，决定行为的时候，在两种或多种可能之间，由于某种考虑，我们可以不选取能够很快使自己获得某种享受的那一种。自然，事实上也许同样不得不这样做。

这样说，快乐主义是完全错了吗？也不能这样说。快乐主义的弱点，我个人看，主要是理论方面太"彻底"，以致把"乐"看作比"生"更根本，至于说到实行，却是大体上可以接受，也是应该接受的。由世间的常道看，不管说乐是欲的满足也好，说它不是最根本的也好，"乐比苦好"总是难得不承认的常理，因为乐与"欲"有血肉联系，也就是与"生"有血肉联系，顺受天命，要"生"，求"善其生"，就不能不把"乐"看作十分珍贵的事物。人生，上寿不及百年，呼吸一停止就是断灭，怎样度过一生比较好呢？古今有无数的人想到这个问题。不同的解答可以提出不同的条件，不过，无论如何，说"由于多有所乐而心安理得"是个重要条件，总是绝大多数人会同意的吧？

# 寻求智慧的人生

周国平

在现代哲学家中，罗素是个精神出奇的健全平衡的人。他是逻辑经验主义的开山鼻祖，却不像别的分析哲学家那样偏于学术的一隅，活得枯燥乏味。他喜欢沉思人生问题，却又不像存在哲学家那样陷于绝望的深渊，活得痛苦不堪。他的一生足以令人羡慕，可说应有尽有：一流的学问，卓越的社会活动和声誉，丰富的爱情经历，最后再加上长寿。命运居然选中这位现代逻辑宗师充当西方"性革命"的首席辩护人，让他在大英帝国的保守法庭上经受了一番戏剧性的折磨，也算是一奇。科学理性与情欲冲动在他身上并行不悖，以致我的一位专门研究罗素的朋友揶揄地说："罗素精彩的哲学思想一定是在他五个情人的怀里孕育的。"

20世纪后半叶以来，西方大哲内心多半充斥一种紧张的危机感，这原是时代危机的反映。罗素对这类哲人不抱好感。例如，对于尼采、弗洛伊德均有微词。一个哲学家在病态的时代居然能保持心理平衡，我就不免要怀疑他的真诚。不过，罗素也许是个例外。

罗素对于时代的病患并不麻木，他知道现代西方人最大的病痛来自基督教信仰的崩溃，使终有一死的生命失去了根基。在无神的荒原上，现代神学家们凭吊着也呼唤着上帝的亡灵，存在哲学家们诅咒着也讴歌着人生的荒诞，但罗素一面坚定地宣告他不信上帝，一面却并不因此堕入病态的悲观或亢奋。他相信人生一切美好的东西不会因为其短暂性而失去价值。对于死亡，他"以一种坚忍的观点，从容而又冷静地去思考它，并不有意缩小它的重要性，相反地对于能超越它感到一种骄傲"。罗素极其珍视爱在人生中的价值。他所说的爱，不是柏拉图式的抽象的爱，而是"以动物的活力与本能为基础"的爱,尤其是性爱。不过,他主张爱要受理性调节。他的信念归纳在这句话里:"高尚的生活是受爱激励并由知识导引的生活。"爱与知识,本能与理智,二者不可或缺。有时他说,与所爱者相处靠本能,与所恨者相处靠理智。也许我们可以引申一句:对待欢乐靠本能,对待不幸靠理智。在性爱的问题上,罗素是现代西方最早提倡性自由的思想家之一,不过浅薄者对他的观点颇多误解。他固然主张婚姻、爱情、性三者可以相对分开,但是他对三者的评价是有高低之分的。在他看来,第一,爱情高于单纯的性行为,没有爱的性行为是没有价值的;第二,经历了多年考验,而且又有许多深切感受的伴侣生活"高于一时的迷恋和钟情",因为它包含着后者所不具有的丰富内容。我们在理论上可以假定每一个正常的异性都是性行为的可能对象,但事实上必有选择。我们在理论上可以假定每一个中意的异性都是爱情的可能对象,但事实上必有舍弃。热烈而持久的情侣之间有无数珍贵的共同记忆,使他们不肯轻易为了新的爱情冒险而将它们损害。

几乎所有现代大哲都是现代文明的批判者,在这一点上罗素倒不是例外。他崇尚科学,但并不迷信科学。爱与科学,爱是第一位的。科学离开爱的目标,便只会使人盲目追求物质财富的增值。罗素说,在现代世界中,爱的最危险的敌人是工作即美德的信念,急于在工作和财产上取得成功的贪欲。这种过分膨胀的"事业心"耗尽了人的活动力量,使现代城市居民的娱乐方式趋于消极的和团体的。像历来一切贤哲一样,他强调闲暇对于人生的重要性,为此他主张"开展一场引导青年无所事事的运动",鼓励人们欣赏非实用的知识如艺术、历史、英雄传记、哲学等的美味。他相信,从"无用的"知识与无私的爱的结合中便能生出智慧。确实,在匆忙的现代生活的急流冲击下,能够恬然沉思和温柔爱人的心灵愈来愈稀少了。如果说尼采式的敏感哲人曾对此发出振聋发聩的痛苦呼叫,那么,罗素,作为这时代一个心理健康的哲人,我们又从他口中听到了语重心长的明智规劝。但愿这些声音能启发今日性灵犹存的青年去寻求一种智慧的人生。

# 儿 女

## 朱自清

　　我现在已是五个儿女的父亲了。想起圣陶喜欢用的"蜗牛背了壳"的比喻，便觉得不自在。新近一位亲戚嘲笑我说："要剥层皮呢！"更有些悚然了。十年前刚结婚的时候，在胡适之先生的《藏晖室札记》里，见过一条，说世界上有许多伟大的人物是不结婚的。文中并引培根的话："有妻子者，其命定矣。"当时确吃了一惊，仿佛梦醒一般。但是家里已是不由分说给娶了媳妇，又有什么可说？现在是一个媳妇，跟着来了五个孩子。两个肩头上，加上这么重一副担子，真不知怎样走才好。"命定"是不用说了，从孩子们那一面说，他们该怎样长大，也正是可以忧虑的事。我是个彻头彻尾自私的人，做丈夫已是勉强，做父亲更是不成。自然，"子孙崇拜""儿童本位"的哲理或伦理，我也有些知道。既做着父亲，闭了眼抹杀孩子们的权利，知道是不行的。可惜这只是理论，实际上我是仍旧按照古老的传统，在野蛮地对付着，和普通的父亲一样。近来差不多是中年的人了，才渐渐觉得自己的残酷。想着孩子们受过的体罚和叱责，始终不能辩解——像抚摩着旧创痕那样，我的心酸溜溜的。有一回，读了有岛武郎《与幼小者》的译文，对了那种伟大的、沉挚的态度，我竟流下泪来了。去年父亲来信，问起阿九，那时阿九还在白马湖呢。信上说："我没有耽误你，你也不要耽误他才好。"我为这句话哭了一场。我为什么不像父亲的仁慈？我不该忘记，父亲怎样待我们来着！人性许真是二元的，我是这样矛盾，我的心像钟摆似的来去。

　　你读过鲁迅先生的《幸福的家庭》吗？我的便是那一类的"幸福的家庭"！每天午饭和晚饭，就如两次潮水一般。先是孩子们你来他去地在厨房与饭间里查看，一面催我或妻发"开饭"的命令。急促繁碎的脚步，夹着笑和嚷，一阵阵袭来，直到命令发出为止。他们一递一个地跑着喊着，将命令传给厨房里用人，便立刻抢着回来搬凳子。于是这个说，"我坐这儿！"那个说，"大哥不让我！"大哥却说，"小妹打我！"我给他们调解，说好话。但是他们有时候很固执，我有时候也不耐烦，这便用着叱责了；叱责还不行，不由自主地，我的沉重的手掌便到他们身上了。于是哭的哭，坐的坐，局面才算定了。接着可又你要大碗，他要小碗，你说红筷子好，他说黑筷子好。这个要干饭，那个要稀饭，要茶要汤，要鱼要肉，要豆腐，要萝卜。你说他菜多，他说你菜好。妻是照例安慰着他们，但这显然是太迂缓了。我是个暴躁的人，怎么等得及？不用说，用老法子将他们立刻征服了，虽然有哭的，不久也就抹着泪捧起碗了。吃完了，纷纷爬下凳子，桌上是饭粒呀，汤汁呀、骨头呀、渣滓呀，加上纵横的筷子，欹斜的匙子，就如一块花花绿绿的地图模型。吃饭而外，他们的大事便是游戏。游戏时，大的有大主意，小的有小主意，各自坚持不下，于是争执起来，或者大的欺负了小的，或者小的竟欺负了大的，被欺负得哭着嚷着，到我或妻的面前诉苦。我大抵仍旧要用老法子来判断的，但不理的时候也有。最为难的，是争夺玩具的时候：这一个的与那一个的是同样的东西，却偏要那一个的，而那一个便偏不答应。在这种情形之下，不论如何，终于是非哭了不可的。这些事件自然不至于天天全有，但大致总有好些起。我若坐在家里看书或写什么东西，管保一点钟里要分几回心，或站起来一两次的。若是雨天或礼拜日，孩子们在家的多，那么，摊开书竟看不下一行，提起笔也写不出一个字的事，也有过的。我常和妻说："我们家真是成日的千军万马呀！"有时是不但"成日"，连夜里也有兵马在进行着，在有吃乳或生病的孩子的时候！

我结婚那一年，才十九岁。二十一岁，有了阿九；二十三岁，又有了阿菜。那时我正像一匹野马，哪能容忍这些累赘的鞍鞯、辔头和缰绳？摆脱也知是不行的，但不自觉地时时在摆脱着。现在回想起来，那些日子，真苦了这两个孩子。真是难以宽宥的种种暴行呢！阿九才两岁半的样子，我们住在杭州的学校里。不知怎的，这孩子特别爱哭，又特别怕生人。一不见了母亲，或来了客，就哇哇地哭起来了。学校里住着许多人，我不能让他扰着他们，而客人也总是常有的。我懊恼极了，有一回，特地骗出了妻，关了门，将他按在地下打了一顿。这件事，妻到现在说起来，还觉得有些不忍，她说我的手太辣了，到底还是两岁半的孩子！我近年常想着那时的光景，也觉黯然。阿菜在台州，那是更小了，才过了周岁，还不大会走路。也是为了缠着母亲的缘故吧，我将她紧紧地按在墙角里，直哭喊了三四分钟，因此生了好几天病。妻说，那时真寒心呢！但我的苦痛也是真的。我曾给圣陶写信，说孩子们的折磨，实在无法奈何，有时竟觉着还是自杀的好。这虽是气愤的话，但这样的心情，确也有过的。后来孩子是多起来了，磨折也磨折得久了，少年的锋棱渐渐地钝起来了，加以增长的年岁增长了理性的裁制力，我能够忍耐了——觉得从前真是一个"不成材的父亲"，如我给另一个朋友信里所说。但我的孩子们在幼小时，确比别人的特别不安静，我至今还觉如此。我想这大约还是由于我们抚育不得法，从前只一味地责备孩子，让他们代我们负起责任，却未免是可耻的残酷！

正面意义的"幸福"，其实也未尝没有。正如谁所说，小的总是可爱，孩子们的小模样，小心眼儿，确有些叫人舍不得的。阿毛现在五个月了，你用手指去拨弄她的下巴，或向她做趣脸，她便会张开没牙的嘴咯咯地笑，笑得像一朵正开的花。她不愿在屋里待着，待久了，便大声儿嚷。妻常说"姑娘又要出去溜达了"。她说她像鸟儿般，每天总得到外面溜一些时候。闰儿上个月刚过了三岁，笨得很，话还没有学好呢。他只能说三四个字的短语或句子，文法错误，发音模糊，又得费气力说出，我们老是要笑他的。他说"好"字，总变成"小"字。问他"好不好？"他便说"小"，或"不小"。我们常常逗着他说这个字玩儿，他似乎有些觉得，近来偶然也能说出正确的"好"字了——特别在我们故意说成"小"字的时候。他有一只搪瓷碗，是一毛来钱买的，买来时，老妈子教给他，"这是一毛钱"。他便记住"一毛"两个字，管那只碗叫"一毛"，有时竟省称为"毛"。这在新来的老妈子，是必需翻译了才懂的。他不好意思，或见着生客时，便咧着嘴痴笑，我们常用了土话，叫他作"呆瓜"。他是个小胖子，短短的腿，走起路来，蹒跚可笑，若快走或跑，便更"好看"了。他有时学我，将两手叠在背后，一摇一摆的，那是他自己和我们都要乐的。他的大姊便是阿菜，已是七岁多了，在小学校里念着书。在饭桌上，一定得啰啰唆唆地报告些同学或他们父母的事情，气喘喘地说着，不管你爱听不爱听。说完了总问我："爸爸认识吗？""爸爸知道吗？"妻常禁止她吃饭时说话，所以她总是问我。她的问题真多：看电影便问电影里的是不是人？是不是真人？怎么不说话？看照相也是一样。不知谁告诉她，兵是要打人的。她回来便问，兵是人吗？为什么打人？近来大约听了先生的话，回来又问张作霖的兵是帮谁的？蒋介石的兵是不是帮我们的？诸如此类的问题，每天短不了，常常闹得我不知怎样答才行。她和闰儿在一处玩儿，一大一小，不很合适，老是吵着哭着，但合适的时候也有，譬如这个往床底下躲，那个便钻进去追着。这个钻出来，那个也跟着——从这个床到那个床，只听见笑着，嚷着，喘着，真如妻所说，像小狗似的。现在在京的，便只有这三个孩子：阿九和转儿是去年北来时，让母亲暂时带回扬州去了。阿九是喜欢书的孩子。他爱看《水浒传》《西游记》《三侠五义》《小朋友》等，没有事便捧着书坐着或躺着看。只不欢喜《红楼梦》，说是没有味儿。是的，《红楼梦》的味儿，一个十岁的孩子，哪里能领略呢？去年我们事实上只能带两个孩子来，因为他大些，而转儿是一直跟着祖母的，便在上海将他俩丢下。我清清楚楚记得那分别的一个早上。我领着阿九从二洋泾桥的旅馆出来，送他到母亲和转儿住着的亲戚家去。妻嘱咐说："买点吃的给他们吧。"我们走过四马路，到一家茶食铺里。阿九说要熏鱼，我给买了，又买了饼干，是给转儿的。便乘电车到海宁路。下车时，看着他的害怕与累赘，很觉恻然。到亲戚家，因为就要回旅馆收拾上船，只说了一两句话便出来，转儿望望我，没说什么，阿九是和祖母说什么去了。我回头看了他们一眼，硬着头皮走了。后来妻告诉我，阿九背地里向她说："我知道爸爸欢喜小妹，不带我上北京去。"其实这是冤枉的。他又曾和我们说："暑假时一定来接我啊！"我们当时答应着，但现在已是第二个暑假了，他们还在迢迢的扬州待着。他们是恨着我们呢？还是惦着我们呢？妻是一年来老放不下这两个，常常独自暗中流泪，但我有什么法子呢！想到"只为家贫成聚散"一句无名的诗，不禁有些凄然。转儿与我较生疏些，但去年离开白马湖时，她也曾用了生硬的扬州话（那时她还没有到过扬州呢），和那特别尖的小嗓子向着我说："我要到北京去。"她晓得什么北京，只跟着大孩子们说罢了，但当时听着，现在想着的我，却真是抱歉呢。这兄妹俩离开我，原是常事，离开母亲，虽也有过一回，这回可是太长了，小小的心儿，知道是怎样忍耐那寂寞来着！

我的朋友大概都是爱孩子的。少谷有一回写信责备我，说儿女的吵闹，也是很有趣的，何至可厌到如我所说，他说他真不解。子恺为他家华瞻写的文章，真是"蔼然仁者之言"。圣陶也常常为孩子操心：小学毕业了，到什么中学好呢？这样的话，他和我说过两三回了。我对他们只有惭愧！可是近来我也渐渐觉着自己的责任。我想，第一该将孩子们团聚起来，其次便该给他们些力量。我亲眼见过一个爱儿女的人，因为不曾好好地教育他们，便将他们荒废了。他并不是溺爱，只是没有耐心去料理他们，他们便不能成材了。我想我若照现在这样下去，孩子们也便危险了。我得计划着，让他们渐渐知道怎样去做人才行，但是要不要他们像我自己呢？这一层，我在白马湖教初中学生时，也曾从师生的立场上问过丏尊，他毫不踌躇地说"自然啰"。近来与平伯谈起教子，他却答得妙，"总不希望比自己坏啰。"是的，只要不"比自己坏"就行，"像"不"像"倒是不在乎的。职业，人生观等，还是由他们自己去定的好，自己顶可贵，只要指导，帮助他们去发展自己，便是极贤明的办法。

予同说："我们得让子女在大学毕了业，才算尽了责任。"ＳＫ说："不然，要看我们的经济，他们的材质与志愿。若是中学毕了业，不能或不愿升学，便去做别的事，譬如做工人吧，那也并非不行的。"自然，人的好坏与成败，也不尽靠学校教育。说是非大学毕业不可，也许只是我们的偏见。在这件事上，我现在毫不能有一定的主意，特别是这个变动不居的时代，知道将来怎样？好在孩子们还小，将来的事且等将来吧。目前所能做的，只是培养他们基本的力量——胸襟与眼光。孩子们还是孩子们，自然说不上高的远的，慢慢从近处小处下手便了。这自然也只能先按照我自己的样子，"神而明之，存乎其人"，光辉也罢，倒霉也罢，平凡也罢，让他们各尽各的力去。我只希望如我所想的，从此好好地做一回父亲，便自称心满意。想到那"狂人""救救孩子"的呼声，我怎敢不悚然自勉呢？

# 重来马赛

## 巴 金

前几天收到法国朋友从马赛寄来的照片。我一遍一遍地看它们，又想起了马赛。这一次我在马赛只住了一天，但是我找到了1928年住过的美景旅馆。我在短篇小说《马赛的夜》里写过："我住的地方是小旅馆内五层楼上一个小房间。"就只有这么一句，但是在《谈自己的创作》却讲得多一些，我这样说："有时在清晨，有时太阳刚刚落下去，我站在窗前看马赛的海景；有时我晚饭后回到旅馆之前，在海滨散步。"在我的另一个短篇《不幸的人》里，叙述故事的人在旅馆中眺望日落、描绘广场上穷音乐师拉小提琴的情景，就是根据我自己的实感写的。印象渐渐地模糊了。可是脑子里总有一个空旷的广场和一片蓝蓝的海水。

51年后我又来到了这个地方。我找到了海滨的旅馆，还是一位同行的朋友先发现的。我站在旅馆门前，望着这个非现代化的建筑物，我渐渐地回到了过去的日子。1927年10月18日起我在马赛住了12天。海员罢工，轮船无法开出，我只好一天一天地等待着。在窗前看落日，在海滨散步，在我是一种享受。此外我还做过两件事：读左拉的小说，或者参观大大小小的电影院，这是我在《马赛的夜》里也讲过的。我在法国至少学会两件事情：在巴黎和沙多·吉里我学会写小说；在马赛我学会看电影。我还记得我住在沙多·吉里中学里的时候，我的房间在中学食堂的楼上，有时晚上学校为学生们在食堂放映电影，住在我隔壁的中国同学约我下去观看，我总是借故推辞，让他一个人去。不知什么缘故，我那时对电影毫无兴趣。在马赛我只有那个新认识的朋友，他也姓李，还在念书，是巴黎一位朋友给我介绍的，因为是四川同乡，不到一天的工夫我们就相熟了。他约我去电影院，很快我就发生了浓厚的兴趣。我回到国内，也常看电影。看了好的影片，我想得很多，常常心潮澎湃，无法安静下来，于是拿起笔写作，有时甚至写到天明。今天，我还在写作，也常常看电影，这两件事在我一生起了很大的作用。

新收到的照片中有一张是我和远近七只灰鸽在一起拍摄的。依旧有安闲的鸽子，依旧有蓝蓝的海水，可是大片的水面给私人的游艇占据了，过去穷音乐师在那里拉小提琴的广场也不见了，一切都显得拥挤，行人也不少。美景旅馆似乎还是51年前那个样子，我在门前站了一会儿，脑子活动起来了。我想起当时我怎样从这小门进出，怎样从五层楼的窗口望海滨广场，我有一个印象：旅馆两旁的楼房大概是后来修建的，仿佛把它压得透不过气来。这样的记忆不见得可靠，人老了，记忆也混乱了。只是当时我没有这个印象，所以我这样说。这天下午我去参观古希腊修道院旧址的时候，法国朋友送了我一本《古马赛图》。书中共收152幅绘画，从15世纪到19世纪前半叶，当然看不到20世纪20年代的马赛。因此在海滨散步的时候，我常常想，我要是当时照个相那多好。那位姓李的朋友的声音我还不曾忘记，可是他的面貌早已烟消云散了。

重来马赛，我并不感到寂寞，我们代表团一行5人，还有同行的中国朋友、法国朋友和当地法中友协的主人。我们毫无拘束地在海滨散步、谈笑。微风带来一阵一阵的鱼腥味，我们走过了鱼市，看见家庭主妇在摊上买各种各样的鲜鱼。我们买票搭船去伊夫堡，再从那里回到海滨时，鱼差不多销售一空，一个上午过去了。

去伊夫堡，在我们这些中国客人都是第一次。51年前我在马赛住了12天，听那位姓李的朋友讲过伊夫堡的事，它在我的脑子里只是一个可怕的阴影，一个囚禁犯人的古堡。回国以后才知道这里关过米拉波，才知道大仲马写《基督山伯爵》的时候，为他的英雄挑选了这样一个监牢，他当时经常同助手到这个地方来做实地调查。我去伊夫堡，不仅是为了看过去的人间地狱，而且我还想坐小船在海上航行，哪怕只有几分钟，几十分钟也好！

我达到了这个目的。海风迎面吹来，蓝色海水开出了白花，船身在摇晃，我也在摇晃。看见平静的海面起了浪，看见船驶向古堡，我感到兴奋，感到痛快。我不晕船，我爱海，我更喜欢看见海的咆哮。海使我明白许多事情。

我走进了古堡，到了过去囚禁政治犯的地方，看到一间一间的囚室，看到一个一个人的名字。每个给带进来的人大概都会想到但丁的一句诗：你们进来的人，丢开一切的希望吧。

我站在底层的囚室里，也想到但丁的那句诗，那是写在地狱入口的大门上的。我掉头四顾，那么厚的墙，那么高的小窗，那么阴冷的囚房，又在孤零零的海上小岛上！进来的人还会活着出去吗？"铁假面"（居然真有"铁假面"，我还以为是大仲马写小说时创造的人物！）的结果不知道怎样。米拉波伯爵居然回到人间了。我似梦非梦地在囚房里站了一会儿，我有一种奇怪的想法：比起我、我们所经历的一切，这里又算得了什么呢？法国人不把它封闭，却对外国客人开放，无非作为历史教训，免得悲剧重演。巴士底狱没有给保留下来，只是由于民愤太大，革命群众当场捣毁了它。我们的古人也懂得"前事不忘，后事之师"。今天却有人反复地在我们耳边说："忘记，忘记！"为什么不吸取过去的教训？难道我们还没有吃够"健忘"的亏？……

走出古堡，我重新见到阳光，一阵潮湿的海风使我感到呼吸自由。开船的时刻还没有到，我坐在一块大石上，法国友人给我拍了照。在这块大石的一侧有人写了"祖国万岁！"几个红色的法国字。望着蓝蓝的海水，我也想起了我的祖国。

马赛的法国朋友对我们亲切、热情。小儒先生从尼斯开汽车赶回来同他父亲一起到火车站迎接我们，还有当地法中友协的瑞罗先生和加士东夫人。他们为我们在一所现代化的旅馆里预订了房间。我们在马赛过了一个非常安静的夜晚，睡得特别好。的确是现代化的旅馆，我们住进以后，还得研究怎样开关房门。同行的朋友按照巴黎的规矩，晚上把皮鞋放在房门外，第二天早晨才发现没有人擦皮鞋，擦皮鞋的机器就在近旁。只有在饭厅里才看得见服务员。我们是在同机器（不是同人）打交道。因此在机场跟好客的法国主人告了别，走上了飞机，我还在想一个问题：不搞人的思想现代化只搞物质现代化，行不行？得不到回答，我感到苦恼，但是飞机到达里昂了。

# 香山消夏录

## 冰 心

一家子五口，终于坐上汽车出发了——天气是晴朗的，柏油大路两旁的钻天杨，在灿烂的阳光下，树身下半段涂着白灰，上面是抹上绿油似的发亮的密叶，一眼望去，这道长长白色栅栏支着的一大片绿纱屏障，一直引到天边。清晨的凉风，从车窗外吹了进来，把这一家人的快乐心情，吹得更加浮动！

父亲坐在司机旁边。他是比较安静的，但也时时被后座的纷纭的笑语，引得微笑起来。哥哥和妹妹最淘气，最爱说的，从一上车起，就没有停过嘴，姐姐平常算是严肃一些，这一天也没少说话。母亲听着、说着，看看前面和身旁的人，心里感到有一种描写不出的幸福的满足感。

这三个孩子——哥哥、姐姐、妹妹，无论从哪一方面看，都不能说是"孩子"，他们都是二十几岁的人了。他们都在工作着，工作的地点相离得还不近。四五年之中，一家团聚的机会，还没有过一次！还在今年春天，他们知道在夏天可以想法子把假期凑在一起的时候，他们就以密集的通信网，反复地磋商一起歇夏的日期和地点，但是为了假期的参差，消夏地点的"客满"，直等到三个人前后都到了家，才迅速地决定在中伏——最热的时期，到离家最近的香山饭店去住上一个星期。这三个人在准备的时期中，忙乱得像到南极去作几年的探险一样，鸡飞狗叫，仿佛连屋子也在旋转。

母亲的爱怜的眼光，看着在她眼前晃过来掠过去的孩子们，不相信他们在自己的工作岗位上会像别人所说的那样严肃认真，也不相信他们就是常常在通讯里和自己严肃认真地讨论许多重大问题的青年。他们的谈笑，甚至于脸上的表情，都突然地回到十九年前的童年时代，他们和从前一样地"吵架"，互相嘲笑，互相干扰……这一切，和他们和身量和岁数，一点都不相称。

开始收拾行装的时候，母亲说："日期很短，香山饭店一切都全，除了换洗的衣服，别的都少带吧，书更是一本也别带！"这句话是针对着父亲和姐姐说的，因为他们父女俩是有名的"书不离人，人不离书"。但是，当集中装箱的时候，发现"衣服"不少，像游泳衣、遮阳的帽子、爬山鞋……据说都是不可少的，"游玩的时候不用，什么时候用呢？"最出母亲意外的，是书也不少！父亲说："你总说我平常除了本行书之外，别的一概不看，现在我奉命不带本行书了，难道还不让我看看你一直给我介绍的几本小说？"儿子和女儿们也都理直气壮地拿过自己所认为必须在休息时间、适宜于在休息时阅读的大大小小的书，"不抓紧休息的时间看，什么时间看呢？"于是衣服和书籍装满了两个大手提箱。最后，母亲也偷偷地塞进一大沓的信封、信纸。她欠的信债太多了，也许在别人出去游玩的时候，她可以把信债还一还吧。最后的最后，母亲忽然想起，伏天的大雨，是说下就下的，从饭店的房间走到餐厅，是要经过一段山路的，雨鞋必不可少。她匆匆忙忙地把五双雨鞋收集了来，一大堆的都装进一个大网兜里。

从下雨，母亲又想起父亲很容易着凉，他常用的"羚翘解毒丸"是必不可少的。妹妹说："妈妈，您的头痛丸也别忘了带呀！"于是种种的药品又装了一匣。

孩子们又说："我们爬山或游泳回来，肚子一定会饿得了不得，糖果和饼干一定要带一些。"母亲着急地说："饭店的小卖部里难道没有这些东西？"说来说去，到底把家里现有的一些"剩余物资"装了一口袋。孩子们趁乱，又把两副旧纸牌，也塞进装衣服的箱子里。一直到出租汽车到了门口，这零星的"添置"，才开始停止。当大家喧笑着把"行李"提到车上的时候，司机也被这狂欢的气氛所感染，笑说："你们是搬家呀？"孩子们又大笑了起来。

急速的沙沙轮声，穿过这一条宽大整洁的林荫大道，大道转折处的大

希望与梦想

圆台上，站着穿着雪白制服的警察，在朝阳下显得格外鲜明而英挺。郊外大道两旁的、整齐美丽的楼房，一座接着一座……关于这些建筑的名字，孩子们有的知道，有的不知道，凡是他们知道的建筑，比如说"社会主义学院""专家招待所""工业大学"……他们就从外观谈到内容，谈笑的资料，也像万花筒似的，瞬息万变。

母亲沉静地望着远远的万寿山上排云殿的发光的黄瓦和车窗外旋转过去的浓绿的稻田和莲塘，心里微微地起了感触。"歇夏"，对于他们这一家，十几年前是没有的事，不但是他们这一家，对于他们的亲戚朋友，也是没有的事。"歇夏"的山水楼台，不是为他们这班人准备的！直到人民做了主人，山水楼台回到人民的手里，他们这班人才享受到这般清福……她的思想很快便被打断了，汽车不知什么时候已经开进静宜园的大门，爬上浓绿曲折的山道，在香山饭店门口停下了。

他们的"歇夏"计划完成得如何？一家子曾否好好地团聚畅谈？从香山回来后，大家谈起来还没一致的结论。第一，他们没有住满一个星期，只住了五天就回来了。原因是孩子们玩够了，他们在上山的第一天下午就爬了"鬼见愁"，第二天逛了碧云寺，第三天到昆明湖去游泳，玩的地方离家越来越近了。他们觉得玩完了回家比回香山还近，不如还家吧。同时，父亲和母亲上山不过五天，倒有两次下山进城，去会见从各地来北京过夏的朋友，路长天热，反而没有休息，也就感到"归心如箭"了。第二，关于阅读"闲书"，父亲在孩子们出去游山玩水的时候，倒是拿起了一本小说和一管红铅笔，正想聚精凝神地去研究分析，而这时候往往有人来叩门拜访。

原来香山饭店这时候正是"高朋满座"，他们遇见了许许多多的朋友，平时各人忙各人的，如今闲暇中碰到了，就彼此拉住不放！父亲又怕母亲说他"三句话不离本行"，这时总是连忙站起，招呼他的朋友说："我们出去走走吧。"意思是说"行，话外面谈去"，说着就几个人笑着走了。这时母亲仿佛可以坐下来安静地写写信了，然而不然！她也有她的同行，她的朋友，人家也来"串门儿"，她也出去拜访……自己一家子团聚，实际上只在吃饭的时候，而吃饭又常常是和儿女的同学朋友们扩大的聚餐！第三，有些东西，证明他们实在是带得多余了。比如药品，父亲没有伤过风，母亲也没有过头痛。

一大网兜的雨鞋，也从来没有用过，那几天尽是响晴的大热天。点心糖果根本来不及吃，在饭店的乘凉的茶座上，常常有朋友请他们吃点心冷饮，还有朋友们特意给孩子们送水果、瓜子和种种零食，只有纸牌，还用过两次，但是每次打的时间都不长，还是和许多朋友在一起轮流打的！

说是没有完成计划吧，仿佛大家提起那热闹忙乱的五天，又有说不出的快乐和满意。他们从心里感到香山是他们的天地，是他们一班人的天地，出来进去的都碰见各人自己的朋友，有时还遇见素不相识的黑皮肤或是白皮肤的国际友人。无论是在餐厅，在茶座，在理发室，在电影场，大家都极其自然地互相亲切地招呼着，闲暇的、休息的、和静的气氛，弥漫在每个客人的心里。

妹妹特别提起一件快意的事：说那一夜看的意大利电影，叫作《她在黑夜中》的，演技细致，情节动人，充分表达出资本主义制度下的人民悲惨的生活，看得人人下泪！妹妹说：

"散场出来，我的心上沉重得像压着一大块石头似的，但是我回到屋里很快就睡着了，我自己宽慰说，难过什么？在我们这里，就没有这种悲剧！"姐姐看了她一眼，笑说："你总是只顾自己的。"哥哥也笑了，"她永远是个傻丫头，再难受也不过五分钟！"

底下当然又是一场"吵架"，父亲和母亲起身走开了，他们对看着安静地微笑了，只有他们知道什么是痛苦，也更知道什么是快乐。

# 马罗大叔

陈忠实

星期六回到家中，刚落座，母亲说："你马罗儿叔不在了。"

"什么时候？"我问。

"昨日夜里，还弄不清辰时卯时咽的气。"母亲叹了口气，"今日清早人才发觉。"

这也许不奇怪。一个老光棍儿，夜里独自一个人睡在窑里，死一百次，大约也不会被谁及时发现的。尽管这样想，我的心里仍然禁不住悲哀起来了。

"啥病也没添，昨日后晌还在村里转悠。这倒好，干干脆脆，免得受罪。"母亲这样说，言语中伴透着哀伤，"昨日后晌在街巷碰见我，还问你回家来没。回回碰见我，都要问你回没回来。我问他有没有啥事，要帮忙，他都说没有，只是想……问问。"

他其实并不要我帮他办什么事，却总要问我回家来没有！我的心倒不是滋味了……

我记起了和马罗大叔共进的一顿晚餐！

那一年，我怀着一股疯狂般强烈的追求，企图闯进某所有名望的大学的神圣的殿堂，结果呢？却不得不蜷缩在夏季闷热窒息而冬天四处透风的祖传的又矮又破的小屋里。一盏必须放在眼下才能辨清字迹的煤油灯，常常烧焦我那像马的鬃毛一样贼密的头发，火苗上卷着的黑烟熏得我总想作呕，为了省油，也为了节粮，庄稼人在天色刚一落黑就上炕躺下了。他们几乎本能地懂得减少活动量以降低能量消耗的科学道理，不到左邻右舍去串门，也不坐在街门外首的树荫下扯闲，全都静静地躺在炕上了。这个时候，文明而又先进的城市正在推行"劳逸结合"的临时性科学措施，机关缩短办公时间，学校取消体育课和晚修自习……庄稼人不用任何人号召，全都自觉地"劳逸结合"了。

我没有瞌睡，无法忍受在黑暗里睁着眼睛躺在土炕上的惶惑和寂寞。煤油灯盏昏黄的光焰里，顿河草原壮丽的景致在我眼前展开，葛利高里矫悍的身影驰骋而过……当我感到眼睛发花、发黑、脖颈困倦，难以再翻过一页的时候，眼前就只有母亲装馍馍的那只竹笼了。

是的，那只竹笼，是用竹篾编的，从我有记忆开始，就记得从屋梁上垂下的铁钩上吊着这只扁圆的竹篾编织的笼子。一年四季，这笼里都装着取之不尽，摸之不竭的馍馍，陈馍不等吃完，母亲又装进新蒸下的了。当然，一年中的近十个月里，这笼里总是装着黄色或白色的苞谷面馍馍，只有在年下节下和收麦碾场的时月，这笼子里才会装满纯净的麦子面馍馍。现在，那笼子里空了，顿年顿月地空荡荡的挂在那只铁钩上，悬在一家人的头顶。空着的竹笼子总是诱惑起我对香甜的馍馍的无限深情。空的！我真不明白母亲为啥总不把它摘掉，令人在半夜里想到它时，却是空的，多么沮丧！可反过来一想，即使母亲把它摘掉了，扔到看不到的什么角落里去，甚或砸了烧了，此刻仍然会想到它！

饥饿像洪水猛兽一样咬噬着我的心！

我痛恨我为什么缺乏对于饥饿的忍耐能力。父亲同样和我在生产队的地里干了一后晌活儿，回来只喝了一碗盐水，就不声不响地躺在火炕上了，此刻已经响起令人羡慕的鼾声，我却在脑子里不断地旋转着那只什么也没有装的空笼。我很饿，饿得躺不下也坐不住，甚至痛恨起肖洛霍夫来了，你写他娘的什么葛利高里，这个哥萨克狗杂种，害得我不能早早睡觉，现在饿得像饿狼似的在小厦屋里打转转。

我走出门，村巷里死一般沉寂。没有月亮的秋夜，田野里一片黑暗。我没有目的，却本能地走出村庄，下到河滩里来了，正在孕穗的苞谷林里，散发着一股浓郁的苞谷棒子的腻腻的甜香气味，我在水渠边站住了。

我伸手摸到一根苞谷秆子，掰下一个又肥又粗的棒子，三两把撕掉嫩皮，蹲在水渠沿儿上啃起来。凭着牙齿和舌头的感觉，那棒子粒儿软软的，苞谷粒儿里的乳汁竟然溅到眼睛里，我一定是啃得太猛太快了。嫩苞谷粒儿在嘴里，还没有来得及嚼烂，就滚进肚子里去了，几乎尝不出什么味，只觉得十分香甜。渐渐地可以品尝到它的全部甘美的味儿了，没有成熟的嫩棒子，生的，带着秋夜里凉冰冰的露珠儿，流进火烧火燎的胃里，太惬意了。甜甜的乳汁，甚至有一股牛奶的舒腻腻的味道，我觉得这就是只有上帝才能享受的善恶树上的仙果了。

我把啃光了的苞谷芯子丢到水渠里，从水渠沿儿上站起来，再伸手摸到又一个苞谷棒子，却猛然看见一个人，正站在三五步远的大柳树下。我一惊，一愣，从身影和体形上，立刻辨认出来，那是马罗儿，终年四季给生产队看守庄稼的老光棍儿。我也不知凭什么勇气，没有撒腿逃遁，也没有向他求饶，而是毫不动摇地把那个已经抓摸到手的苞谷棒子，"咔嚓"一声掰了下来，三两下撕开嫩皮，蹲下身，又啃起来了，那夹在一排排苞谷粒之间的嫩须毛儿，连同苞谷粒儿一同吞咽到肚子里去了。

"哼！你倒胆大——"他冷笑着说。

我没有腾出口舌和他争辩的心思，反正我偷吃了苞谷棒子，跑也跑不到别处去，任你去给队里干部告发吧！随你们怎么处罚好了！即使用我们家那两间破旧的房子来抵偿，我也不会后悔，因为那房子毕竟当下解除不了我腹中如洪水冲击着、猛兽吞咬着的饥饿。我已经无暇考虑后果，仍然大啃大嚼着生苞谷棒子，似乎越嚼越能品尝生苞谷粒的甘美香醇了。既然总免不了一罚，索性让我今夜饱餐一顿也划得着了。

"跟我走！"马罗吼着。

我站起来，并不特别惊慌，走就走吧，无非是赶出伊甸园去接受惩罚，后悔是无用的。我跟在他屁股后头，牙齿仍然在忙着啃咬苞谷棒子。

他猛然转过身，伸出手，我以为他要揍我了，却是一把从我手里夺下苞谷棒子，"噼啪"一声摔到水渠里去，溅起的水珠儿跌落到我的腿脚上。我憎恨地瞅着他，站住了，真有点阿Q式的怒目而视。只是黑夜笼罩了一切。他看不见我的怒目，我也看不见他是怎样得意的一张嘴脸。

我跟着他的屁股走，纵使下地狱，我也去。

顺着水渠往东走，渠沿上的草枝上的露水打湿了脚面，我感到一阵冰凉。葛利高里和阿克西尼亚在顿河草原的月光下尽情淘气，我却跟着老光棍儿马罗走向耻辱的深渊。那条通村庄的田间土路横在眼前，我将跟他从那儿拐弯，朝南，走进村庄，呆立在书记或队长家的街门口，听候处置……

奇迹在这一瞬间突然发生了。

水渠和上路交叉的地方，有一孔用树枝搭成的便桥，老光棍儿马罗走上便桥，毫不迟疑地朝北走去，那儿将通到河滩的深处。他不打算把我交给干部，我的心里毕竟感到轻松了。

我也跨上了水渠上的便桥，树枝在我脚下软软地闪了闪，我背向村庄，走向广阔的河滩。我突然一想，他不把我送交干部，那么带我到河滩里去干什么？又是在这沉沉的黑夜里！我不禁毛骨悚然了。

我立即想起，村里人都知晓，六亲不认的马罗，常常抓住偷庄稼的贼，用他的牛皮裤带教训一番，然后放掉，倒是很少交给干部去处置。干部不打人，只会罚款，罚下款又是众人的。要么开群众会，斗争批判一番，无非是丢人现眼，远不如马罗自己发泄一下光棍过剩的力气过瘾……我现在开始考虑，如何对付这个残忍的老光棍儿了。如果他要……那么我就……我有好几种应急措施在脑子里形成了。

我不能不做应急的考虑。这个马罗，是个生性孤僻的老光棍儿。村里还有一位光身汉，却是个爱热闹的"呼啦嗨"，天天黑夜招惹一屋子闲汉，耍牌、"纠方""狼吃娃"，是老少皆宜的"俱乐部"。唯独这马罗，见不得闲人进门。有人暗里说，马罗常在他的窑里会野婆娘，怕旁人突撞了他的好事，不管怎样，我大约从来没有踏进过他的土窑的门槛，这倒不是怕冲撞什么，我是实在不想看他的那一张脸，从来也看不到一丝笑纹的冷脸，总是像刚刚和人打过架似的。加之我一直在县城读书，只在寒暑假才回到村里住下，几乎没有和他打过什么交道，说话的次数都是极其有限的。

马罗一年四季只干一种活儿，看守庄稼。麦子熟了看守麦子，苞谷熟了看守苞谷。麦子和苞谷处于青苗时节，他就在村口路边转悠着，看守那些糟践粮食的猪羊鸡鸭。他曾经一梭镖扎透过一头公猪的肚子，吓得所有养猪的村民纷纷修补坍塌的猪圈和羊舍。他曾经把一个偷摘棉花的汉子捆在树干上，嘴里塞满他自个偷摘下的籽棉（真是自食其果），解下宽皮带，一手提着裤子，一手挽着皮带，抽得那汉子可想而知是什么滋味了。有马罗看守庄稼，比阎罗更沁人。不过……我这样二十岁的刚强铁汉，总不至于束手给他捆绑到白杨树干上的……

再绕过一道水渠，朝东一拐，我就看见一盏马灯荧荧的亮光，那马灯正挂在一个庵棚上，这是老光棍儿的别墅式住宅了。

他在庵棚口站住，转过身来，在黑暗里瞅着我。

我也站住，紧紧盯着他的手。

"坐下！"他的头一摆，对我吼喊。

我没有坐，仍然站着。坐下了，要再站起来反抗就可能为时过晚，措手不及。我没有吭声，倒把两手轻轻提起，叉在腰间，暗示给他一点威势。

"啊……嗨嗨嗨嗨嗨……"

突然间，他放声大哭起来，那粗哑的男人的哭声，从他喉咙里奔泻出来。像小河在夏季里突然暴发的山洪，挟裹着泥沙、石头和树枝，带着吼声，颤动着四野。我不知该怎么办了，在这一瞬间，我几乎失掉了知觉，脑子里一片空白，我和世界都不存在了，犹如穿开裆裤时候在河里鬼水被卷进淤泥陷坑时的那种绝望中的空白……

我慌了。不知该怎么办才好，叉在腰间的手自觉松动了，垂了下来。马罗突然伸出双臂，把我抱住，硕大的脑袋压在我的胸膛上，哭得更加不可收拾。他的中年人的粗壮的身体颤抖着，两条铁钳一样的手臂夹得我的肩胛骨麻辣辣地疼了。他的鼻涕和眼泪一股脑儿倾泻在我的胸脯上，渗湿了我的衣衫。

他哭得好凶，我却找不到劝解他的话。实际的情形是，根本不用我劝慰，他自己已经戛然而止，松开抱着我的手臂，哭溜着声儿颤颤地说了一句："咱们……好苦哇……"

我此时才理解了这个老光棍儿粗莽的举动中所表达的感情的含义了。而一当领会，我就再也支撑不住了，心酸了，腿软了，一下子坐在茅草庵棚门口的树根上，双手捂住脸颊，哭起来了，呜呜地淌泪，却不像他那样扯着喉咙号啕。

老光棍儿马罗，像疯了似的在庵棚前的草地上，跳起又落下，破口大骂：

"'修正'！你害得俺中国人好苦哇！你不吃自家的黑豆小豆（赫鲁晓夫），净想吃中国的白米细面！白米细面吃腻了，还想吃苹果！苹果……哼！还要拿圈儿套得一般个儿……"

我十分伤心，却又几乎被他的骂声所逗笑。我知道，公社里某些拙劣的宣传家向村民讲解宣传的结果，就造成马罗叔这样的胡拉乱扯的可笑心理。他却依然恨着声，跳着骂着，像村子里的庄稼人打架时一样的泼势：

"你害得俺中国农民……啃生苞谷棒子……"

我刚刚觉得心里轻松了一下，又酸楚楚地低下头来了。

"我日你妈——'假积极'！你胡诌欺哄，放你妈的臭'卫星'！你得了奖状，得了表扬，叫俺社员跟受洋罪——啃生苞谷棒子！"

戒备，羞愧，所有这些复杂的心情，全都随着马罗的骂声跑掉了，我心地坦实地坐在那只树根上，换一个更为舒适的坐姿。马罗蹦着、骂着，声音渐渐远了，钻进苞谷地里去了，那儿随之传出咔嚓咔嚓的断裂的脆响。

他走来了，怀里抱着一撂苞谷棒子，扔到庵棚口的草地上，又钻进庵棚，从吊床下扯出一捆干透的树枝，啪的一声划着火柴，点燃麦草，再加上树枝，火苗咻咻咻蹿起来，冒得老高，在一个用铁丝扭成的支架上，摆上了嫩苞谷棒子。他咕哝咕哝地说：

"去他妈的！这号烂熊苞谷棒子，而今倒成稀罕物了！咋说也不能……啃生的……"

干透的树枝燃烧起来，噼啪作响，火声是这样富于生气。我坐在火堆旁，双手搂着膝头，下巴支在膝盖上，看火苗忽而落下又忽而蹿高，在秋夜的黑幕中辟开的光亮的空间，随着火苗的起落忽而缩收又忽而扩大。火苗在树枝上跳跃，从燃烧着的枝条上攀缘到刚添加上去的树枝上，像万千猕猴在树林里嬉闹，跳跃翻跌。无数条火苗拢在一起，就组成一个火的世界，充满了活力；火永远给人一种热烈、紧张、奋进的启迪……秋虫在四野的黑暗里唧唧啾啾，唧唧吧吧地吟唱，像无边无沿的一只大网在颤悠。

马罗蹲在火边，用树枝拨拢着火堆，促其烧得更旺。架在铁丝网架上的苞谷棒子，绿色的嫩皮变黄了、变黑了、烧焦了，一股浓郁的香味从火堆里扩散开来了。

我的鼻膜受到刺激，经不住这样无法抗拒的诱惑，口腔里不断地有口水渗出来，嫩苞谷棒子经过烧烤，散发出来的这股奇异的香味啊……这样浓烈，这样甘醇，我不能想象世界上还有其他什么美味佳餐能比它更香甜更醇美了。

马罗大叔的神态也使人动情。他坐在一块鹅卵石上，两手搭在撒开的膝头上，挺直腰板，俨然一副用斧头砍削出来的青石雕像。火光映照着他的脸，一会儿明亮，一忽儿灰暗，四方脸中央，雄踞着一宽大的蒜头鼻子，脸颊上有两道粗糙的大动脉似的皱纹。这张脸上，现在呈现出安详的神态，专注的眼神，雄狮守护幼崽一般雄伟而又慈爱的神情。他间或用右手里的树枝拨弄一下火堆里的柴枝，甚至歪一歪脑袋，向火堆里吹两口气，然后又坐直了，却不开口说话。

"吃——熟咧。"

他从火堆里的铁丝架上取出一个苞谷棒子，甩过来，撂到我的怀里。好烫！烧焦灼皮上，残留着火星，我在两只手中捣来捣去，舍不得丢到地上，撕开尚未烧透的内皮，一股热气饱溶着浓烈的香甜气味扑鼻而来。软软乎乎的苞谷粒儿，酥软香甜，一口咬进嘴里，我的眼泪禁不住扑洒下来了。

他也撕开一个苞谷棒子，用指头从棒子上抠下几粒，放到嘴里，缓缓地扭动着腮巴骨，缓缓地嚼着，很悠闲的样子。我却双手握着棒子，啃啊啃着。

我真吃饱了！大约两年以来，当城乡陷入严重的经济困难状态，倒霉的是我刚刚进入生理发育最活跃的时期，总是感到饿。我第一次给胃里装进去这么多没有掺假的真正的粮食，丝毫不担心消化不了而撑死在这河滩里的庵棚前。我很想说几句感谢他的话，却又说不出口，转弯抹角地说：

"我还想你会把我送给干部哩！或是……用皮带抽我一顿呢！没想到……"

"亏得你娃子没有跑！好——"他说，"好汉做事好汉当，偷了就偷了，吃了就吃了！你跑这个鸟嘛！我就见不得那些蛇溜鼠蹿的东西！你威威势势站在那儿……我倒服了——这娃子有种……"

那晚我没有回家，和马罗大叔挤睡在他的庵棚里的吊床上。他的一条薄被子，大约半年一年也没有拆洗过，有一股臊腥味儿，包围着我的鼻孔，耳畔响着他毫不抑制的屁响。他像剖白一样向我解释，他用梭镖扎死的那头公猪，是一位只会说人话而尽干狗事的人家的，只有杀出这一条威风，才能免去更多的唇舌。尽管这样，他悄悄地给人家赔了猪款，还让人家悄悄地收下，他只要那一层威慑的声势。他用皮带教训过的那个偷棉花的汉子，大约也是出于同样的目的，在于震慑外村那些企图用偷盗而发财的惯犯。至于像一般人偷摸一把两把，他老远里发现了，大声咳嗽一声，让你冠冕堂皇地走掉也就完了。对于我这样偷而不逃的蠢汉，他反而视为上宾了……

我吃了一顿难得忘怀的晚餐！

我睡了一个难得忘怀的好觉！

他对我这样诚恳相待，倒使我不好意思偷偷去摸一摸那苞谷棒子了，即使饥饿仍然十分难忍，我还是无有勇气再次走到他的庵棚里去。这一夜，我终于忍不住了，那美味的烧烤苞谷棒子的回忆，使我心里像猫儿抓着。我硬着头皮走出屋子，又走下河滩。

有一块半圆的月亮贴在西塬上空，路边的苞谷叶子刷到我的脸上，像锯刺一样割得人难受。我在想，怎么向他开口呢？真是有点不好意思，狗肉吃下熟路了吗？

庵棚前挂着的马灯灭了，一片黑暗，月亮清冷的昏光从树枝间透过，斑斑驳驳照在庵棚上。我站在庵棚旁边，叫了一声"马罗大叔！"没有应声，稍停之后，我又叫了一声。

"滚远！"

庵棚里吼出一声，我羞得无地自容了。是啊！太有点不知趣了……

我不知怎样离开庵棚，也没有心思回家，在河岸边的石坝上坐下了，撩起清凉的河水，刷洗烧烫的脸颊。

我发觉身后一亮，回过头，马罗把一支燃着的火柴按到烟锅上，瞬即熄灭了。我又把头转向河水，没有说话。

我凭感觉，知道他在我身旁坐下了，仍然没有理睬他。他咳嗽一声，却像无事人一样，乐悠悠地说："你瞅，河心沙滩上，那是……"

我抬起头，朦朦胧胧的月光下，无掩无遮的沙滩上，一个人正踽踽朝对岸走去，似乎从姿势上可以辨出来，那是个女人……我突然像明白了什么，回过头，看见马罗喜眯眯地哑着烟袋，悠悠然喷出一口口烟雾："不要记恨叔骂了你一句……你来得太不是时候！把叔差点吓失塌咧……"

我跳起来，扑到他身上，使劲捶他结实的肩膀，要他老实交代。他得意地嘿嘿嘿笑着，并不特别忌讳……

"那是我的老相好哩！"

"新中国成立前，我在河北岸王财东家熬活的时光，这女人就跟我好上了。她男人是王财东的大少爷，狗日长得白白净净，可是个白脸傻瓜！十个铜圆数不完就乱了码号。土改的时光，王财东一上斗争台，这白脸臭瓜吓得拉下一裤裆稀屎，越是臭气了，嘴角成天吊着一串串涎水，她更见不得他了……"

"你该是跟她结婚，成家，何必偷偷摸摸的。"我说，"新中国成立了，你怕啥？"

"结婚当然好，我咋能不想到。唉！这女人也真是说不清，又不忍心把那涎水嘴男人撂下。她怕孩子隔着一层，日后旁人骂'野种'。我呢？也没心思讨旁的女人成家。再说，那女人也不让我讨，就让我跟她这么混……十四五年了，我也习惯咧。这女人好啊！只是而今饿得慌慌，她背着地主成分，政府发下救济粮，根本没她的份儿。好！我这儿给她救济。没办法，那几个娃儿没跟得上沾他财东爷子的光，倒刚刚跟上挨饿。队里分给我的，政府救济下的粮食，都给她了。新中国成立前我给老财东熬活，而今又养活起几个猪娃子！没有办法！谁让我跟这女人……"

"那……你这么混下去，老了，怎么办？"我插嘴问，"你的好心，人家儿女大了想回报也没法回报，名不正言不顺哪！"

"不想！我马罗根本不想叫谁回报。老了死了，我啥也不留给旁人，也不想要旁人骂我。只要我活着，有这个女人跟我相好，行啰……"

星光在河水里闪烁。夜是这样深，这样沉。我突然想到葛利高里和阿克西尼亚。我们这黄土沉积层上的古老民族的子孙，也有顿河哥萨克一样动人的情话，只是格调不同罢了。

"你可不要乱嚷嚷呀！要是嚷嚷得旁人知道了，该当何罪！唔……你刚才叫我一声，把我吓了一跳，也把那个可怜人吓坏了。我给她说，'没事，俺老侄儿是个牢靠人，不会烂事的。你放心走……'她……那不是，已经走到河那岸去了……"

我抬起头，那个女人的身影，已经消失在河岸边的杨柳林带里。最后消失前的那一刻，似乎停站了那么一会儿，大约在隔水眺望她倾心相爱着的马罗大叔……

这一晚，马罗大叔话也多了，神情也格外活跃，说啊笑啊，直到村庄里传来一声鸡啼……自然免不了，给我一顿烧烤的苞谷棒子。

…………

"给你马罗大叔送几张纸去。"母亲说。

我刚吃罢晚饭，放下筷子，母亲就提示我，应该给马罗大叔送一叠纸去。乡村里至今保存着这样的习俗，村民们为任何一位逝去的老者敬送一叠纸，由死者的家人烧在灵前，或焚化坟头，表示哀悼之情。世风进化了，乡村农民也有像城里人一样敬送花圈挽联的，终究为数不多，多数人仍然送一叠粗黑的麻纸。

我接过母亲拿来的一厚叠麻纸，走出门去。如果仅仅出于报答他在我饥饿如狼的困顿时刻给予过我一顿美味的晚餐——烧烤苞谷棒子，未免失之浅薄，而我又深知这与马罗大叔"不要回报"的本意相违拗的，我的心沉重起来了……

我在公社里已经工作过近十年了。那一天，在公社机关不算太大的院子里，我看见马罗大叔的背影。那硕大的头颅，粗而短的腰身，现在却教人感到是一具粗大的骨骼，而且背也略微驼了。我把他叫进我的住屋。

"吃饭了没？"我问。

"吃——咧！"他拖着声儿爽声朗气地说。

"可别作假！"我说，"虽不到开饭时间，馍和咸菜很现成，你随便吃点。"

"啥时代把你马罗叔饿下了?"他得意地仰起头,"五保户没定量……"

我信了。马罗大叔已经进入花甲之年了,他的吃穿,由生产队里包着,虽然不能说富裕,却也能填饱肚子。这个生活水准,在70年代中期的农村,应该说是可以过得去的了。

"你到公社来有啥事呀?"我随便问。

"屁事也没!"他响亮地说,很轻松的神气,老虽老了,说话仍是一派阳刚之气,"我逛到镇上来,到公社院子转转。我不打搅你了,你忙。我浪呀!逛呀!"说着就站起身要走了。

我送他出门,看着他从公路上摇摇晃晃走过去,拐进供销社的大门,就折回身来,办我要办的事情去了。

当我再次从院子走过的时候,却又看见了马罗大叔的背影。他大约也发觉了我,竟然有点怆皇地从墙角消失了。我有点疑心,他大约不像他嘴上说得那么轻松,浪呀逛呀。我瞅瞅他走过的这一排房子,一间里头住着妇联干部,一间里头住着共青团专干,都是与他不会发生什么联系的部门。另一间屋子住着民政干部老乔,我意识到一点什么,就走了进去。

"刚才是不是有个老汉到这儿来过?"

"马罗儿,你们村子的五保老汉,刚走。"老乔说,"老汉领贫寒救济款来了。"

"给老汉救济了多少钱?"我问。

"嗨!现在还谈不上补多补少的问题。"老乔说,"队里不给马罗老汉盖章,说他……"

我虽然分管民政工作,冬季贫寒救济的具体事项却是由老乔办理,我不太过多干预。老乔是位老同志,人又公正,完全可以放心他做好这件极容易闹矛盾的工作。现在,面对马罗大叔的救济问题,我却忍不住甩出点子来了:"该给老汉救济多少,你定个数儿,队里不盖章拉倒,我签字负责!"

"咱们有些村子的干部……真不像话。"老乔也因此而发牢骚,"马罗老汉刚才来给我说,去年的贫寒救济款和物资,全由干部悄悄地私分了。当然,咱们工作上也有漏洞,马罗说他不为要钱,为闹事!老汉大喊大叫，说他要把这事闹得全村都知道，还要寻县委反映。他说他才不在乎那几个钱，十来二十块地也发不了家……"

"这样的……原来是这样的。"我说，"刚才他和我见过了，可是一句未提……只说是浪哩逛哩！"

"这老汉倔得很。"老乔说，"我给他说，让他找你反映反映，他可直摇头，我还当是他和你不合哩……"

我没有再说话，走出老乔的办公室。马罗大叔对我只字未提，甚至有意躲避着我，本能地使我记起他说过的"不求回报"的话，自己也不知是一种什么滋味在心头了。

我还是坚持我甩出的点子，让老乔给马罗大叔送去了救济款和棉布棉花。老乔回来时，详细叙述了经过，他做得更严密，把棉布棉花直接交给妇女队长，让她给老汉缝制棉衣棉裤。我初听时很欣慰，稍一思忖，又不禁慌然，这难道是合他本意的吗？

一孔窑洞中间，停放着马罗大叔的棺柩。今日午时已经入殓盖棺，我再也看不见那宽大的蒜头鼻子了以及那两条深刻在脸颊上的大动脉似的皱纹。窑里和窑院的一切空间，全被男女老少围塞满了，门口仍然拥进一溜连串前来送纸的乡亲。他们在灵桌前放下麻纸，点燃一炷紫香，插进用瓷缸代用的香炉，鞠一鞠躬，就参加到人堆里说闲话去了。

我在灵桌前站住，放下纸，从香筒里抽出一支香，在蜡烛上点燃，插进香支已经十分稠密的香炉，照着所有庄稼人的规矩，抱住双拳，举齐额头，向马罗大叔鞠一鞠躬。当我深深地弯下腰，虔诚地低下头去的时候，一个镜头闪现在脑际了——

在一座十分雅致的高层大楼上，我应邀参加一场规模不小的宴会，来自南方北方的新朋老友，杯盘交盏，词恳意切。我亦兴之所至，敞怀痛饮，酒过数巡，我的脑子里突然闪出马罗大叔一把甩到我怀里的那个烧烤成黑色的苞谷棒子来！细一瞅幻觉消失了，桌上是狼藉的鸡骨鱼翅，桌下是软茸茸的红地毯，哪有什么鬼苞谷棒子的踪迹……我可没有醉！

紫香焚烧的青烟，在灵堂上飘绕，空气里有一缕幽微的香味。我停立在灵桌前，脑子里又变得一片空白了，直到我被谁拥撞了一下，才发觉后面已经拥着一堆等候进香的男女，我立即让开位置。

她——马罗大叔的阿克西尼亚——站在灵桌前头了。她点燃一支香，插进香炉的时候，手指抖着，竟然两次把香弄断了。她的表面倒装得沉静，跪下去，磕了头，站起来的时候，我看见了她眼角渗出的泪痕。

所有老年女人们都表现出过分的热情，招呼她喝水，没有讥诮和轻薄的意思，她倒有点忸怩了。

我很快弄清，这场丧礼葬仪是由几位热心人组织的。土地下户以后，马罗没有心思抚养庄稼，在一亩多责任田里全部种上了树苗，还没来得及卖掉，自己却死了。他仍然被村民们推举为护田人，统一看守各家各户的庄稼，按照田亩分摊给他一定的报酬。刚进腊月，本年的酬金还没领，他却死了。于是，村民们就形成一条动议，把他看守庄稼的酬金按户收齐——甭亏了马罗！再把树苗折价，由队里暂且垫付。把这两笔款子合起，筹办马罗的丧葬大事。

"八挂五"的乐人班子（13人）已经在窑院里唱起《祭灵》，公社电影放映队的放映员正在打麦场上挂银幕，满村巷里都洋溢着欢悦的浪花。马罗生时寂寞，死时却热闹，能得到这种死而无怨的结局，也不容易哩！

我坐在乡亲们中间，抽烟、喝茶，听大伙儿高声说笑，看众人跑前跑后地忙乎的身影，心里却不时闪出那个甩到我怀里来的烧熟的苞谷棒子，那是怎样美好的一顿野炊晚餐……

# 赋得永久的悔

季羡林

题目是韩小蕙小姐出的，所以名之曰"赋得"，但文章是我心甘情愿做的，所以不是八股。我为什么心甘情愿做这样一篇文章呢？一言以蔽之，题目出得好，不但实获我心，而且先获我心：我早就想写这样一篇东西了。

我已经到了望九之年。在过去的七八十年中，从乡下到城里；从国内到国外；从小学、中学、大学到洋研究院；从"志于学"到超过"从心所欲不逾矩"，曲曲折折，坎坎坷坷，既走过阳关大道，也走过独木小桥；既经过"山重水复疑无路"，又看到"柳暗花明又一村"，喜悦与忧伤并驾，失望与希望齐飞，我的经历可谓多矣。要讲后悔之事，那是俯拾皆是。要选其中最深切、最真实、最难忘的悔，也就是永久的悔，那也是唾手可得，因为它片刻也没有离开过我的心。

我这永久的悔就是：不该离开故乡，离开母亲。

我出生在鲁西北一个极端贫困的村庄里。我祖父母早亡，留下了我父亲等兄弟三个，孤苦伶仃，无依无靠。最小的叔叔送了人。我父亲和九叔背井离乡，盲流到济南去谋生。此时他俩也不过十几二十岁。在举目无亲的大城市里，必然是经过千辛万苦，九叔在济南落住了脚。于是我父亲就回到了故乡，说是农民，但又无日可耕。又必然是经过千辛万苦，九叔从济南有时寄点钱回家，父亲赖以生活。不知怎么一来，竟然寻上了媳妇，她就是我的母亲。

后来我听说，我们家确实也阔过一阵。大概在清末民初，九叔在东三省用口袋里剩下的最后五角钱，买了十分之一的湖北水灾奖券，中了奖。

兄弟俩商量，要"富贵而归故乡"，回家扬一下眉，吐一下气。于是把钱运回家，九叔仍然留在城里，乡里的事由父亲一手张罗。他用荒唐离奇的价钱，买了砖瓦，盖了房子。又用荒唐离奇的价钱，置了一块带一口水井的田地。一时兴会淋漓，真正扬眉吐气了。可惜好景不长，我父亲又用荒唐离奇的方式，仿佛宋江一样，豁达大度，招待四方朋友。转瞬间，盖成的瓦房又拆了卖砖、卖瓦。有水井的田地也改变了主人。全家又回归到原来的景况。我就是在这个时候，在这样的情况下降生到人间来的。

母亲当然亲身经历了这个巨大的变化。可惜，当我同母亲住在一起的时候，我只有几岁，告诉我，我也不懂。所以，我们家这一次陡然上升，又陡然下降，只仅是昙花一现，我到现在也不完全明白。这恐怕要成为永远的谜了。

家里日子是怎样过的，我年龄太小，说不清楚。反正吃得极坏，这个我是懂得的。按照当时的标准，吃"白的"（指麦子面）最高，其次是吃小米面或棒子面饼子（黄的），最次是吃红高粱饼子，颜色是红的，像猪肝一样。"白的"与我们家无缘。"黄的"与我们缘分也不大。终日为伍者只有"红的"。这"红的"又苦又涩，真是难以下咽。但不吃又害饿，我真有点谈"红"色变了。

但是，小孩子也有小孩子的办法。我祖父的堂兄是一个举人，他的夫人我喊她奶奶。他们这一支是有钱有地的。虽然举人死了，但我这一位大奶奶仍然健在，家境依然很好。她的亲孙子早亡，所以把全部的钟爱都倾注到我身上来。她是整个官庄能够吃"白的"的仅有的几个人之一。她不但自己吃，而且每天都给我留出半个或者四分之一个白面馍馍来。我每天早晨一睁眼，立即跳下炕跑到大奶奶跟前，清脆甜美地喊上一声："奶奶！"她立即笑得合不上嘴，把手缩回到肥大的袖子，从口袋里打出一小块馍馍，递给我，这是我一天中最幸福的时刻。

此外，我也偶尔能够吃一点"白的"，这是我自己用劳动换来的。一到夏天麦收季节，我们家根本没有什么麦子可收。对门住的宁家大婶子和大姑——她们家也穷得够呛——就带我到本村或外村富人的地里去"拾麦子"。所谓"拾麦子"就是别家的长工割过麦子，总还会剩下那么一点点麦穗，这些都是不值得一捡的，我们这些穷人就来"拾"。因为剩下的决不会多，我们拾上半天，也不过拾半篮子。然而对我们来说，这已经是如获至宝了。一定是大婶和大姑对我特别照顾。一个四五岁、五六岁的孩子，拾上一个夏天，也能拾上十斤八斤麦粒。这些都是母亲亲手搓出来的。为了对我加以奖励，麦季过后，母亲便把麦子磨成面。蒸成馍馍，或贴成白面饼子，让我解馋。我于是就大快朵颐了。

记得有一年，我拾麦子的成绩也许是有点"超常"。到了中秋节——农民嘴里叫"八月十五"——母亲不知从哪里弄了点月饼，给我掰了一块，我就蹲在一块石头旁边，大吃起来。在当时，对我来说，月饼可真是神奇的好东西，龙肝凤髓也难以比得上的，我难得吃上一次。我当时并没有注意，母亲是否也在吃。现在回想起来，她根本一口也没有吃。不但是月饼，连其他"白的"，母亲从来都没有尝过，都留给我吃了。她大概是毕生就与红色的高粱饼子为伍。到了灾年，连这个也吃不上，那就只有吃野菜了。

至于肉类，吃的回忆似乎是一片空白。我老娘家隔壁是一家卖煮牛肉的作坊。给农民劳苦耕耘了一辈子的老黄牛，到了老年，耕不动了，几个农民便以极其低的价钱买来，用极其野蛮的办法杀死，把肉煮烂，然后卖掉。老牛肉难煮，实在没有办法，农民就在肉锅内小便一通，这样肉就好烂了。农民心肠好，有了这种情况，就昭告四邻："今天的肉你们别买！"老娘家穷，虽然极其疼爱我这个外孙，也只能用土罐子，花几个制钱。装一罐子牛肉汤，聊胜于无。记得有一次，罐子里多了一块牛肚子。这就成了我的专利。我舍不得一气吃掉，就用生了锈的小铁刀，一块一块地割着吃，慢慢地吃，这一块牛肚真可以同月饼媲美了。

"白的"、月饼和牛肚难得，"黄的"怎样呢？"黄的"，也同样难得，但是尽管我只有几岁，我却也想出了办法：到了春、夏、秋三个季节，庄外的草和庄稼都长起来了。我就到庄外去割草，或者到人家高粱地里去劈高粱叶。田主不但不禁止，而且还欢迎。因为叶子一劈，通风情况就能改进，高粱长得就能更好，粮食打得就能更多。草和高粱叶都是喂牛用的。我们家穷，从来没有养过牛。我二大爷家是有地的，经常养着两头大牛。我这草和高粱叶就是给它们准备的。每当我这个不到三块豆腐干高的孩子背着一大捆草或高粱叶走进二大爷的大门，我心里有所恃而不恐，把草放在牛圈里，赖着不走，总能蹭上一顿"黄的"吃。到了过年的时候，自己心里觉得，在过去的一年里，自己喂牛立了功，又有勇气到二大爷家里赖着吃黄面糕。黄面糕是用黄米面加上枣蒸成的。颜色虽黄，却位列"白的"之上，因为一年只在过年时吃一次，物以稀为贵，于是黄面糕就贵了起来。

　　我上面讲的全是吃的东西。为什么一讲到母亲就讲起吃的东西来了呢？原因并不复杂。第一，我作为一个孩子容易关心吃的东西。第二，所有我在上面提到的好吃的东西，几乎都与母亲无缘。除了"黄的"以外，其余她都不沾边儿。我在她身边只待到六岁，以后两次奔丧回家，待的时间也很短。现在我回忆起来，连母亲的面影都是迷离模糊的，没有一个清晰的轮廓。特别有一点，让我难解而又易解：我无论如何也回忆不起母亲的笑容来，她好像是一点都没有笑过。家境贫困，儿子远离，她受尽了苦难，笑容从何而来呢？有一次我回家听对面的宁大婶子告诉我说："你娘经常说'早知道送出去回不来，我怎么也不会放他走的'。"简短的一句话里面含着多少辛酸、多少悲伤啊！母亲不知有多少日日夜夜，眼望远方，盼望自己的儿子回来呵！然而这个儿子却始终没有归去，一直到母亲离开这个世界。对于这个情况，我最初懵懵懂懂，理解得并不深刻。到上了高中的时候，自己大了几岁，逐渐理解了，但是自己寄人篱下，经济不能独立，空有雄心壮志，怎奈无法实现。我暗暗地下定了决心，立下了誓愿：一旦大学毕业，自己找到工作，立即迎养母亲，然而没有等到我大学毕业，母亲就离开我走了，永远永远地走了。古人说"树欲静而风不止，子欲养而亲不待"，这话正应到我身上。我不忍想象母亲临终时思念爱子的情况，一想到，我就会心肝俱裂，眼泪盈眶。当我从北平赶回济南，又从济南赶回清平奔丧的时候，看到了母亲的棺材，看到那简陋的屋子，我真想一头撞死在棺材上，随母亲于地下。我后悔，我真后悔，我千不该万不该离开了母亲。世界上无论什么名誉，什么地位、什么幸福、什么尊荣，都比不上待在母亲身边，即使她一字也不识，即使整天吃"红的"。

　　这就是我的"永久的悔"。

# 读"吃喝玩乐"

贾平凹

我在寺院见到一个和尚，是有被现代文明烦闷的女子不理解和尚的饭食和睡铺那么简陋，和尚对她说了："我吃粗饭的时候觉得香，粗饭也就是山珍海味，你睡在席梦思床上失眠，席梦思也就是草铺棘丛。"

古戏文上常有一句俗话：

"清早开门七件事，油盐酱醋米面菜。"

这可能是一般人的生活。以前在关中的乡下，常见冬日的屋墙下，老农一边晒暖，一边扪虱，一边谈论皇帝和皇帝一样的人吃什么，就有人说："吃什么？顿顿辣子拌捞面地哩！"老农的想象当然可笑，但皇帝到底吃什么，老农没见过，我也没见过。却寻思，皇帝也好，平民也好，男女老少，贵贱富穷，是人总逃不开个吃的喝的，有吃有喝了就少不得要玩要乐的吧。

可话说回来，虽然人是要吃喝玩乐，毕竟人物不同，食物也不同——人的本性是好的吃不死，不好的死不吃——吃喝的优劣决定了人的贫富贵贱。但是，吃喝也有吃喝的境界，我们在书上、电影上常常看见美食精舍的贵夫人而痛苦自杀，流浪乞儿却快活无比，这就不是说吃喝得好便有玩有乐，吃喝不好而没有玩乐。不是的。我在寺院见到一个和尚，是有被现代文明烦闷的女子不理解和尚的饭食和睡铺那么简陋，和尚对她说了："我吃粗饭的时候觉得香，粗饭也就是山珍海味，你睡在席梦思床上失眠，席梦思也就是草铺棘丛。"这话我觉得对。一个人的吃喝优劣如命运一样难以改变，可对待吃喝却有自选的态度。现在兴旅游，有的人只喜欢跑名胜，有的人却要去没人去的地方，在所谓名胜的地方看到的或许是人人都能看到的景致，去没人去的地方，或许获得了别人无法享受的乐趣。

伟大的孔子说过"小人谋食"，说过之后又说了"君子谋道"。如果为吃喝游玩而吃喝游玩，那真是小人，但在吃喝游玩中体会到道，那就是君子了。一样是茶，我们喝茶是喝，和尚喝茶是禅，这就是我们与和尚的区别。在吃喝玩乐里，有些人是谋不出道来的（又何必须要谋个什么道呢？），有些人是有意或无意，有多或有少地却在谋出道了，有些人谋出道了也就谋出道了，有些人谋出道了却又能把它写下来，他们谋了道得了乐，我们何不也就后他们之乐而乐我们自己呢？

# 蜚蜚小姐

## [法] 莫泊桑

普鲁士的少校营长，法勒斯倍伯爵看完了他收到的文书。歪着身子靠在一把用壁衣材料的靠垫的太师椅里，翘着两只套在长筒马靴里的脚搁在壁炉台子上，台子是用漂亮大理石砌成的。自从他们占住雨韦古堡三个月以来，他马靴上的马刺每天总把它刮坏一点点，到现在已经刮成了两个深窟窿。一杯咖啡热气腾腾地搁在一张独脚的圆桌子上，桌面原是按照精巧图案镶嵌的，现在却被甜味烧酒留下了斑点，被雪茄烟烧出了焦痕，又被这个占领军官长拿着小刀划了许多数字和花纹，因为他有时候也拿着小刀去削铅笔，然而削的动作一停，他就凭着他那种无精打采的梦想意味拿起小刀在桌面上乱划。

这一天，他看完了文书，又浏览了那些由他营里的通信中士刚才送来的德文报纸。他就站起来，拿着三四块湿木头扔在壁炉里——那都是他们为了烤火渐渐从古堡的园子里伐下来的，以后，他走到了窗边。

大雨像波浪奔腾似的下着，那是一种诺曼底地方的大雨。我们简直可以说那是由一只怒不可当的手泼下来的，它斜射着，密得像是一幅帷幕，形成一道显出无数斜纹的雨墙。它鞭挞着、迸射着、淹没着一切。卢昂一带素来被人叫作法国尿盆儿，现在这种雨真的是那一带的雨。

那军官长久地望着窗外那片被水淹没的草地和远处那条漫过堤面的昂代勒河。他用手指头儿如同打鼓似的，在窗子的玻璃上面轻轻敲出一段莱茵河的华尔兹舞曲，这时候，一道响声使他回过头来：那是他的副营长开尔韦因石泰因子爵，官阶是上尉。

少校是个宽肩膀的大个儿，一嘴扇形般的长髯铺在胸前。他那种大人物的庄严风采，使人想象到一只戎装的孔雀，一只可以把展开的长尾挂在自己下巴上的孔雀。他眼睛是蓝的，冷静而且柔和，脸上挂着一道刀痕，那是普奥战役留给他的，据说他是一个正直的人也是一个勇将。

上尉是个满面红光的矮胖子，肚子捆得很紧，火红色的胡子几乎齐根剪掉，有时候在某种光线之下，竟可以使人以为他的脸上擦过了磷质。他在某一次欢乐之夜莫名其妙地失去了两颗门牙，使得他说起话来不大清楚，旁人始终听不出来。他是秃顶的，不过俨然是个行过剃发礼的宗教师，仅仅秃了顶门上那一部分，而围着那一块光秃秃的皮肤的四周全是金黄刷亮鬈起来的短头发。

营长和他握了手又一口气喝了那杯咖啡（从早上算起已是第六杯了），一面听取他那个属下报告种种在勤务上发生的事故，随后他俩都走近窗口边一面高声说起景象真不快活。少校原是个安静的人，有妻小留在家里，对于什么都好说话，但是子爵上尉就不然了，他是个寻乐不倦的人，爱跑小胡同，爱追女人，3个月以来，他一直被人关在这个孤立的据点里守着强迫的清净规则，真是满肚子不痛快。

有人又叫门了，营长叫了一声请进来，于是他们的一个部下，一个好像机动傀儡般的小兵在门口出现了，只要看见他在此刻出现，就可以说明午饭已经伺候停当。

在饭厅里，早有三个军阶较低的军官：一个中尉，倭妥·格洛斯林；两个少尉，弗利茨·硕因瑶堡和威廉·艾力克侯爵。那侯爵是个浅黄头发的矮个儿，对于一般人自负而且粗鲁，对于战败者残忍而且暴烈，简直像是一种火药。

自从侵入法国以来，他那些朋友都只用法国语叫他作蜚蜚小姐。这个绰号的来由，是因为他的姿态倜傥，他的腰身细巧使人可以说那是缚了一副女人用的腰甲，他的脸色苍白仅仅只显出一点点初生的髭须影子以及他用来待人接物的习惯——那种习惯就是为着表示自己蔑视一切的崇高态度，他随时用一种轻轻吹哨子般的声音道出一句法国成语——"蜚蜚"。

雨韦古堡的饭厅本是一间长形的富丽堂皇的屋子，然而现在，它那些用古代玻璃砖做成的镜子都被枪子打出许多星状的创痕，它那些高大的弗兰德尔特产的壁衣都被军刀划成许多一条条的破布挂在各处，那正是蚩蚩小姐在无事可做的时候干出来的。

在墙上，挂着古堡里的三幅家传的人像：一个是身着铁甲的战士，一个是红袍主教，另一个是高级法院院长，他们嘴里都吸着一支长杆瓷烟斗，此外在一个因为年代过于久远而褪色的泥金框子里，有一个胸部紧束的贵族夫人，她却傲气凌人地翘着两大撇用木炭画出来的髭须。

那些军官们的午饭几乎是在那间受到蹂躏的屋子里静悄悄地吃着的，外面的狂雨使得屋子晦暗不明，内部的那种打了败仗的仪容使得屋子十分凄惨，那种用桃花心木做成的古老地板简直变得像小酒店里泥地一样污糟。

吃完了以后，他们在吸烟的时间又动手再喝起来，每天在这种时间里，他们必须重复地议论他们的烦闷无聊。好些瓶白兰地和甜味烧酒从各人的手里传递不停。全体都是把半个身子斜躺在椅子上的，拿着杯子慢慢地喝了又喝，同时他们嘴角上，仍旧都衔着一支德国烟斗，烟斗的杆子是长而曲的，头儿上装着一个蛋形的瓷质烟锅，而且素来是画得花花绿绿如同为了引诱霍屯督人一样。

他们的杯子一空，他们就无精打采地再把它斟满。不过蚩蚩小姐动辄随意砸破自己的杯子，于是立即有一个小兵另外送一只给他。

一阵辛辣的烟雾笼住了他们，他们仿佛都沉溺在一种打盹的和愁人的醉态里，沉溺在那种属于没有一事可做的人的忧郁醉态里。

但是那位子爵突然站起来。一阵怒气激动他了，他骂着："活见鬼，这怎样能够持久，应当想出一点儿事来做。"倭妥中尉和弗利茨少尉本是两个非常富于日耳曼民族的笨重形态的人，那时候齐声回答道："什么呢？我的上尉。"上尉思索了三五秒钟，随后接着说："什么吗？喂，应当组织一场欢乐的聚会，倘若营长允许我们那么做。"

少校挪开了嘴里的烟斗问："什么样欢乐的聚会，上尉。"子爵走过去说："一切由我负责，我的营长。我就派'义务'往卢昂去给我们带几位女客过来，我知道那是要到什么地方去找的。这儿呢，我们预备一顿夜饭，并且什么材料也不缺，这样，我们至少可以有一个像样的晚会。"法勒斯倍伯爵微笑地耸着肩膀："您发痴了，朋友。"但是军官们全都起立了，他们围绕了他们的营长向他恳求：

"请您让副营长去办吧，我们的营长，这儿真是闷死人了。"

少校终于让步了。"可以，"他说。于是子爵立刻派人叫了"义务"来，"义务"是一个年老的上士，谁也从没有看见他笑过，但是上级派给他的种种命令不管性质如何，他都出人意外地完成得毫无缺憾。

他神情自若地站着接受子爵的吩咐，随后他出去了，五分钟以后，一辆张着直墙圆顶的油布篷子的军用马车，被四匹飞奔的马在狂雨下面拉着走了。

立刻，各人的心灵上仿佛都起了一种醒觉的波动，毫无生气的姿态都重新振作起来，脸上都有了神采，并且他们开始谈话了。

尽管外面的雨仍旧同样的狂倾，但是少校却肯定天色没有以前那么阴晦，倭妥中尉怀着信心说天气快要晴明。蜚蜚小姐也好像坐不住了，"她"站起来又重新坐下。"她"那双闪烁而冷酷的眼睛正寻找什么来供"她"破坏。忽然间，"她"盯住了那个翘着两撇髭须的女像就抽出身上的手枪一面说道："你就会看不见什么了。"说完没有离开座位就对她瞄准，两粒子弹接连打穿了那幅人像的两只眼睛。

随后"她"嚷着："我们来演放地雷吧！"

如同一种新颖有力的兴趣转移了大家的注意力似的，大家的谈话突然中断了。

地雷，那是"她"的发明，"她"的破坏方法，"她"最心爱的娱乐。

古堡的合法主人，斐尔南·阿木伊·雨韦伯爵从前在离开这古堡的时候，除了把银餐具塞在一个墙洞儿中间以外，没有来得及带走一点儿什么，也没有来得及藏起一点儿什么，偏偏他原是很富有的和奢华的，他那间和饭厅相通的大客厅在主人没有仓促逃走以前，简直是博物馆里的一间陈列室。

墙上挂着好些有价值的油画和水彩画，家具上面，架子上面和精致的玻璃柜子里，摆着成千累百的古玩，有料器，有雕像，有萨克斯的瓷像，有中国的瓷人，有古代的象牙物件，有威尼斯的玻璃器具，这些珍贵稀奇的东西满满地充塞了那间宽大的客厅。

现在，那些东西所剩无几了。然而并非被人抢劫，因为少校营长法勒斯倍伯爵不会容许那种行为。不过蜚蜚小姐不时演放"地雷"，而所有的军官在演放的那一天也都享到了五分钟真正的娱乐。

那个矮小的侯爵到客厅里去找他应该选择的东西了。他拿了一把很小巧的洛思款式的中国茶壶走出来，壶里满装着火药，并且慎重地在壶嘴子里装了一条长的引线，他点燃了它，捧着这件凶器赶忙送到隔壁那间屋子里。

随后他很快又回来了，同时又关上了门。所有的德国人都站起来等着，一种幼稚的好奇心使得他们脸上都显出微笑了，末后一到爆炸的力量摇动那座古堡以后，他们赶忙一齐向着客厅里扑过去。

蜚蜚小姐首先进去，"她"站在一座炸断了脑袋的维纳斯瓷像跟前发狂似的拍掌，接着每一个军官都拾起好些碎瓷片儿，吃惊地看着碎片上异样的断口，审查这一次的损失，否认某些破坏是上一次爆炸的成绩。营长摆出家长样子，检阅这间宽大的客厅被耐龙式的霰弹所扰乱的情形和其中满地的艺术品的残余骸骨。后来他首先从客厅退出来，一面用和蔼的态度高声说道："这一次的成绩真不坏。"

但是一股很浓的硝烟早已窜到了饭厅里，它和烟草的烟混在一块儿，使人没法儿呼吸。营长推开窗子，那些回到饭厅里来喝最后一杯白兰地的军官都走到了他身边。

潮湿的空气涌到饭厅里，带来了一种凝在胡须上的灰尘样的细水珠儿和一阵河水上溢的气味。他们望着那些压在狂雨下面的大树，那条笼在低云中间的宽大河谷以及很远很远如同一支灰色长锥似的竖在风暴里的礼拜堂钟楼。

自从普鲁士人到了以后，那钟楼一直是静悄悄的。它的沉默简直是侵略者在附近一带遇到的唯一抵抗。礼拜堂的堂长对于普鲁士人在堂里的住宿和饮食毫不拒绝。敌军的营长时常把他当作一个善意的中间人，他甚至于肯陪营长喝过好几次啤酒或者葡萄酒。不过若是要请他照往常一样按时敲钟，即令只敲一次，那也办不到，因为他宁肯让人来枪毙自己而绝对不肯敲钟。那是他本人反对侵略的抗议方法，和平的抗议，沉默的抗议，他说教士原是温和的人而不是讲流血的，只有这方法才和教士适合，所以在十法里的周围，人人都称赞他的坚定，商大樊长老的英雄主义，他敢于肯定国难正在目前，用他那所礼拜堂的顽强沉默来宣布国难。

整个被这种抵抗所鼓舞的村子，决定牺牲一切来彻底支持他们这位堂长，认为这种英勇的抗议是对于民族光荣的捍卫。在农民看来觉得自己这样对于祖国的贡献胜过斯忒拉斯堡和倍勒伏尔两个地方，觉得自己表示了一种价值相同的榜样，自己村庄的名称因此而不朽，除此以外，他们对于战胜者普鲁士人的苛求是什么都不拒绝的。

营长和他部下的军官们都对那种无害的勇气付之一笑，并且因为当地的全部农民在他们的眼光里表现得良好和顺从，他们都欣然宽恕那种无声的爱国主义。

仅仅只有威廉·艾力克侯爵非常想用强迫手腕要礼拜堂敲钟。他因为他的上级对教士采取了迁就的手腕而感到生气，每天他都恳求营长让他去叮咚叮咚搞一回，仅仅为了笑一下子小搞一回。并且他恳求的时候每每装出猫儿的媚态，女性的阿谀，一种被欲望所沉醉的情妇式的柔曼声音，但是营长决不让步，于是蜚蜚小姐为了安慰自己，就在雨韦古堡里演放"地雷"了。

现在，他们5个人待在那儿吸着潮湿的空气，好几分钟没有动弹。中尉弗利茨终于发出一种不响亮的笑声，说道："那些姑娘们到这儿来散步，一定是遇不到好天气的。"接着他们就分手了，每个人都去办公，而上尉忙来忙去预备晚上的筵席。

到了他们在傍晚重新集合拢来的时候，他们如同大检阅日子一样，都是打扮得整整齐齐、容光焕发，头上都擦了油又洒了香水，见了面彼此互相望着笑。营长的头发像是没有早上那么花白，上尉也刮过了脸，只在鼻子底下留着一小撮火焰样的髭须。

虽然雨并没有住，他们却开着窗子，而且他们中间总有一个不时走到窗子跟前去听。到了6点10分光景，子爵报告远远地有一阵隆隆的声音。全体都赶过来了，不久那辆大马车出现了，四匹马始终在路上飞驰，连脊梁上全是烂泥，浑身汗气蒸腾而且喘着气。

5个妇人在台阶儿前面下车了，那是5个经过上尉的一个伙伴仔细挑选的美貌姑娘，"义务"先头是带了上尉一张名片去找他的。

她们当初并没有教人费什么事，因为都确信自己会好好儿赚得几文，此外根据自己三个月以来的亲身经验，她们是深知普鲁士人的，所以把男人看作物件一样。"这是职业要这样的。"她们在路上对自己说，无疑地是为了答复那种残余的良心对自己的暗暗责问。

大家立刻走进了饭厅，饭厅灯火通明，这样映出其中可怜的毁损情形，反而显得它像是更其愁惨，并且桌上满是各种肉食，华美的杯盘碗碟以及从墙洞子搜出来的那些被古堡主人藏好的银质器具，因此又使得饭厅像一所黑店，匪帮在抢劫了一场以后同到店里聚餐。上尉是笑容满面的，他独占着那些女人，把她们当作一种熟识的事物看待，品评她们，吻她们，嗅她们，估量她们的卖笑姑娘的身价，后来那3个少年人正想各自留下一个，上尉用权威态度反对起来，主张按照官阶来做很公正的分配，才可以绝不损害阶级制度。

于是为了避免任何争执，任何辩论和任何由于偏私而起的怀疑，他把她们五个人按照身材高矮排成一个行列，接着就用下命令的音调向那个最高的姑娘说道："你名叫什么？"她提高着声音回答："葩枚拉。"

于是上尉喊道："第一名葩枚拉，断定给营长。"

接着他拥抱了第二名白隆婷，显示自己的主人翁身份，然后把肥胖的阿孟姐分给中尉倭妥，西红柿艾佛分给中尉弗利茨，剩下来的就是那个最矮小的乐石儿了，她是一个很年轻的栗色头发的犹太女子，眼珠黑得像是一滴墨水，弯弯儿的鼻梁肯定了那条号称把鹰钩鼻子配给犹太民族的规律，上尉把她分给了军官中间的那个最年轻的，分给了那个身体不算结实的威廉·艾力克侯爵。

她们并且全都是漂亮而且肥胖的，脸蛋没有什么显然不同，由于官办妓院的共同生活以及每天的卖笑生涯，她们的姿态和皮肤差不多都变成了相同的。

3个少年都借口要用刷子和肥皂给她们清洁一下，口称要立刻引走他们那几个女人，但是上尉聪明地反对这个办法，肯定说为着吃夜饭她们都是够清洁的，而且那些要上楼的人要在下楼的时候有所更换就会扰乱其余的配偶。他的经验战胜了，于是饭厅里只不过有很多次的接吻，在等候之中的很多次的接吻。

乐石儿忽然透不过气了，咳得连眼泪都挤出来了，鼻孔里喷出了一点儿烟，原来侯爵借口和她接吻，对她嘴里吹进了一股烟。她并没有生气，也不说一个字，不过只用一种从乌黑的眼珠里露出来的怒气，盯着她这个主人翁。

大家坐到饭桌边了。营长本人仿佛也很高兴，他右手拉着葩枚拉，左手拉着白隆婷，在展开饭巾的时候，他高声说："您先头的意思真是妙极了的，上尉。"

倭妥和弗利茨两个中尉都是彬彬有礼的，仿佛陪着上流社会的女宾，他们这样就使得同坐的女人都有点儿不好意思，但是开尔韦因石泰因子爵完全得意忘形了，喜笑颜开，说了许多村野的话，仿佛他那圈红头发使他像是着了火似的。他用莱茵河流域的法语来献殷勤，他那些从门牙的缺口喷出来的小酒店派头的颂扬，夹在一阵唾沫星儿中间溅到了姑娘们的脸上。

然而她们不懂他说了一些什么，她们的聪明仿佛只在他吐出一堆堆的猥亵言辞的时候，吐出一堆堆被他的土音丑化的刺耳成语的时候才显露出来。这样一下，她们一齐如同痴婆子似的开始大笑，倒在她们旁边的男人肚子上边，重述着那些被子爵为了使她们说些污秽语言而故意曲解的成语。她们随意吐出那种语言，初巡的葡萄酒已经灌醉了她们，她们恢复了本来面目，展开了固有作风，向右面又向左面吻着那些髭须，捏着旁人的胳膊，发出种种震耳的叫唤，随意乱喝旁人的酒盅儿，唱着好些首法国曲子和几段由于日常和敌人往来学来的日耳曼曲子。

那些男人们受到这种陈列在鼻子和手掌下面的女人肉体的陶醉，不久也都猖狂起来，他们嚷着，敲碎好些杯盘碗碟，同时他们的背后，有好些神情木然的小兵正伺候他们。只有那位营长多少还能够保存一点体统。

蜚蜚小姐早已抱了乐石儿坐在膝头上，不动声色地兴奋起来，有时候，他如同发痴似的吻着她脖子上的那些卷起来的乌木般的头发，从她的衣裳和皮肤之间微嗅着她的美妙的体温和她身上的一切香气；有时候，他从她的衣裳外面生气似的捏得她叫唤，他受到了一种暴怒的兽性的控制，他是存心虐待她的，根据自身感到的虐待女人的需要使他痛苦。他频繁地用两只胳膊搂着她，紧得如同要把自己的身子和她的身子混合变成一个，他长久地把自己的嘴唇压住那犹太女子的鲜润的小嘴巴吻着，逼得她不能够呼吸，不过他突然一下很深地咬着她的嘴巴，一线鲜血从青年女子的下颌边流下来再落到她的胸襟上。

还有一次，她给自己洗濯那条伤口，面对面地瞧着他，并且低声慢气说道："这是要付出代价的。"他笑了，是一种无情的笑。"我将来一定付出代价。"他说。

已经到了饭后吃甜食水果的时候了，有人斟上了香槟酒。营长站起了，举起杯子用那种俨然是向他们的皇后奥古思姐恭祝圣安的音调说道：

"我为恭祝我们席上的高贵女宾的健康而干杯！"

于是一大串举杯致贺的颂词开始了，那是一些老兵式的和醉汉式的殷勤献媚的颂词，其中掺杂了好些猥亵的诙谐，而且由于对语言的无知因而更显得粗鲁。

他们当中这一个说完坐下去另一个又站起来致辞，每一个人都搜索枯肠，极力使自己变成滑稽的。姑娘们都醉得快要跌倒了，眼睛模糊，嘴唇发腻，每次都拼命鼓掌。

上尉无疑地想使这种大吃大喝的场面增加一种风流的空气，他高声说道："我恭祝我们爱情上的胜利而干杯！"

倭妥中尉原是一只黑森林当中的狗熊样的家伙，这时候，他兴致勃发酒气熏人地站起来。忽然那种醉后的爱国观念在他脑子里发动了，他嚷着："我恭祝我们在法国的胜利而干杯！"

她们是全都醉了的，没有发言，只有乐石儿浑身气得发颤了，偏过头来说道："你知道，我是认得法国军队的，在他们面前，你不会说这样的话。"

矮小的侯爵一直抱着她坐在膝头上，但是现在葡萄酒的力量使得他很快活起来，他说："哈！哈！哈！我从没有见过法国军队。只需我们一出现，他们都跑掉了！"

那姑娘很生气了，对着他的脸儿嚷道："你撒谎，脏东西！"他如同先头固定地望着那幅被他用手枪射穿的油画似的，睁着那双亮晶晶的眼睛对她望了一秒钟，随后他开始笑了："哈！对呀，我们来谈他们吧，美人儿！倘若他们是勇敢的，我们会来到这儿吗？"说到这儿他兴奋起来了："我们是他们的主人，法国是属于我们的！"

乐石儿一下离开了他的膝头，滑到了自己的椅子上。他站起了，举起了他的酒杯一直送到桌子中央，口里重复又说："法国是属于我们的，法国的人民、山林、田地、房屋，都是属于我们的！"

其余的那些大醉了的人，忽然都动了军人的兴奋情绪，一种野蛮的兴奋情绪，一齐举起杯子狂吼："普鲁士万岁！"并且都一口气干了杯。

姑娘们没有抗议，害怕得哑口无言。乐石儿没有气力答复，不再开口了。

这样一来，矮小的侯爵把手里的杯子重新斟满了香槟搁在犹太女子的头上，一面嚷着："也是属于我们的，所有的法国的女人！"

她很迅速地站起来，那只杯子突然一倒，把其中的黄澄澄的酒如同举行洗礼似的都倒在她的黑油油的头发上，杯子落下去了，在地上砸碎了。她抖着嘴唇横着眼睛去望那个始终嬉笑的军官，接着用一种被怒气咽着的声音含含糊糊地说："这种话，这种话，这种话不对，这算什么，你们得不到法国的女人。"

侯爵为了笑得更自在一些就坐下了，并且用德国字音模仿巴黎人的语调："她是很好的，很好的，你究竟到这儿来干什么的，女小子？"

她呆住了，开初，她在慌张中间没有听得明白，所以没有开口。随后，一下懂得了他的意思，她恶狠狠地对他反驳道："我！我！我不是个女人，我是个妓女，普鲁士人要的只能是这个。"

她还没有说完，他啪地就掴了她一个耳光，但是正当他重新举起手预备再打的时候，她在狂怒中间从桌上抓起一把吃点心的银质小刀，在迅速得叫人简直来不及看见的刹那间，把小刀直挺挺地戳到了他的脖子里，那恰巧在喉头下面锁骨中间的空儿里。

他说着的那句话被小刀截断在喉管里了，他愣起一双怕人的眼睛张开嘴巴没动弹。

全体都狂吼着并且慌乱地站起来，但是乐石儿把自己的椅子向倭妥中尉的双腿中间扔过去，中尉就直挺挺地躺在地上，她在旁人没有来得及抓着她以前就推开了窗子，并且跳到黑暗里，在那阵始终不停的雨底下逃走了。

蜚蜚小姐在两分钟之间死了。这时候，弗利茨和倭妥都拔出刀来要屠杀那些在他们膝头上的妇人，少校好不容易才制止了那场屠杀，让人把那四个吓坏了的女人关在一间屋子里，再派两个小兵保护着。随后他如同作战似的分配了他的部下，组织了追缉队去追缉在逃的姑娘，相信一定可以拿获。五十名受到威胁的小兵扑到古堡里的园子里去了。另外还有两百名着手搜索那个河谷里的所有的人家和所有的树林。

餐桌一下子就撤空了，现在那是蜚蜚小姐的尸榻了，那四个严酷的、酒醒了的军官都显出执行任务的军人的无情面目站在窗口边，探测窗外的夜色。

急流般的雨一直没有停。一片继续不断的波动充塞了黑暗世界，落下来的水，流着的水，滴着的水和迸射着的水，合拢来组成了一片漂荡的模糊声音。

忽然响了一枪，随后很远地又响了一枪，并且在 4 小时中间，不时有人听见许多或远或近的枪声和好些集合归队的叫声，好些用硬腭音发出来如同召唤一般的古怪语句。

到早上，派出去的人都回来了。其中死了两个，伤了三个，那都是他们自家人在黑夜追缉的慌乱和驱逐的狂热中间干出来的。

他们没有找得着乐石儿。

这样一来，河谷里的居民们受到恐吓了，房屋受到扰乱了，整个地方都被他们踏勘过、搜索过、翻转过。那个犹太女子仿佛没有留下一丝一毫痕迹。

师长得到了消息，吩咐要隐灭这个事件，免得坏的榜样传到整个部队里，一面惩罚营长的纪律不严，营长也处罚了他的下属。师长说："我们并不是为了娱乐和玩妓女而打仗的。"于是法勒斯倍伯爵在盛怒之下决定在当地寻报复了。

然而却应该找一个借口来使报复性的虐待不显得勉强，他教人找了堂长来，吩咐他在艾力克侯爵下葬的时候打钟表示哀悼。

出乎一般期待以外，那教士表示了服从、谦卑，满腔的敬意。蜚蜚小姐的出殡日期到了，小兵们抬着"她"的尸体从雨韦古堡对着公墓走，向前引路的，在柩边防护的和跟在后面的全是荷枪实弹的小兵，这时候，礼拜堂的钟第一次带着一种轻快的意味，发出它的哀悼声音，仿佛有一只富于友谊的手正在爱抚它一样。

它在傍晚又响起来，第二天也一样，而且每天都一样，它随人的意思奏出大钟小钟合奏的音乐。有时候甚至于在夜间，它也独自欣然摇摇晃晃在黑影里从容不迫地响那么两三声，俨然莫名其妙地快乐起来。是它醒了吧，谁也不知道那为着什么。地方上的全体农民因此说它着了邪魔，于是除了堂长和管理祭器的职员那两个人以外，谁也不再到钟楼近边去。

实际上，钟楼上面住着一个可怜的女子，她在忧郁和孤寂中间过活，而在暗地里供给她饮食的却是那两个人。

她在钟楼上一直待到德意志的部队开走为止。随后某一天傍晚，堂长借了面包店里的敞篷马车，亲自把这个由他看守的女子一直送到卢昂的城门口。到了的时候，堂长拥抱了她一下，她下了车，提起快步回到了妓院，那儿的女掌柜却以为她早已死了。

不久，一个不拘成见的爱国人士敬佩她当日的英勇行动，把她从妓院里带出来，接着他爱上了她，以后就和她结了婚，使她成了和其他的妇人同样有价值的主妇。

# 斐迪南

## [德] 歌 德

在家庭中，经常可以看到，孩子们的外貌和内心，有时具有父亲的特征，有时具有母亲的特征。有时还有这样的情况，孩子们以一种特殊的和令人惊讶的方式，与父母的本性相联系。

一位名叫斐迪南的年轻人，就是这样一个例子。看一看他的修养，就会想起他的父母。我们可以把他的气质与他的父亲进行精确的比较。他具有父亲轻浮、乐天的性情，贪图眼前享受，他的某种激情只在某种情况下能够自我克制，但从种种迹象看，他又具有母亲的冷静、正义感和为别人牺牲的精神。从上述介绍我们很容易看出，与他打交道的人，往往不得不求助于一种假定，来解释他的行为，那就是这个年轻人大概有两颗心。

我不由得回忆起他小时候的一些情景。这里只介绍能说明他的整个性格和对他的生活起决定性影响的事情。

他小时候过着富裕的享受型生活：他的父母很富有，并且按照这类人培养和教育自己的孩子。父亲在社交中、娱乐场上和着装方面的花销非常大。母亲是个好管家，知道怎样限制这种经常性的花销，使收支总的保持平衡，从不出现缺钱用的现象。因此，作为商人的父亲感到很幸运，时而进行投机，他在这方面是很大胆的。他在做生意时乐于交往，乐于助人，所以联系很广。

天生追求上进的孩子们，在家庭中通常选择他们认为生活范围最广、享受最多的人为榜样。他们把享受生活的父亲当作他们衡量生活方式的决定性尺度。他们从小就养成了这样的观点，所以通常在家庭的力量基本平衡中进行追求。他们很快发现到处有阻力，每一代新人除了老的要求外，都还有新的要求，而父母亲通常都防止孩子们享受他们过去享受过的东西，他们认为以前每个人过的都是较简朴的生活。

斐迪南是怀着不愉快的情绪成长起来的。他经常得不到他的小伙伴们所得到的东西。他不想在衣着上、生活的自由度上和派头上落后于他人，想照父亲那样生活。他每天都以父亲为榜样，而父亲在他面前更是作为双重典范出现：一重是作为儿子所偏爱的父亲，另一重是儿子所看到的过着娱乐和享受型生活，受人尊重和爱戴的男子汉。很容易理解，斐迪南经常为此与母亲争吵，因为他不想穿父亲穿过的衣服，而要穿适合自己身材的时装。他就是这样长大的，他的要求随着他的年龄增长，到了18岁那年，他便感到再也忍受不住现状了。

到目前为止，他还没有负债，他的母亲最怕他取得别人的信任，采取不正当的手段来满足自己的要求，或者摆脱小小的困境。不幸的是，已经到了这样一个时候，他长成了一个小伙子，对外界越来越注意，对一个非常美丽的姑娘产生了感情，进入了较大的社交圈，不仅想与别人平起平坐，而且想出人头地，讨人喜欢，因而感到行动比以前更受约束。母亲不仅不满足他的要求，而且要求他对她采取明智、良知和依恋的态度，她虽然进行说服，但未能改变他的思想，这样就使她感到格外为难。

057

他虽然没有失去他爱如生命的东西，但未能改变他的处境。他从小就同这种处境进行斗争，又与他周围的一切共同长大。他没有中断他的任何联系、社交活动、散步和娱乐，没有损伤一个老朋友、一个小伙伴、一个受尊重的新交，也没有损伤最宝贵的爱情。

如果人们知道，她还迎合他的情欲、思想、虚荣心、热切的希望，就很容易理解，他对自己的感情是多么重视。全市最美、最富有的姑娘之一，给他以许多追求者之一的优厚待遇，至少暂时给以这样的待遇。她允许他在她面前吹嘘他为她所效的劳。他们互相表现出对把他们拴在一起的锁链感到自豪。现在，他把随时随地跟随她、为她花费时间和金钱作为义务，他还用各种方式表现出，她的感情对他来说是多么重要，她是多么不可缺少。

这种交往和追求使斐迪南付出了比其他情况下理所当然要付出的多

得多的代价。她父母不在本地，她是由一个非常奇特的姑妈抚养成人的。把奥蒂丽娅这颗社交界的明珠推入社交界，需要一些手腕和特殊的团体。斐迪南尽一切力量来使她享乐，这是她非常乐意的，她对懂得怎样追求她的每一个人都提出这种要求。恰好在这个时刻，他敬爱的母亲要求他履行性质完全不同的义务，他从母亲方面得不到使他感到负债可耻的帮助，负债也使他的被大家看作富有和慷慨的状况难以维持下去，每天都感到钱吃紧，迫切需要钱用，他那种年轻的，受爱情驱使的感情因此陷入极其狼狈的境地。

他以前在心灵上只是稍有感触的某些概念，现在更加牢固了，原来只是偶尔使他不安的一些想法，现在长时间地飘荡在他的心头，一些忧郁的心情持续的时间越来越长，越来越痛苦。过去他还把父亲当作榜样，现在他把他放在次要的地位。儿子所需要的，主要是父亲所拥有的东西；父亲所害怕的，正是儿子认为无所谓的。他所谈论的，不是大家所必需的东西，而是每个人都可能缺少的东西。儿子认为，为了享受，父亲有时也应该是缺少的。父亲的看法完全相反，他是那种允许自己做许多事情，而拒绝为有赖于他的人做事的人。他答应给儿子一些东西，并要求儿子详细汇报，甚至经常汇报。

人们在受到限制时，眼光才变得极为锐利。因此，女子比男子聪明得多。下级除了重视对他发号施令的上司外，不会注意别的人，用不着事先举例给他们听。因此，儿子对他父亲的一举一动都记在心上，对与花钱有关的事情尤其如此。如果有人谈论父亲在赌博中输了或者赢了钱，他听得更加仔细。如果父亲不允许自己享受珍贵的东西，他会更严厉地责备他。

他自言自语地说，父母亲一切都享受过了，他们任意挥霍偶尔获得的财产，却不让儿女们享受任何东西，哪怕是廉价的东西。因此，年轻人对这些极为敏感，就不足为怪了。他们有什么权利这样做？他们是怎样获得这些权利的？难道偶然事件能够决定一切，难道偶然事件起作用的地方，权利才是这样？要是把孙子当作儿子看待的祖父还健在的话，我的处境会好得多。他不会让我缺少所必需的东西。我们在受教养和出生的环境中所需要的东西，难道不是必不可少的吗？祖父决不会亏待我，也不会允许父亲挥霍。他要是活得长一些，一定会认识到他的孙子也是值得享受的，因此他也许会在遗嘱中给我早一些的幸福。我甚至听说，祖父死得太快，没有来得及思考他的最后愿望。我失去我早期的这份财产，也许纯属偶然，如果父亲继续这样管理下去，我可能永远失去这份财产。

他在最不愉快的、寂寞的时候，由于缺现金不得不拒绝聚会或愉快的社交活动，会经常探讨关于财产和权利的种种诡辩术，探讨是否需要听从法律，是否需要不让人们说话的机构的问题，探讨在多大的范围内，人们可以不动声色地背离民法。他已经浪费过他所拥有的有价值的小东西，他平常得到的零用钱根本不够用。

他的情绪变得很坏。可以说，他在这个时候是不理睬母亲的，因为母亲不能帮助他；他恨父亲，因为他认为，父亲到处为他设置障碍。

在这个时候，他有了一次引起他不满的发现。他发现他的父亲不仅不是一个好管家，而且是一个不认真的管家。他经常从写字台的抽屉里迅速地取出一些钱，并不清点，有时也清点一下，表现出不耐烦的样子，因为钱箱里的钱不对数。儿子多次观察到了这一点，当父亲从中拿走一大笔钱的时候，他变得更敏感了。

一个特殊的偶合导致了这种情绪，这次偶合给了他一个诱人的机会来干那种事，他感到那只是一次暗地的、不很重要的冲动。

父亲交给他一项任务，检查和整理一个装旧信的箱子。一个星期日，他独自打着它穿过放着写字台的房间，写字台里有父亲的钱箱。箱子很重，他扛得不大对劲，想放一放，或者说想靠一靠。他没有扛稳，重重地碰撞了写字台的一个角，台面便飞了起来。他看到所有的纸卷撒满一地，对这些纸卷，他平常只能斜视一眼。一个卷从父亲平常随便取钱的一侧滚了出来。他把写字台重新盖上，想往边上推，每推一次，盖子能飞起一次，就好像有一把开抽屉的钥匙一样。

他热切地试图寻找他以前不能得到的各种乐趣，更卖力地追求他的美人，更加随心所欲。他的活跃和优雅变成了暴烈，近乎野蛮。他这样做自己并没有恶心的感觉，但别人都讨厌。

火药装进了枪膛，这是热恋的机会，每一次违背良心的恋爱都促使人们过分地使用体力，采取很难从外部掩饰的野蛮行动。

斐迪南的内心矛盾越大，他编造的论据就越不能自圆其说，他的行为就越大胆，越没有节制，他也就感到自己被越来越紧紧束缚在某一方面。

在这个时候，各种无价之宝变成了时髦。奥蒂丽娅爱打扮。他为她找到了一个获得珠宝的途径，她自己并不知道这些礼物从何而来。她猜测是他老伯伯送的。这样一来，斐迪南分外高兴，一方面她的美人对他的礼物感到满意，另一方面又让她的猜测转移到伯伯身上。

但是为了使自己和她都愉快，他不得不又好几次打开他父亲的写字台，他干这种事越来越有恃无恐，因为他父亲在不同的时间里把钱放进去，又取出来，并没有记载。

奥蒂丽娅不久要去看父母亲，要去几个月。这对年轻人感到极为沮丧，因为他们要分开了，而且还有一个情况使得他们的分离更为重要。奥蒂丽娅偶尔听说，那些礼物是来自斐迪南，她找他谈话，他承认了，看来她感到很不满，坚持要退回，这个过分的要求使他感到极其痛苦。他向她解释，没有她他是不想活下去的。他请求她维持他们的恋爱关系，并且发誓，只要他成家立业，就不会让她手头缺任何东西。她爱他，深受感动，便答应他的要求，在这个幸福的时刻，她以热烈的拥抱和上千次甜蜜的吻来表达她的诺言。

她走后，斐迪南非常孤独。他为了看她而常去光顾的那些社交团体，因为缺少她而对他失去了吸引力。他只是出于习惯才偶尔拜访一下朋友，只是为了应付开支才动用一下父亲的钱箱，这已不是由热情驱使。他经常独自一人，良心看来占了上风。在冷静思考时，他对自己感到吃惊，怎么会想起关于法律、所有制、对他人财产的要求等方面的诡辩术，怎么会把所有的东西都归为类别，用这样冷酷的和歪曲的方式为所欲为，并且以此美化不能允许的行为。他越来越明白，只有忠诚和信仰才能使人受到尊重，好人应该按自己的方式活着，别人绕开法律或利用法律给自己谋取好处，那是所有的法律的耻辱。

在对这些真正的和良好的概念完全明白和做出决定之前，他还有几次紧急动用了禁止动用的财源，但没有一次不是违心的，就好像牵动魔鬼的头发一样。他终于振作起来，决定首先停止那种行为，向父亲报告了那把锁的情况。他做得很巧妙，扛着装有整理好的信件的箱子当着父亲的面穿过那个房间，开始时故意做得不灵巧，使箱子撞击写字台，父亲看到盖子打开，吃了一惊。他们俩检查了锁，发现锁钩年久失修，已经用坏，铰链是活动的。一切很快就修好了，斐迪南看到钱保管得很好，再也没有去溜一眼。

但是他认为仅这样做还是不够的，又立刻行动，凑足了他从父亲那里花费掉的、他还记得起来的数目，用各种方法归还给父亲。现在，他开始严格地生活，将零花钱尽量节省下来。与他往日的花销相比，这个数目当然是很少的，必须省吃俭用。这样做的结果，数目看来已经很大，这只是纠正他的不正当行为的开头。当然，最后一个存起来的塔勒与第一个支付出去的塔勒的差别是很大的。

他在这条路上没有走多久，父亲就决定送他去经商，去熟悉远处的一家工厂。派他去的目的是，在一个基本需求和手工劳动力非常廉价的地方，建立一个办事机构，并派一个股东到那里去，把目前还在别人身上的好处争取过来，并且用现金和信贷手段使工厂扩大。斐迪南要仔细地进行研究，写出内容广泛的报告。父亲给了他一笔差旅费，规定只能靠这点儿钱维持生活，钱是够用的，他没有抱怨。

旅途上，斐迪南非常节省，经过反复计算，他发现，如果用各种方法继续节衣缩食，他可以节省他差旅费的三分之一。他希望有机会得到更多的钱，结果真的找到了机会。机会是一个无是非的女神，既支持好的，也支持恶的。

在他到达的地方，他发现一切比人们想象的还要好。每个人都按老一套从事手工劳动。人们对新发现的优势毫无认识，或者说，人们没有利用这种优势。人们只花费一定数量的钱，有了一定的利润就满足。他很快就认识到，用一定资金，预付一定的款项，就能购买大量的材料，依靠能干的技师和一定数量的机器，就能建立大型的稳定的工厂。

他感到，通过想出这个切实可行的活动计划，自己有所提高。在这个地方，他每时每刻都浮现出亲爱的奥蒂丽娅，这使他希望父亲把他派到这里来，建立一个新的企业，并多姿多彩地、出人意料地把这个企业装备起来。

他已经把一切看作自己的了，所以更加注意观察一切。他第一次有机会施展他的聪明才智和运用他的判断力。这个地区作为工作对象，使他极感兴趣，是治愈他受伤心灵的特效药和提神剂。他想起父亲的家就不能不心痛，他在那里以一种疯癫的方式进行的活动，现在看来是最大的犯罪。

他家的一位朋友，一位跛足的、病态的男人，首先写信提出了建立这样一个企业的想法。他一直在他身边，向他一一做出解释，使他明白他的主意，当这个年轻人接受甚至实施他的主张时，他感到由衷高兴。这个人过着非常简朴的生活，一部分是出于爱好，一部分是他的健康状况所决定。他没有子女，一个侄女关照他，他考虑把财产交给她，希望给她找一个能干的丈夫，以便能够看到借助外来资金和新鲜力量，实现他的理想，他对实现这个理想虽有了一个大概的认识，但由于身体上的经济上的原因迟迟未能实现。

当斐迪南在他面前以主人身份出现时，他几乎没有认出来。当他知道这个年轻人这么热心于商务和这个地区时，他的希望变大了。他让他的侄女注意到他的这个想法，但她好像没有这种意思。她是一个年轻的、受过良好教育的、健康的、各方面都优秀的姑娘。她将伯伯的家务总是整理得干净利索，对他的健康状况总是温柔体贴地关照。她将来肯定可以成为一位理想的贤妻良母。

斐迪南心目中只有奥蒂丽娅的可爱形象和爱情，没有注意这位好农村姑娘，或者说他只想有朝一日奥蒂丽娅会作为他的妻子住在这个地方，能够给她配备这样一位女管家。他以无拘无束的方式回答这位姑娘的友谊和好意。他对她越来越了解，懂得了如何评价她。他很快对她更加注意。她和她的伯伯都按他们自己的愿望来解释他的行为。

斐迪南对周围的一切看得很清楚，对情况了如指掌。他在她伯伯的帮助下拟定了一个方案，不能否认，按照他的轻率特点，他是不可能独自制定出这个方案的。他也对她说了许多恭维话，幸运地称赞了她的每一项家务，这些家务安排得非常好，使人对这样一个细心的女管家可以放心。因此，她和她的伯伯认为，他确实是有意的，便对他更加关心起来。

斐迪南在调查中满意地发现，并不是他一个人对这个计划中的许多点的未来抱有希望，而是他马上可以做成一笔有利可图的生意，可以偿还他从父亲那里所偷的全部钱物，从而永远摆脱这个沉重的负担。他向他的朋友说明了实现这个设想的意图，朋友对此特别高兴，给予了尽可能的帮助，甚至想为他的年轻朋友争取贷款，但是这位朋友不同意这样做，而是马上从他的差旅费中支付一部分，另一部分在规定期限内支付。

他怀着多么高兴的心情请人包装和发运货物，就不必多说了。他多么满意地踏上回程，也是可以想象到的。人最崇高的感情莫过于用自己的力量纠正和摆脱一次重大的失误，甚至是罪行。不出现大的偏差而沿着正确道路前进的好人，相当于一个安分守己的值得称赞的公民，而英雄人物和披荆斩棘的人则受到人们的赞扬和奖赏。从这个意义上来说，有一句自相矛盾的话是对的：上帝本人更喜欢一个回头浪子，而不大喜欢一贯正确的人。

可惜斐迪南并没有通过良好的决策，通过改邪归正消除他的行为的可悲后果，这种后果正在等待着他，使他已经恢复的平静情绪重新受到痛苦的折磨。他外出期间下了一场倾盆大雨，这场大雨正好在他返回父亲家门时瓢泼而下。

据我们所知，斐迪南的父亲在私人钱库方面并不是一个有条理的人，但是商务诉讼案件是由一位很精明的助手掌管，管理得纹丝不差。老人并没有注意到儿子挥霍掉的钱，不幸的是那底下有一个装有本地通用钱币的包裹，这是他在赌博中从一个陌生人那里赢来的。他找不到这个包裹，便对周围的人产生了怀疑。尤其使他极其不安的是，少了几个纸卷，每个纸卷装有100杜卡特，这些是他不久前收藏的，肯定是拿到手了的。他知道，写字台曾被碰撞而打开过，他断定有人抢走了钱，因此极为恼火。他怀疑所有的人。在最可怕的威胁和咒骂声中，首当其冲的是他的妻子。他想把整个大楼清理一遍，对所有的主仆和孩子进行审讯，一个也不放过。好心的夫人好不容易使丈夫平静下来。她说，如果流传出去，说没有人免遭不幸，那么这件事对他和全家的名声会有多大损害。这件事涉及我们，大家都有份，都蒙受耻辱，这种情况无论对他和她都不会有好处，如果什么也没有查出来，那就更有好看的。或许有其他办法发现罪犯，把钱追回来，又不致使他感到终生遗憾。她用这样和那样的话语终于使他平静下来，通过暗中察访探明真相。

可惜，很快就有所发现。奥蒂丽娅的姑妈听到过这对年轻人的相互许诺，知道侄女得到的礼物。她对这整个关系不满，由于侄女不在，她没有吭声。她认为与斐迪南保持可靠的联系是有益的，她忍受不了无把握的冒险。她知道小伙子很快要回家，她也天天盼望侄女返回，便匆匆地赶到了这个正在出事的地方，把消息告诉了他父母，听取他们的意见，询问是否可以期望很快发给斐迪南生活费，是否同意他和她的侄女结婚。

母亲听到这种关系后，吃惊不小。当她获悉斐迪南送了那些礼物给奥蒂丽娅时，更是大吃一惊。她掩饰了自己的惊慌，请姑妈暂缓几日，以便她与丈夫商议。她保证她会把奥蒂丽娅当作益友，并且说，在近期为儿子配置好一切不是不可能的。

姑妈走后，她觉得不宜把这个发现透露给丈夫。她只有一个办法，就是去揭开这个不幸的秘密，看斐迪南是不是像她担心的那样用偷来的钱做礼物。她赶到那个廉价出售这种珠宝的商人那里，追问类似的珠宝的价格。最后她说，他不应该在她面前把这些东西的价格抬得太高，因为她儿子买过这样一批货，他把这些货低价卖给了她儿子。商人郑重声明没有这么回事，把价目表给她看，并且说，还必须把货币种类的贴水算进去，斐迪南就付过一部分贴水。使她最为忧郁的是，他向他提到了她丈夫丢失的那几种货币。

她装出要报出下一批价格的样子，带着沉重的心情走了。斐迪南的错误是显而易见的，算出来的父亲丢失的总数是个大数。她根据自己担心的程度看出，这是最严重的过失，会产生最可怕的后果。她很聪明，没有向丈夫透露这次发现。她怀着共忧患的心情，等待儿子的归来。她希望澄清事实，又担心知道最严重的后果。

他终于兴高采烈地回来了。他本来是可以期待对他的商务的夸奖的，在货物中秘密地夹带着赎罪金，他想以此从他的秘密罪行中解脱出来。

父亲认为报告写得很好，但没有以他所希望的掌声接受这个报告。钱的事情使得这个人精力分散，闷闷不乐。尤其是，眼下有几大笔钱要支出。父亲的这种情绪使儿子受到很大的压抑，尤其是面对四壁、家具、写字台，他的罪证俱在。他的乐趣一扫而光，希望和要求成为泡影，他感到自己是一个庸人，甚至是一个坏人。

他正想悄悄地把马上要到的货物销售掉，察看一下周围的情况，并采取行动来摆脱困境，母亲就把他叫到一边，爱抚而又严肃地揭示了他的罪行，使他懂得隐瞒是行不通的。他的软弱的心碎了，珠泪双流，跪倒在她的脚下认错，请求原谅，申明仅仅是为了追求奥蒂丽娅而误入歧途的，绝没有其他恶习导致这个行动。他述说了他后悔的过程，怎样有意让父亲发现写字台打开的原因，他怎样通过节省差旅费和一次幸运的投机买卖，积足了偿还全部金额的款项。

母亲一下子不能松口，坚持要了解那一大笔钱的去处，因为礼物只占一小部分。她向他摆出了父亲丢失钱数的账单，这令他吃了一惊，他不可能承认拿了这么多银子。他高贵地、忠诚地发誓，没有动过黄金。母亲对此极为生气，指责他在真心实意悔改的紧要关头还进行抵赖，用谎言和童话来搪塞自己亲爱的母亲。她说，她甚至知道，有了一方面的能力，就有其他一切方面的能力。他很可能是和不三不四的朋友共同作案，很可能用偷得的钱做成了那笔生意，而且如果不是这个罪行被偶尔发现，他是不准备提及这件事的。她用父亲的愤怒，用民法，用逐出家门相威胁。但是所有的威胁都不再对他起作用。只有一点使他伤心，那就是她让他注意到，她正要谈谈他与奥蒂丽娅的关系。她在极其悲伤的情况下，伤心地离开了他。他看到他的错误已被揭露，看到自己涉嫌更大的罪行，心想，怎么说服父母亲相信他没有动过金子呢？他不得不担心父亲的火暴性子公开发作。他知道自己的能力有限。勤奋的生活、与奥蒂丽娅的关系，所有希望全都破灭。他知道自己会被逐出家门，到处漂泊，到异国他乡去服苦役。

这一切使他的想象力出现混乱，伤害了他的自尊心，也伤害了他的爱情，没有什么比这些更令人心痛的了。使他最为惊奇的是，他的诚意、男子汉的决心、使事情重新好转的成功计划都前功尽弃，完全被否定，走向了反面。如果他承认他的这种命运是罪有应得，从而使那种想法变成一种阴暗的绝望，那么他这样做的结果，就是触动了内心的最深处，因为他听到一个可悲的真理，罪恶本身就是以善良行为为基础的。这种回归自身，这种关于最高尚的追求纯属徒劳的观点，使他变得软弱无力，他不想再活下去了。

在这种时刻，他的心灵渴望高尚的帮助。他倒在已经被他的眼泪织成水网的椅子上，请求上帝帮助。他的祈祷是动听的：即使克服恶习后站起来的人，也需要直接帮助；不让自己的任何力量弃之不用的人，在他刚刚出发的地方，在他未达到的地方，都可以指望天父的帮助。

他怀着这一信念，在进行这种迫切的请求时，呆呆地坐了一段时间，几乎没有发觉房门已经打开，并有人进来。进来的正是母亲，她面带悦色向他走来，看见他心神不定，便对他进行安慰。她说，我是多么幸运，我至少发现你不是骗子，并且认为你的悔恨是真的。金子找到了，父亲是从一个朋友那里得到的，当时交给出纳保管，由于白天事情很多，把这事给忘了。银子总数基本上是相符的，这样一来，总数就少得多了。我无法掩饰我内心的喜悦，答应为父亲追回所缺的那一部分钱，只要求他平静下来，不再追问这件事。

斐迪南立即变得极为愉快，赶紧去办商务去了。不久，他把钱交给了母亲，自己补偿了他没有动用的那一部分。他知道，那纯粹是父亲用钱混乱丢失的。他兴高采烈，但这整个事件仍然在他身上产生了非常深刻的影响。他确信，人是有力量向往并做成好事的。他还相信，人通过这些行为可以使神灵关心自己，并答应给人以帮助，他就立即感受到了这种帮助。他非常高兴地向父亲介绍了在那个地方建立分厂的计划，介绍了工厂的全部价值和规模。父亲没有表示反对。母亲悄悄地向她的丈夫介绍了斐迪南与奥蒂丽娅的关系，丈夫喜欢这样一位光彩照人的儿媳，他对儿子不花费很多钱就成家的前景非常满意。

摆脱了一个可恶的罪行所产生的对心头的压抑后，他对自己颇为满意，便设想自己的幸福未来，渴望地等待奥蒂丽娅的返回，以便澄清自己，全部实现自己的诺言。她还在她父母的家中，他赶到那里。他发现她更美了、更开朗了。他不耐烦地等待着和她单独谈话，向她陈述前景的时刻。这个时刻到了。他怀着极其喜悦和温柔的爱情对她谈出他的希望、幸福的临近和与她共同分享的愿望。她漫不经心地听着，甚至可以说是带讽刺性地听着对整个事情的述说，仅这一点就使他感到奇怪，甚至感到震惊。她对他寻找的那个地方，对他们俩将扮演的角色进行了不很高雅的讽刺，说什么他们作为牧羊郎和牧羊女逃亡到一间茅草屋下，如此等等。

他惊讶而痛苦地回到家里，她的态度使他气愤。他突然感到冷。她对他是不公平的。他现在看到了她的缺点，以前这对他来说是一直隐蔽的。用不着很明亮的眼光，就可以看出，一个和她一道来的所谓堂兄吸引了她的注意力，并得到了她的大部分爱慕之情。

斐迪南感到难以忍受的痛苦，但他很快就控制住了自己，他以前这样成功过一次，这是第二次。他经常看见奥蒂丽娅，决心对她进行观察，他装作对她友好，甚至温柔。她也这样对待他。她的最大的魅力已经消失，他很快感到，在她那里很少动心，倒是觉得她变幻不定，一会儿温柔，一会儿冷漠；一会儿动人，一会儿讨厌；一会儿和气，一会儿脾气很大。他的感情逐渐从她身上移开，并决心与她一刀两断。

这个过程比他想象的还要痛苦。一天，他发现她独自一人，不禁动了心，回忆起她许下的诺言，回忆起了他们俩情意绵绵、畅谈未来生活的情景。她很友好，甚至可以说温柔；他的心软了，希望这个时刻她会变成与他想象中的人不同，但他克制住了自己，平心静气和爱抚地向她解说了即将建厂的情况。看来她对此感到高兴，遗憾的只是他们的关系要拖下去。她承认，她对离开城市没有丝毫兴趣。她让他看到她的希望：他能够在那个地方工作几年后回到他现在的邻居中扮演一个伟大的角色。她让他清楚地注意到，她期待着他将来继续走他父亲的路，而且在各方面都表现得更有威望，更正派。

斐迪南太失望了，他觉得不可能从这样一种关系中期待幸福，但很难摆脱这么大的魅力。他想，她也许并不很想离开他，那个堂兄并没有取代他，他对奥蒂丽娅太信任了，他接着给她写了一封信，再次向她保证，只要她跟他去实现他的新计划，他就一定会使她幸福，但是追求遥远的未来的希望，用一句誓言为一种渺茫的未来而结合，对他们俩都是不足取的。

在这封信中，他还希望得到善意的回答。他在信中说，感情不能勉强，

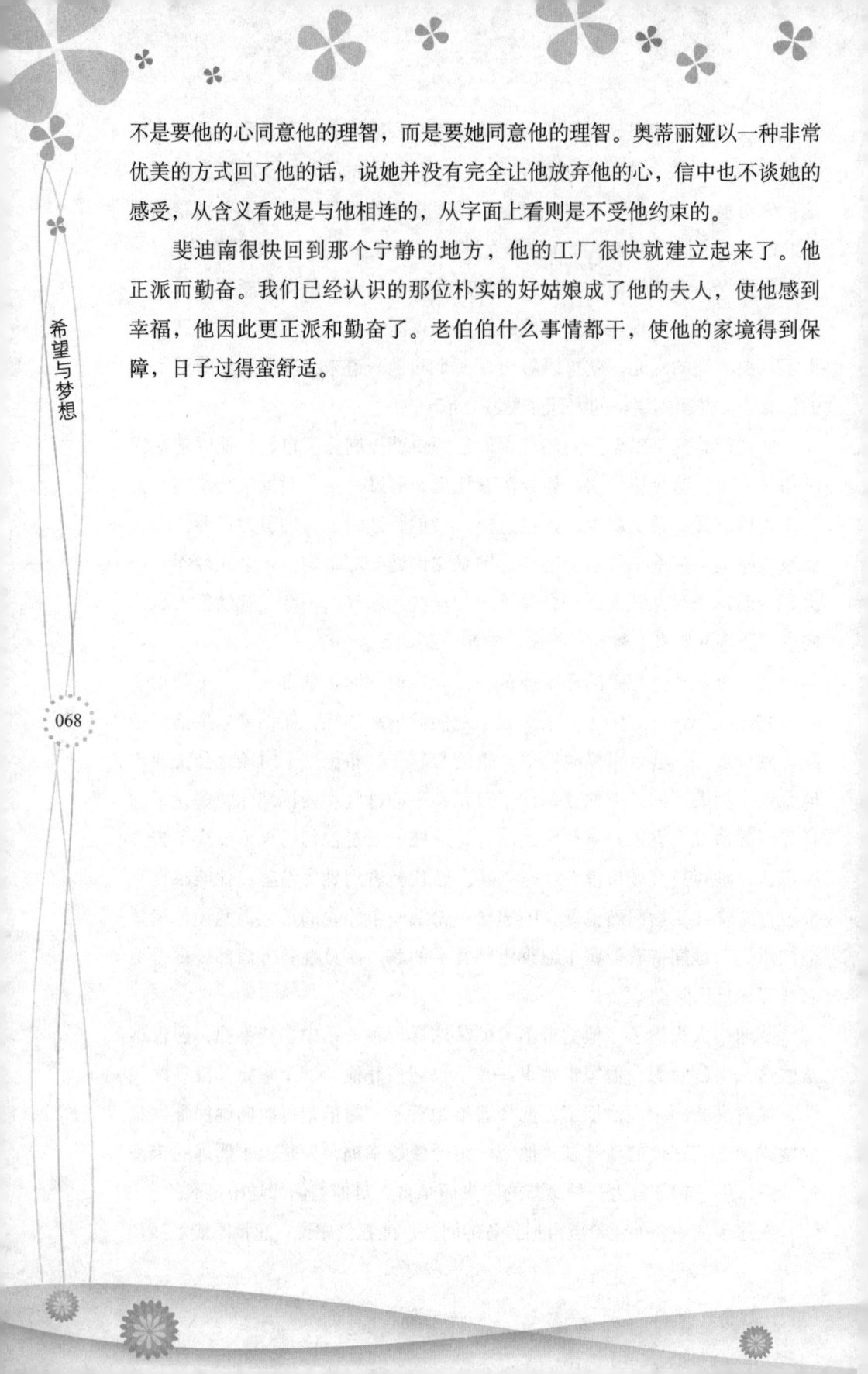

不是要他的心同意他的理智，而是要她同意他的理智。奥蒂丽娅以一种非常优美的方式回了他的话，说她并没有完全让他放弃他的心，信中也不谈她的感受，从含义看她是与他相连的，从字面上看则是不受他约束的。

斐迪南很快回到那个宁静的地方，他的工厂很快就建立起来了。他正派而勤奋。我们已经认识的那位朴实的好姑娘成了他的夫人，使他感到幸福，他因此更正派和勤奋了。老伯伯什么事情都干，使他的家境得到保障，日子过得蛮舒适。

# 听 泉

[日] 东山魁夷

鸟儿飞过旷野。一批又一批，成群的鸟儿接连不断地飞了过去。

有时候四五只联翩飞翔，有时候排成一字长蛇阵。看，多么壮阔的鸟群啊！

鸟儿鸣叫着，它们和睦相处，互相激励；有时又彼此憎恶、格斗、伤残。

有的鸟儿因疾病、疲惫或衰老而失掉队伍。

今天，鸟群又飞过旷野。它们时而飞过碧绿的田原，看到小河在太阳照耀下流泻；时而飞过丛林，窥见鲜红的果实在树荫下闪烁。想从前，这样的地方有的是。可如今，到处都是望不到边的漠漠荒原。任凭大地改换了模样，鸟儿一刻也不停歇，昨天、今天、明天，它们继续打这里飞过。

不要认为鸟儿都是按照自己的意志飞翔的。它们为什么飞？它们飞向何方？谁都弄不清楚，就连那些领头的鸟儿也无从知晓。

为什么必须飞得这样快？为什么就不能慢一点儿呢？

鸟儿只觉得光阴在匆匆忙忙中逝去了。然而，它们不知道时间是无限的、永恒的，逝去的只是鸟儿自己。它们像着了迷似的那样剧烈、那样急速地振翅翱翔。它们没有想到，这会招来不幸，会使鸟儿更快地从这块土地上消失。

鸟儿依然呼啦啦拍击着翅膀，更急速、更剧烈地飞过去森林中有一泓清澈的泉水，发出叮叮咚咚的响声，悄然流淌。这里有鸟群休息的地方，尽管是短暂的，但对于飞越荒原的鸟群说来，这小憩何等珍贵！地球上的一切生物，都是这样，一天过去了，又去迎接明天的新生。

鸟儿在清泉旁歇歇翅膀，养养精神，倾听泉水的絮语。鸣泉啊，你是否指点了鸟儿要去的方向？

泉水从地层深处涌出来，不间断地奔流着，从古到今，阅尽地面上一切生物的生死、荣枯。因此，泉水一定知道鸟儿应该飞去的方向。

鸟儿站在清澄的水边，让泉水映照着身影，它们想必看到了自己疲倦的模样。它们终于明白了鸟儿作为天之骄子的时代已经一去不复返了。

鸟儿想随处都能看到泉水，这是困难的。因为，它只顾尽快飞翔。

不过，它们似乎有所觉察，这样连续飞翔下去，到头来，鸟群本身就会泯灭的，但愿鸟儿尽早懂得这个道理。

我也是群鸟中的一只，所有的人们都是在荒凉的不毛之地上飞翔不息的鸟儿。

人人心中都有一股泉水，日常的烦乱生活，遮蔽了它的声音。当你夜半突然醒来，你会从心灵的深处，听到幽然的鸣声，那正是潺潺的泉水啊！

回想走过的道路，多少次在这旷野上迷失了方向。每逢这个时候，当我听到心灵深处的鸣泉，我就重新找到了前进的标志。

泉水常常问我："你对别人，对自己，是诚实的吗？"我总是深感内疚，答不出话来，只好默默低着头。

我从事绘画，是出自内心的祈望：我想诚实地生活。心灵的泉水告诫我："要谦虚，要朴素，要舍弃清高的偏执。"

心灵的泉水教导我："只有舍弃自我，才能看见真实。"

舍弃自我是困难的，甚至是不可能的，我想。然而，絮絮低语的泉水明明白白对我说："美，正在于此。"

# 大 海

[挪威] 亚历山大·基兰

世界上，最宏大的是海，最有耐心的也是海，海，像一只驯良的大象，把地球上微不足道的人驮在宽阔的背上，而浩瀚渊深的、绿绿苍苍的海水，却在吞噬大地上的一切灾难。如果说海是狡诈的，那可不正确，因为它从来不许诺什么。它那颗巨大的心——在苦难深重的世界上，这是唯一健康的心——既没有什么奢望，也没有任何留恋，总在平静而自由地跳动。

人们在海浪上航行的时候，大海唱着它那古老的歌儿。许多人根本不懂得这些歌儿，不过，对于听到这种歌声的人来说，感觉是各不相同的。因为大海对每一个迎面相逢的人，用的是各种特殊的语言。

对于正在捕捉螃蟹的赤足孩子，绿波闪闪的大海露出一副笑脸；在轮船前面，大海涌起蓝色的狂涛，把清凉的、咸味的飞沫抛上甲板；在海岸边，浓浊的灰色的巨浪碰得粉碎；人们困乏的眼睛久久地望着岸旁灰白色的碎浪时，长条的浪花却像灿烂的彩虹，正在冲刷平坦的沙滩。在惊涛拍岸的隆隆声中，有一种神秘的意味，每一个人都想看自己的心事，肯定地点一点头，似乎认为海是他的朋友——这位朋友什么都知道，什么都记得。

然而谁也不明白，对于海边的居民来说，海究竟是什么。——他们从来没有谈到过这一点，尽管在海的面前过了一辈子。海既是他们的人类社会，也是他们的顾问；海既是他们的朋友，又是他们的敌人；海既是他们的劳动场所，又是他们的坟墓。因此，他们都是沉默寡言的。海的态度起了变化，他们的神色也跟着变化——时而平静、时而惊慌、时而执拗。

可是，让这样一个海滨居民迁到山里或者异常美妙的峡谷里，给他最好的食物和十分柔软的卧铺——他是不肯尝这种食物，也不愿睡这种卧铺的。

　　他会不由自主地从一座山冈攀上另一座山冈，直到很远很远的地平线上露出一种熟悉的、蓝色的东西。那时候，他的心会愉快地跳动起来，他会盯住远处一条亮闪闪的蓝色带子，直到这条带子扩大成为碧蓝的海面。但是，他一句话也不说……

# 春的旋律

[苏联] 高尔基

在我房间窗外面的花园里，一群麻雀在洋槐和白桦的光秃的树枝上跳来跳去，热烈地交谈着，而在邻家房顶的马头形木雕上，蹲着一只令人尊敬的乌鸦，她一面倾听这些灰乎乎的小鸟儿的谈话，一面妄自尊大地摇晃着头。充满阳光的和暖的空气，把每一种声音都送进我的房间：我听见溪水急急的潺潺的奔流声，我听见树枝轻摇的簌簌声。我能听懂，那对鸽子在我的窗檐上正在咕咕地絮语着什么。随着空气的振荡，春天的音乐就流进我的心房。

"叽——叽叽。"一只老麻雀在对他的同伴们说，"我们终于又等到了春天的来临……难道不是吗？叽叽——叽叽。"

"乌哇——是事实，乌哇——是事实。"乌鸦优雅地伸长脖子，表示了意见。

我很熟悉这个持重的鸟儿：她讲话一向简短扼要，而且都不外是肯定的意思。她像大多数乌鸦一样，天生愚蠢，而又胆小得很。然而，她在社会上占有一个美好的地位，每年冬天她都要为那些可怜的寒鸦和老鸽子举行某些"慈善"活动。

我也熟悉麻雀——虽然就外表来说，他好像是轻浮的，甚至是个自由主义者，但在本质上，他却是种颇为精明的鸟儿。他在乌鸦旁边跳来跳去，装出尊敬的样子，但在内心的深处，他很知道乌鸦的身价，并且在某些时候还免不了要讲上两三段关于乌鸦的不大体面的历史。

这时，窗檐上的一只年轻的爱打扮的公鸽，正热情地说服那只腼腆的母鸽："假如你不和我分享我的爱情，那我就要因为绝望而苦苦地死——

死掉，苦苦地死——死掉……""您知道吗？夫人，金翅雀们飞来啦。"麻雀禀报说。

"呜哇——是事实。"乌鸦回答道。

"他们飞来啦，吵吵嚷嚷，飞来飞去，叽叽喳喳……这是一群怎样也不能安静下来的鸟儿。山雀们也跟着他们一齐来啦……正像往常一样……嘿——嘿——嘿。昨天，您晓得，我开玩笑地问过其中一只金翅雀：'怎么，亲爱的，你们飞出来啦？'他毫无礼貌地做了回答……这些鸟儿，对交谈者完全不尊敬他的官衔、称号和社会地位……我呢，不过是一只七品文官麻雀……"就在这时候，从房顶的烟囱后面，突然出现了一只年轻的大公鹅，他压低嗓门报告说："我本着自身的职份，细听栖息在空中、水里和地下的一切生物的谈话，并且严密注意他们的行动，我荣幸地报告诸位，那些金翅雀们，正在大声地谈论春天，而且他们胆敢希望整个大自然很快就苏醒。"

"叽——叽叽。"麻雀叫了一声，忐忑不安地望着这个告密者，而乌鸦却善意地摇了摇头。

"春天已经来过，而且来过不止一次……"老麻雀说，"至于讲到整个大自然的苏醒，这……当然，是件令人高兴的事……假如这能得到那些主管部门的许可的话……""呜哇——是事实。"乌鸦说道，用赏识的眼光瞟了对方一眼。

"必须补充的是，"大公鹅又继续说，"那些金翅雀，还对他们要饮水止渴的溪流，据说——有些混浊，因而表示不满。

其中有几个甚至胆敢梦想自由……"

"啊，他们一向如此。"老麻雀叫喊道，"这是由于他们年轻无知。这一点儿也不危险。我也有过年轻的时代，也曾经梦想过……它……""梦想过——什么？"

"梦想过宪——宪——宪——宪——宪——""宪法？"

"只是梦想过。只不过是梦想而已，先生。不用说，曾经有过梦想……但是后来，这一切都过去了，出现了另外一个'它'，更为现实的'它'——嘿——嘿——嘿。您知道，对不起，对麻雀说来，这是更合适的、更为必要的……嘿嘿……""哼。"突然响起了一阵有威力的哼叫声。在菩提树的树枝上，出现了一只四品文官灰雀，他体谅下情地向鸟儿们点头行了个礼，就叽喳地叫道："哎，先生们，你们没——没有注——注意到，空气里有股气味吗，哎……""是春天的空气，大人阁下。"麻雀说。乌鸦却郁闷不乐地把头一歪，用温柔得好像绵羊似的咩咩叫了一声："鸣哇——是事实。"

"嗯，是的……昨天在打牌的时候，一只世袭的可敬的鸥鹩也对我讲过同样的话……他说：'哎，好像有股什么气味……'我就回答说：'让我们看一看，闻一闻，弄个明白。'有道理吧，啊？"

"对，大人阁下。完全有道理。"老麻雀毕恭毕敬地表示同意，"大人阁下，任何时候都必须等一等……持重的鸟儿都是在等待……"这时，一只云雀从天空飞下来，落在花园里溶了雪的地面上，他忧心忡忡地在地上跑来跑去，喃喃地说道："曙光用温柔的微笑，把夜空的星星熄掉……黑夜发白了，黑夜颤抖了，于是沉重的夜幕，如同阳光下的冰块，渐渐消失。充满希望的心儿，跳动得多么轻快，多么甜美，迎着朝阳，迎着清晨，迎着光明和自由。……""这——这是一只什么鸟儿？"灰雀眯缝起眼睛问道。

"是云雀，大人阁下。"大公鸡在烟囱后面严峻地说。

"是诗人，大人阁下。"麻雀又宽容地补充道。

灰雀斜眼看了看这位诗人，叽喳地叫道："嗯……是一只多么灰色的……下流货。他在那儿好像胡讲了一通什么太阳、自由吧？啊？"

"对，大人阁下。"大公鸡肯定了一句，"他是想在年轻的小鸟儿们的心中唤起那些毫无根据的希望，大人阁下。"

"既可耻，又……愚蠢。"

"完全对，大人阁下，"老麻雀应和着，"愚蠢至极。自由，大人阁下，是某种不明确的，应该说，是种不可捉摸的东西……""可是，假如我没有记错的话，好像你自己也曾经……号召大家向往过它？"

"鸣哇——是事实。"乌鸦突然叫道。

老麻雀感到有些狼狈不堪。

"是的，大人阁下，我确实有一次号召过……但那是在可以使罪名减轻的情况之下……" "那是怎么回事？"

"那是在吃了中饭以后，大人阁下。那是在葡萄酒热气的影响……也就是说，在它的压力之下……而且是有限制地号召的，大人阁下。"

"那是怎么说的？"

"轻轻地说的：'自由万岁。'然后立即大声地补充了一句：'在法律限制的范围以内。'"灰雀看了乌鸦一眼。

"对，大人阁下。"乌鸦回答道。

"我，大人阁下，作为一只七品文官老麻雀，决不能允许自己对自由的问题采取认真的态度，因为这个问题，并没有列入我荣幸任职的那个部门的研究范围之内。"

"乌哇——是事实。"乌鸦又叫了一声。

要知道，不管肯定什么，对她反正都是这句话。

这时，一条溪水正沿着街道在哗哗地流，像轻声唱着关于大河的歌曲，说它们在不远的将来，在旅程的终点，将合流到大河里去："浩瀚的、奔腾的波浪会迎接我们，拥抱我们，把我们带进大海里去。也许，太阳的炎热的光线，又会把我们重新送上天空，而在天空里，我们又会重新在夜里化成凉润的露水，变成片片的雪花或者是倾盆大雨落到地上……"太阳啊，春天灿烂的、温暖的太阳，在明亮的天空里，用充满爱的和具有炽烈的创造热情的上帝的微笑，在微笑着。

在花园的角落里，在老菩提树的树枝上，坐着一群金翅雀，其中有一只正向同伴们唱着他从什么地方听来的带着鼓舞力量的、一首关于海燕的歌。

# 凡 卡

### [俄] 契诃夫

九岁的男孩万卡·茹科夫三个月前被送到靴匠阿里亚兴的铺子里来做学徒。在圣诞节的前夜，他没有上床睡觉。他等到老板夫妇和师傅们出外去做晨祷后，从老板的立柜里取出一小瓶墨水和一支安着锈笔尖的钢笔，然后在自己面前铺平一张揉皱的白纸，写起来。他在写下第一个字以前，好几次战战兢兢地回过头去看一下门口和窗子，斜起眼睛瞟一眼乌黑的圣像和那两旁摆满鞋楦头的架子，断断续续地叹气。那张纸铺在一条长凳上，他自己在长凳前面跪着。

"亲爱的爷爷，康司坦丁·玛卡雷奇！"他写道，"我在给你写信。祝您圣诞节好，求上帝保佑你万事如意。我没爹没娘，只剩下你一个亲人了。"

万卡抬起眼睛看着乌黑的窗子，窗上映着他的蜡烛的影子。他生动地想起他的祖父康司坦丁玛卡雷奇，地主席瓦烈夫家的守夜人的模样。那是个矮小精瘦而又异常矫健灵活的小老头，年纪约莫六十五岁，老是笑容满面，眯着醉眼。白天他在仆人的厨房里睡觉，或者跟厨娘们取笑，到夜里就穿上肥大的羊皮袄，在庄园四周走来走去，不住地敲梆子。他身后跟着两条狗，耷拉着脑袋，一条是老母狗卡希坦卡，一条是泥鳅，它得了这样的外号，是因为它的毛是黑的，而且身子细长，像是黄鼠狼。这条泥鳅倒是异常恭顺亲热的，不论见着自家人还是见着外人，一概用脉脉含情的目光瞟着，然而它是靠不住的。在它的恭顺温和的后面，隐藏着极其狡狯的险恶用心。任凭哪条狗也不如它那么善于抓住机会，悄悄溜到人的身旁，在腿肚子上咬一口，或者钻进冷藏室里去，或者偷农民的鸡吃。它的后腿已经不止一次被人打断，有两次人家索性把它吊起来，而且每个星期都把它打得半死，不过它老是养好伤，又活下来了。

眼下他祖父一定在大门口站着，眯细眼睛看乡村教堂的通红的窗子，顿着穿高筒毡靴的脚，跟仆人们开玩笑。他的梆子挂在腰带上。他冻得不时拍手，缩起脖子，一会儿在女仆身上捏一把，一会儿在厨娘身上拧一下，发出苍老的笑声。

"咱们来吸点鼻烟，好不好？"他说着，把他的鼻烟盒送到那些女人跟前。

女人们闻了点儿鼻烟，不住打喷嚏。祖父乐得什么似的，发出一连串快活的笑声，嚷道："快擦掉，要不然，就冻在鼻子上了！"

他还给狗闻鼻烟。卡希坦卡打喷嚏，皱了皱鼻子，委委屈屈，走到一旁去了。泥鳅为了表示恭顺而没打喷嚏，光是摇尾巴。天气好极了。空气纹丝不动，清澈而新鲜。夜色黑暗，可是整个村子以及村里的白房顶，烟囱里冒出来的一缕缕烟子，披着重霜而变成银白色的树木、雪堆，都能看清楚。

繁星布满了整个天空，快活地眨着眼。天河那么清楚地显出来，就好像有人在过节以前用雪把它擦洗过似的……

万卡叹口气，用钢笔蘸一下墨水，继续写道："昨天我挨了一顿打。老板揪着我的头发，把我拉到院子里，拿师傅干活用的皮条狠狠地抽我，怪我摇他们摇篮里的小娃娃，一不小心睡着了。上个星期老板娘叫我收拾一条青鱼，我从尾巴上动手收拾，她就捞起那条青鱼，把鱼头直截甩到我脸上来。师傅们总是要笑我，打发我到小酒店里去打酒，怂恿我偷老板的黄瓜，老板随手捞到什么就用什么打我。吃食是什么也没有。早晨吃面包，午饭喝稀粥，晚上又是面包，至于茶啦，白菜汤啦，只有老板和老板娘才大喝而特喝。他们叫我睡在过道里，他们的小娃娃一哭，我就根本不能睡觉，一股劲儿摇摇篮。亲爱的爷爷，发发上帝那样的慈悲，带着我离开这儿，回家去，回到村子里去吧，我再也熬不下去了。……我给你叩头了，我会永远为你祷告上帝，带我离开这儿吧，不然我就要死了。……"

万卡嘴角撇下来，举起黑拳头揉一揉眼睛，抽抽搭搭地哭了。

"我会给你搓碎烟叶，"他接着写道，"为你祷告上帝，要是我做了错事，就只管抽我，像抽西多尔的山羊那样。要是你认为我没活儿干，那我就去求总管看在上帝面上让我给他擦皮靴，或者替菲德卡去做牧童。亲爱的爷爷，我再也熬不下去，简直只有死路一条了。我本想跑回村子，可又没有皮靴，我怕冷。等我长大了，我就会为这件事养活你，不许人家欺侮你，等你死了，我就祷告，求上帝让你的灵魂安息，就跟为我的妈彼拉盖雅祷告一样。

"莫斯科是个大城。房屋全是老爷们的。马倒是有很多，羊却没有，狗也不凶。这儿的孩子不举着星星走来走去，唱诗班也不准人随便参加唱歌。有一回我在一家铺子的橱窗里看见些钓钩摆着卖，都安好了钓丝，能钓各式各样的鱼，很不错，有一个钓钩甚至经得起一普特重的大鲇鱼呢。我还看见几家铺子卖各式各样的枪，跟老爷的枪差不多，每支枪恐怕要卖一百卢布。……肉铺里有野乌鸡，有松鸡，有兔子，可是这些东西是在哪儿打来的，铺子里的伙计却不肯说。

"亲爱的爷爷，等到老爷家里摆着圣诞树，上面挂着礼物，你就给我摘下一个用金纸包着的核桃，收在那口小绿箱子里。你问奥尔迦·伊格纳捷耶芙娜小姐要吧，就说是给万卡的。"

万卡声音发颤地叹一口气，又凝神瞧着窗子。他回想祖父总是到树林里去给老爷家砍圣诞树，带着孙子一路去。那种时候可真快活啊！祖父咔咔地咳嗽，严寒把树木冻得咔咔地响，万卡就学他们的样子也咔咔地叫。往往在砍树以前，祖父先吸完一袋烟，闻很久的鼻烟，讪笑冻僵的万卡。那些做圣诞树用的小云杉披着白霜，站在那儿不动，等着看它们谁先死掉。冷不防，不知从哪儿来了一只野兔，在雪堆上像箭似的窜过去。祖父忍不住叫道："抓住它，抓住它……抓住它！嘿，短尾巴鬼！"

祖父把砍倒的云杉拖回老爷的家里，大家就动手装点它。

忙得最起劲的是万卡喜爱的奥尔迦·伊格纳捷耶芙娜小姐。当初万卡的母亲彼拉盖雅还活着，在老爷家里做女仆的时候，奥尔迦·伊格纳捷耶芙娜就常给万卡糖果吃，闲着没事做便教他念书，写字，从一数到一百，甚至教他跳卡德里尔舞。可是等到彼拉盖雅一死，孤儿万卡就给送到仆人的厨房去跟祖父住在一起，后来又从厨房给送到莫斯科的靴匠阿里亚兴的铺子里来了。

　　"你来吧，亲爱的爷爷。"万卡接着写道，"我求你看在基督和上帝面上带我离开这儿吧。你可怜我这个不幸的孤儿吧，这儿人人都打我，我饿得要命，气闷得没法说，老是哭。前几天老板用鞋楦头打我，把我打得昏倒在地，好不容易才活过来。我的生活苦透了，比狗都不如。替我问候阿辽娜、独眼的叶果尔卡、马车夫，我的手风琴不要送给外人。孙伊凡·茹科夫草上。亲爱的爷爷，你来吧。"

　　万卡把这张写好的纸叠成四折，把它放在昨天晚上花一个戈比买来的信封里。他略微想一想，用钢笔蘸一下墨水，写下地址：寄交乡下祖父收

　　然后他搔一下头皮，再想一想，添了几个字：康司坦丁·玛卡雷奇

　　他写完信而没有人来打扰，心里感到满意，就戴上帽子，顾不上披皮袄，只穿着衬衫就跑到街上去了。

　　昨天晚上他问过肉铺的伙计，伙计告诉他说，信件丢进邮筒以后，就由醉醺醺的车夫驾着邮车，把信从邮筒里收走，响起铃铛，分送到世界各地去。万卡跑到就近的一个邮筒，把那封宝贵的信塞进了筒口。

　　他抱着美好的希望而定下心来，过了一个钟头，就睡熟了。在梦中他看见一个炉灶。祖父坐在炉台上，耷拉着一双光脚，给厨娘们念信。泥鳅在炉灶旁边走来走去，摇尾巴。

# 小英雄

[俄] 陀思妥耶夫斯基

我当时还不到十一岁。七月间家人让我去莫斯科近郊乡下我的一位T姓亲戚家中做客。当时去他家做客的不下五十人，也许更多……具体多少，我记不得了，也没有数过。那里很热闹，也很快活。好像那是一个只有开始而永远也没有结束的节目。似乎我们的主人发誓要尽快花尽他的庞大家产，前不久他真的成功地实现了自己的诺言，也就是说，彻底花光了他的家产，一个子儿也不剩。每一分钟都有新的客人到来。莫斯科近在咫尺，抬头就可以看见，所以一批客人离去，只不过给另一批客人空出位子而已，而节目依然照样进行。寻欢作乐的方式，一个替换一个，花样翻新，层出不穷。一会儿郊外骑马，一批接一批地驰骋；一会儿去松林或沿河漫步，或者举行野餐，去野外吃中饭，或者在家里的大阳台上晚餐。阳台上摆着三排奇花异卉，使夜间清新的空气充满浓郁的芬芳。我们的女宾本来就几乎个个都长得非常漂亮，在辉煌的灯光照耀之下，显得更加美丽动人。白天留下的印象，使得她们的面庞容光焕发，两只眼睛闪闪发亮，相互打趣说笑，发出银铃般的响亮笑声。还有舞蹈、音乐、唱歌。如果天气阴沉，便编哑剧、猜谜语，绘制生动的图画，搜集民间谚语，要不就组织家庭剧院，于是讲故事的，说笑话的、说俏皮话的，一一登台亮相。

有几个人的表现特别突出，自然招来一些流言蜚语，因为没有流言蜚语，世界就无法存在，千百万人就会像苍蝇一样，因为寂寞无聊而死去。不过，当时我只有十一岁，兴趣完全不在这一方面，因此我并没有发现这样的人物，即使发现一点，也远非全部。直到后来，我才回忆起某些情况。我幼稚的眼睛只看到场面光辉夺目的一面，那就是人们普遍的欢欣鼓舞、辉煌的灯光和热闹的场面，而所有这一切都是我闻所未闻、见所未见的，因而使我非常吃惊，使我在最初的几天里完全手足无措，弄得我小小的脑袋都昏转起来了。

但是，我还是要说我只有十一岁，自然还是个小孩，真正是个毛孩子。这些美丽妇女中的许多人对我表示亲热，他们却没有想过问问我的年纪。但是，说来真奇怪！一种我自己也无法理解的感觉却已经把我牢牢地控制住了。一种迄今为止还不熟悉的，还未体验过的感觉却已经在我的心头骚动。因此我有时感到脸发烧，心怦怦地跳动，好像受到惊吓，我的脸庞常常意外地泛起红晕。有时我为别人给我以各种小孩子的特殊照顾而感到害羞，甚至感到委屈。有一次我好像被这种情绪弄得痛苦不堪，我竟然想跑到别人见不到我的地方躲起来，似乎想借此喘喘气，然后回想起我至今仍然记得很清楚的事情和那些我现在突然忘记了的事情，而不想起这些事情，我就不能露面，怎么也无法生存。

最后，我觉得，我向大家隐瞒着什么，而且这事无论如何不能对任何人透露，对于我这个小小的孩子来说，这种事是叫人羞得流泪的。在我身边暴风雨般的生活之中，我很快就感到了某种孤独。这里也有一些别的孩子，但他们不是比我小得多，就是比我大得多。是的，我没有心思去管他们。当然，如果我不是处境特殊，我是任何事情也不会发生的。在所有这些漂亮女人的眼中，我仍然是一个他们有时可以亲热亲热，有时可以当作小洋娃娃玩玩的小东西。特别是其中的一位，她似乎发誓不让我安宁。这是一位迷人的金发女人，她的头发又松软，又极其浓密，这样的头发我以前从没见过，大概今后也永远不会见到。她隔一会儿就任性地向我发动突然的袭击，看得出来，她从中得到极大的乐趣，但却引起了我们周围的人哈哈大笑。这笑声使我感到尴尬，但她却觉得很开心。要是在寄宿学校，女友们肯定会叫她"促狭鬼"。她的长相美得出奇，她的美中，有一种什么东西，令人一眼就可以看得出来。当然，她不像那些娇小、羞涩的金发女郎，也不像白如绒毛，细嫩如小白鼠或者牧师的女儿那样的小姐。她个子不高，有点儿胖，但面部的线条柔和、细腻，有很大的诱惑力。在这脸庞上，好像有一种类似于闪电的东西在闪闪发亮，而她整个的人则像一团火，活泼、敏捷、轻盈。她的一对张得大大的眼睛里，似乎不断迸射出火星，像金刚钻石一样发亮。我永远也不会拿这样亮晶晶的蓝眼睛去换一双黑眼睛的，即便它比安达鲁斯人的眼睛还要黑也罢。一位著名的杰出诗人歌颂过一位著名的黑发女郎，还在他优美的诗作中用整个卡斯季丽亚发誓。如果允许他用指尖碰一下这位美人的披肩，他即便粉身碎骨，也死而无怨。与这位著名的黑发美人相比，我的这位金发美女确实毫不逊色。附带补充一句，我的美人是世界上所有的美人之中最快活、最任性、最爱像小孩子一样爱说爱笑的一个，尽管她出嫁已经四五年了。她的唇边，总是露着笑容，这鲜艳的双唇，宛如清晨鲜艳的玫瑰，刚刚迎着朝阳，绽开它鲜红、芬芳的花蕾，而它上面冰冷的大颗露珠，还没有消失。

记得我来的第二天，组织了一次家庭演出。大厅里正像俗话所说的，是人山人海，挤得水泄不通，一个空位子也没有。不知道为什么，我晚到了，所以我不得不站着欣赏演出，但是欢快的表演吸引着我，使我越来越往前挤去。我不知不觉地挤到了第一排，最后站在那里，手臂靠在一把围椅的背上。围椅里面坐着一位妇女。那就是我的金发美人，但当时我们还不认识。我无意之中，对她那圆得出奇的、极富诱惑力的肩膀望出了神。她那副肩膀胖胖的，白得像牛奶泡沫。其实，我看什么都是无所谓的：美妙的女人肩膀也好，还是坐在第一排一位可敬的太太用来遮盖白发的，饰着火红飘带的便帽也好。金发女郎的旁边，坐着一位妙龄已过的老处女。后来我多次发现，这些老处女们总是想方设法尽量靠近年轻美貌的妇人，和他们挤在一起，同时专挑那些不喜欢将青年小伙子从身边赶走的女士。但是，问题不在这里。这位老姑娘刚刚发现我在观察，马上就弯下身子，对着邻近的女士痴痴地笑着，同时附着她的耳朵悄悄低语。她邻近的女人突然扭过头来，我记得，她那双火一样的眼睛，在黑暗中忽然对我一闪，我因为对此毫无准备，浑身一抖，好像挨了火烫似的。

那位美人儿不禁嫣然一笑。

"您喜欢他们的表演吗？"她面带嘲讽的神情，狡黠地望着我的两眼问道。

"是的，"我做了回答，仍然怀着某种好奇的神情望着，看来，她对此是感到十分满意的。

"那您为什么站着呢？这样您会感到疲倦的。难道您没有位子？"

"正是没有位子。"我回答道。这一次我已经不是关注美人亮晶晶的眼睛，而是关心我终于找到一位可以倾诉苦难的好心人了，因此我感到非常高兴。"我已经找过好多遍，所有的椅子都有人坐着。"我补充了这么一句，好像我在向她抱怨所有的位子都坐满了人似的。

"快到这里来。"她飞快地接着话头说了起来。她快人快语，对于闪现在她反复无常的头脑里的任何荒唐想法，她都能很快地找到解决的办法。"快到这里来，坐到我的膝头上。"

"坐膝头？"我重复了一遍，感到疑惑不解。

我已经说过，别人对我的特殊照顾，开始使我感到非常生气，同时也感到羞愧。这一位好像是存心拿我开玩笑，比别的人走得更远。再说我本来就是一个胆小、害羞的孩子，不知怎的现在在女人面前，特别害怕，因此我的窘迫样子，非常可怕。

"来吧，你快坐到膝头上来呀！为什么你不想坐在我的膝头上呢？"她一再坚持，而且笑得越来越厉害，最后竟然哈哈大笑，天知道她是为了什么，也许是在笑她的异想天开，也许是在笑我的尴尬模样。不过，这正是她的需要。

我的脸发红，很不自然地四下里张望，想乘机溜走，但她已经预见到了这一点，抢先把我的手抓住，这正是为了防止我溜走。她突然把我拉到自己的怀里，使我感到非常惊讶的是，她出人意外地用她那热乎乎的、顽皮的手指紧紧地握着我的手，把我的手指捏得痛极了，我费了好大的劲才忍着没有叫出声来，同时做出一副极其可笑的鬼相。此外，我感到极其惊讶、极其惶惑，甚至极其害怕的是：居然有一些可笑而又可恶的女人，他们一边与小男孩闲聊一些鸡毛蒜皮的琐事，一边却又无缘无故地当着众人的面，把孩子们的手捏得生痛。一定是我可悲的面部完全表露出了我内心的疑惑，所以那个顽皮的女人像疯子似的，对着我的两眼哈哈大笑，与此同时却越来越用劲儿地捏我可怜的手指。她高兴得忘乎所以，因为她终于成功地把一个可怜的男孩捉弄得窘态百出，狼狈不堪，使他上了一次大当。我已陷入绝望的境地。第一，我羞得全身发烧，因为几乎我们周围所有的人都已回过头来，对着我们，有的莫名其妙，有的马上看出了是美人在恶作剧，便放声大笑。其次，我很想喊出声来，因为她那么狠心地捏我的指头，就是因为我没叫没喊，我像斯巴达人那样，决心忍住疼痛，我怕一叫喊就会引起紊乱，而我不知道紊乱出现以后我怎么办好。在完全绝望的情况下，我终于决心起来斗争，开始使出全身的力气，把手往自己身边抽，但是折磨我的人的力气，却比我大得多。我终于忍不住，尖叫了一声，这正是她求之不得的结果！她很快把我扔下，扭转身子，好像什么事情也没发生过，好像胡闹的不是她，而是别的什么人。这倒很像一个顽皮的小学生、等到老师刚背过身去，他就对邻近的同学搞恶作剧，扯某个力气小的同学的耳朵，打他一记耳光，踢他一脚，推他的胳膊肘，随后又迅速转过身去，整整身子，把头埋到书本里，开始背自己的功课。这样一来，愤怒异常的教师先生便像一只长鼻子的鹞子，循着吵闹的响声扑去，结果出乎意外地上了大当。

但是，我感到幸运的是，大家的注意力此刻都被我们男主人的出色表演吸引过去了，他正在演出的一个斯克利鲍夫的喜剧中扮演主角。全场鼓起掌来，我乘掌声大作之机，溜了出来，跑到大厅最后与她对面的角落里，躲在一根圆柱的后面，从那里朝心狠的美人坐的地方，胆战心惊地望着。她用手帕掩着嘴唇，仍然在哈哈大笑。接着她又多次回头张望，朝各个角落搜寻我，大概对我们这场荒唐的厮杀如此迅速地结束，她感到非常遗憾，正在开动脑筋，再想出一个花样来作弄我。

我们的相识就是这样开始的。从此以后，她就不肯落在我身后一步。她不讲分寸，也不讲良心，老是追寻我，成了专门追赶我、折磨我的人。她对我玩的花样的全部可笑处，在于她表面上装作非常宠我爱我，却又当众出我的洋相，比杀我还叫人难以忍受。所有这一切，自然使我这个没见过大世面的野孩子，感到十分苦恼和难过，甚至流泪，我好几次处于这种严重的危机之中，准备与我的这个狡猾的美人打一架。我天真的尴尬相，我绝望的愁苦模样促使她对我迫害到底。她不知道怜悯，我也不知道到哪里去躲开她。我们周围响起的笑声（她很会引起大家发笑），只能燃起她搞新的恶作剧的愿望。但是，到后来，大家发现她开的玩笑，有点儿太过火了。现在回想起来，她那样对待一个像我这样的小孩子，确实太过分。

但是，她的性格就是这样的。从各方面看，她是一个受宠的女人。后来我听人说，最宠爱她的，莫过于她自己的丈夫。他身体很胖，但个子很矮，相貌很漂亮，很有钱，而且很能干，至少从外表上看是如此。他很活跃，也很忙碌，在一个地方待一两个小时，他都办不到。他天天离开我们去莫斯科，有时还来回走两趟，照他的说法，那都是因公。与他这种既滑稽可笑又总是一脸正经的模样相比，很难找到更愉快、更善良的了。除此之外，他对妻子爱得出奇，关心体贴，无微不至，简直把她当偶像，顶礼膜拜。

他对她百依百顺，从不加以约束。她的男朋女友，多得不计其数。第一，很少有人不喜欢她的；第二，这位风流女郎在选朋择友方面，并不过分挑剔，虽然根据我前面所讲的情况来看，您可以做出多种设想，但她的性格基础比起这些设想来要严肃得多，但在她所有的朋友之中，她最喜欢、最推崇的是她的一位远房亲戚，一位年纪轻轻的太太。现在这位太太也在我们这一伙人中。她们之间，存在一种特殊的亲切关系。两个截然对立的性格相遇便往往出现这种情况。一个比另一个更严肃、更深沉、更纯洁，而另一个则带着崇高的谦虚和高尚的自知之明，满怀热爱地服从于对方，觉得对方处处比自己高明，并把对方的友谊牢记在自己的心中，把它看成是一种幸福。这时候，两种性格之间便开始出现这种亲切而高尚的关系：一方是热爱和彻底的宽容，另一方则是热爱和尊重，尊重到害怕的程度，总是担心自己在对方心目中的地位，担心对方不珍重自己、这种尊重有时甚至可能发展到忌妒和贪婪的地步，希望在生活中一步一步地更加接近对方的心。

两个女友年龄相同，但从美丽开始，她们两人之间在各个方面，都存在着天壤之别。M夫人的长相也是很美的，但她的美，有点儿特殊，明显地不同于许多艳丽的女人。她脸上有一种特殊的表情，不论什么人一见到她，马上就情不自禁地对她产生好感，或者更恰当地说会激发您崇高而高尚的好感。世界上确实有这种幸运的面庞。任何人一坐到她身旁，马上就觉得似乎好过些、似乎自由舒畅些、似乎温暖些。但是，她的一对忧郁的大眼睛，却充满着火与力，胆怯而不安地望着，好像时时刻刻都在受到可怕的敌对势力的恫吓。这种奇怪的胆怯有时会给她文静、温和、酷似意大利的圣母玛丽亚的脸庞，罩上一层苦闷的阴云，你望着它，自己也会情不自禁地跟着忧郁起来，就像你自己遇到了什么伤心事一样。这是一张苍白、消瘦的脸庞。透过它清秀、端正、线条无可挑剔的美和暗藏着无言的愁苦和冷峻，经常露出她孩子似的本来面容，这是她前不久无忧无虑的形象，也许是她天真无邪地享受幸福的形象。还有这平静的，然而是怯生生的、游移不定的微笑——所有这一切使人不自觉地对这个女人产生深深的同情，使每个人的心里都情不自禁地产生一种甜蜜的、热情的关注，老远就为她大声辩护，使陌生人都同她亲近起来。

但是，不知道为什么，这位美人却沉默寡言，性格内向，尽管别人需要同情时，当然没人比她更关切，更有爱心。有的女人，酷似生活中的护士。在她们面前，不必有任何隐瞒，至少不必隐瞒任何内心的痛苦与创伤。谁要是有了烦恼，都可以大胆地、满怀希望地去找她们，不必担心处境尴尬。我们很少有人知道，在有些女人的心里蕴藏着多少无限容忍的爱、同情和宽恕。同情、安慰、期望这些宝贵的情感都珍藏在这些纯洁的心里，但这些心灵往往深深地受到伤害，因为它满怀热爱，也饱尝忧伤，但却将伤口精心隐藏起来，不让好奇的目光看见，因为深切的痛苦往往最容易保持沉默和掩藏起来。不论伤口有多深，不论它是否流脓，是否发臭，都不会使她们惊慌。不论什么人去找她们，都会得到她们的帮助。仿佛她们生来就是舍己救人的……

M夫人个子高，身材柔和、苗条，不过稍嫌纤细。她的动作似乎没有什么规律，一会儿缓慢、柔和，甚至有点儿庄重，有时又像小孩子一样敏捷，与此同时，她的手势中又透露出某种胆怯的恭顺，一种好像是战战兢兢的无可奈何的神情，但她既不向任何人乞求帮助，也不祈求庇护。

我已经说过，那个口蜜腹剑的金发女郎不值得称赞的图谋，羞得我无地自容，刺伤了我的心，使我痛苦万分，但是还有一个原因，秘密、古怪、荒唐，我把它隐藏着，像吝啬鬼一样，为它而浑身颤抖。即使我独自待着的时候，我紊乱的头脑一想起它来，就是躲在黑暗、隐蔽的角落里，躲在任何一个蓝眼睛的女骗子审视、嘲笑的目光看不到的地方，一想起这件事，我就又窘、又羞、又怕，几乎喘不过气来。一句话，我爱上了，也就是说，我们假定这是我在胡说八道，因为这是不可能的。但是我周围所有的面孔之中，为什么只有一张面孔受到我的注意？尽管我当时完全无心察看女人，而且根本不认识她们，但我的目光为什么老是喜欢追着她瞧？这种情况最多发生在阴雨天的晚上，那时所有的人都在房里，我一个人躲在大厅角落里的某个地方，漫无目的地东张西望，根本找不到任何别的事情干，因为除了几个作弄我的女士之外，很少有人与我说话。在这样的夜晚，我感到非常寂寞，简直无法忍受。当时我仔细查看我周围的人，偷听她们的谈话，但往往我一句也听不明白。就是在这个时候，平静的目光、温顺的微笑和M夫人（因为这正是她）美丽的脸庞，上帝知道为什么，总是受到我的注意，使我着迷，而且我的这一奇怪的印象，已经无法磨灭，虽然它是模糊不清的，但却是不可思议的甜蜜蜜的。我常常一连几个小时似乎无法离开她。我熟记了她的每一个手势，每一个动作，仔细倾听她那银铃般的但又略为压低的嗓音的每一次震动，说来真是奇怪！从我所有的观察中，除了羞涩的、甜蜜蜜的印象之外，还有某种不可思议的好奇，好像我在盘根刨底，打探一个什么秘密。

最使我痛苦的是别人当着M夫人的面对我进行嘲笑。这些嘲笑和滑稽的戏弄，在我看来，甚至就是对我的侮辱。有时候，当大家为我而发出哄堂大笑，连M夫人也不由自主地参与其中时，我就感到绝望，痛苦不已，急忙从自己的压迫者手中挣脱出来，跑到楼上，随后就躲在那里打发那一天余下的时光，不敢在大厅里露面。不过，就是我自己也还不明白自己的羞臊和激动。这一过程发生在我的身上，完全是不自觉的。同M夫人我几乎还没说过两句话，自然我也不敢同她说话。不过有一天傍晚，在我无法忍受的白天过去之后，我在散步时落在大家的后面。我疲倦极了，于是走捷径，穿过花园回家。在僻静的林荫道上，我发现M夫人坐在一条长凳上。她好像是故意挑选这么个僻静的地方，一个人孤单单地坐着。她把头垂在胸前，两手下意识地搓着一条手帕。她那么聚精会神地沉思默想，居然没有发觉我已走到她的身边。

　　发现我之后，她迅速从凳子上站起身来，转过头去。我看见她在匆匆忙忙用手帕擦眼睛。原来她在哭泣。擦干两眼以后，她对我微微一笑，然后与我一同回家。我们说了些什么，我现在已经记不起来了，但是她隔一会儿就用各种借口将我支开：一会儿要我给她摘一朵花，一会儿要我去看看，谁在另一条林荫道上骑马。等到我一走开，她就马上又把手帕送到眼睛边，擦那不听话的眼泪，这些泪水怎么也不离开她，一次又一次地在她心头涌起，然后从她可怜的眼眶里不断地流出来。她这么频繁地将我支使开去，使我明白了我显然对她非常不利，再说她自己也已经发觉，我把一切都看到了，只是她已无法控制自己而已。这使我更加为她感到难过。此时此刻，我几乎恨透了我自己，我咒骂自己笨拙无能，头脑不灵活，竟然不知道如何巧妙地落在她身后，不让她知道我发现了她的痛苦，而是同她并肩走在一起，怀着忧郁的惊讶，甚至是惊恐的心情，完全惊慌失措，根本找不出一句话来，以便维持我们难以继续的谈话。

　　这次相遇使我感到非常吃惊，我整个晚上都怀着贪婪的好奇心，偷偷地注意M夫人，两只眼睛一直没把视线抽开，但她两次发现我在观察她，弄得我手足无措，第二次发现我以后，她还对我微微一笑。这是她整个晚上唯一的一次微笑。她现在面色非常苍白，脸上的忧郁还没有消失。她一直在与一位上了年纪的太太低声交谈。这是一个既凶恶又好唠叨的老太婆，谁也不喜欢她的爱探别人的隐私和制造流言蜚语，但又人人怕她，因此大家都不得不千方百计地去迎合她的心意，不管您愿意不愿意……

　　十点左右M夫人的丈夫坐车来了。直到现在我一直在聚精会神地注意观察夫人，目光没有离开过她的脸庞。现在呢，丈夫突然走进门来，我发现她浑身抖了一下，本来就已经非常苍白的面孔，突然变得比手帕的颜色还要灰白。这一点是那么明显，所以别的人都察觉出来了。我站在一旁，听到了片断的谈话，从中猜想到，可怜的M夫人处境并不好。有人说她丈夫很像黑人一样爱吃醋，不过不是出于爱情，而是因为爱面子。首先他是一位醉心于欧洲文明的欧洲人，一个现代派的人物，具有某些新思想并且以此炫耀于人。从外表上看，此人长一头黑发，个头高大，是个身体特别壮实的先生。留着一口欧洲式的连鬓胡子，面色红润，扬扬得意，上下两排牙齿，白如砂糖，他的一副绅士派头，无可挑剔。人们称他是聪明人。在另外的一些圈子里，人们对这样一类特殊人物，也是这样称呼的：他们靠别人养肥自己、什么事情也不做，而且也根本不愿意去做，由于长期懒惰成性，无所事事，他们的心脏已经变成一块肥肉。从他们的口中，你不时可以听到这样一些奇谈怪论：他们之所以无事可做，是由于复杂的环境与他们作对，"扼杀了他们的才华"，因此看着他们，"令人伤心"云云。这是经常挂在他们口头上的一句漂亮话，是他们的暗语和口号，是我的饱食终日、脑满肠肥的人们随时随地高唱的调子，其实早已开始让人感到厌烦，因为这是臭名昭著的伪善和毫无实际意义的空话。不过，某些这类怎么也找不到事情可干（其实他们从来就没去找过）的小丑却正是希望人们以为，他们的心脏不是肥得淌油，不是一块肥肉，恰恰相反，一般说来，他们的心里是有着某种深刻的东西的，但到底是什么东西，即便是第一流的外科医生，也说不上来，当然，这是出于礼貌的说法。这些大人先生们之所以能在世界上出人头地，是因为他们将自己的全部本领用之于粗暴地嘲笑别人，鼠目寸光地斥责他人，毫无节制地抬高自己。除开发现和不断指责别人的弱点和错误之外，他们便无事可做。由于他们与牡蛎一样，有着温和的脾性，在采用这样一些保险措施的条件下，做到相当慎重地与人相处，并不困难。他们对这些非常自鸣得意。例如，他们几乎相信，全世界差不多都得替他们干活、交租，整个世界就像是他们手中贮存的一只牡蛎，除开他们之外，天底下的人全都是傻瓜，每一个人则像一个橙子或者像一块海绵，他们一旦需要其中的汁液，随时可以榨取。他们是一切的主人，万物的主宰。整个的这个值得赞扬的秩序之所以出现，正是因为有了他们这样聪明而富有性格的人存在。他们在无比骄傲的同时，容不得别人说他们有缺点。他们很像常见的一类骗子，天生的达尔杜弗和福斯塔夫，他们甚至骗到如此地步，最后他们相信行骗是应当的，也就是说，要活下去就得行骗。

他们常常要人相信，他们是一批诚实的君子，最后连他们自己也相信，似乎他们的的确确是一群诚实的人，他们的行骗，也是一种诚实的事业。他们缺乏自知之明的高尚品德，也从不反躬自省，从良心上对自己进行审判。他们干别的事情，是非常笨拙的。他们事事处处都把他们贵如黄金的自身、他们的莫洛赫神和巴尔神、把他们堂堂皇皇的"我"字，放在第一的位置上。在他们看来，整个大自然，整个世界充其量不过是一面大镜子，制造出来是为了让我的小上帝不断地从中欣赏自己，正因为有了他自己，其他的人和物，他就一概视而不见了。他把世界上的一切都看成是丑陋不堪的东西，也就不足为怪了。对任何人和事，他都储存着现成的词句，而且是最时髦的词句。从他们方面来说，这就是最高级的灵活。他们甚至促进这种风气，毫无根据地到处宣扬那种可以使他们获得成功的思想。正是他们才具有这种嗅觉，可以嗅出这样的时髦语句，而且比别人更早一些掌握，结果，似乎这类语句，是由他们的口里最早说出来的。他们特别把自己搜集到的时髦话语，储存起来，用之于表达他自己对人类的深切同情，用来确定什么是最正确而且合乎理智的善行，再就是用来无休无止地惩罚浪漫主义，往往是真和美的东西，这些东西的每一个组成原子都比他们这种软体动物的整个族类更为珍贵。他们粗暴地否认稍有缺陷的、过渡性的和形式上尚未完善的真理，摒弃一切尚未成熟，尚未扎下根来、正在酝酿中的事物。这种人保养得脑满肠肥，一辈子过着花天酒地的生活，坐享其成，自己什么事也不干，也不知道干任何事情的难处，因此，只要你稍稍触伤他卑劣的感情，你就得准备倒霉。他对这种事是决不放过的，他会耿耿于怀，时刻铭记在心，一有机会就报复，从中得到乐趣。由此可以得出结论：我的这位英雄不多不少不折不扣，恰恰是个名副其实的大草包，它的容量虽然大得不能再大，但装的尽是一些格言、时髦的词语和各色各样的标签。

但是，M先生还是有其特点的，他是一位非常引人注目的人物。他能说会道，而且善于说俏皮话，讲故事。在客厅里，他的周围总是聚集着一群人。那天晚上，他特别成功地给人留下了印象。他牢牢地控制着交谈，是高谈阔论的主角，不知为什么他非常高兴、愉快，仍然引起大家对他的注意。但M夫人却一直像个病人，她面带愁容，使我时刻觉得，早就挂在她长长的睫毛上的泪珠，眼看着就要抖搂下来。正如我所说的，所有这一切使我感到非常震惊。我怀着一种奇怪的好奇感走开了，随后整夜都梦见M先生。而在此以前，我很少做乱七八糟的噩梦。

第二天清早，我被叫去排练一部喜剧，我在剧中扮演一个角色。最多不过三五天就是我们男主人的小女儿的生日了，为了庆祝她的生日决定在一个晚上演出喜剧和话剧，随后即举行舞会。为了举行这次几乎是临时安排的庆祝活动，从莫斯科及其郊区的别墅里又请来了百来名客人，所以非常热闹忙乱。排练，或者最好说是试装，安排在清晨，实在不是恰当的时候，因为我们的导演、著名的艺术家P先生，是我们男主人的朋友和客人，他是出于对男主人的友情才同意负责编剧，同时指导我们的排练的。现在他急于去城里采购道具和为庆祝活动做好最后的准备工作，所以时间不够，必须抓紧。我同M夫人两人一起参加一场戏的演出。这场戏表现的是中世纪生活的一个场面，取名《城堡女主人和她的小侍从》。

与M夫人同台排练，我感到说不出口的尴尬。我觉得她马上就会从我的眼神之中，看出从昨天以来产生在我脑海中的一切思考、怀疑和揣测。除此之外，我一直觉得，我好像对不起她，不该在昨天看到她流泪，妨碍她伤心，因此她会身不由己地斜着眼睛看我，因为我是看出她的隐私的令人讨厌的目击者，一个不请自来的不速之客。但是，上帝保佑，事情并没出什么大麻烦，因为根本没有人来注意我。她好像也根本没有心思来考虑我，而且也没有心思来考虑排演，因为她心不在焉，心情抑郁而且在阴沉地冥思苦想。看得出来，有一件什么大的麻烦事在折磨着她。我的角色一演完，我就赶紧跑去换衣服，十分钟后，我就到面向花园的阳台上去了。几乎是在同一时间，M夫人从另一扇门里走了出来，恰好迎面碰上她扬扬得意的丈夫。这位先生是从花园那边回来的，他刚刚把一大群女士伴送到那里，把她们交到一位殷勤的男舞伴手中。夫妻相见显然是出乎意外的。不知道是什么原因，M夫人突然感到困窘，她迫不及待的动作，流露出她心情的懊丧。丈夫则漫不经心地哼着小调，一路上还意味深长地不时抚摸自己的连鬓胡子，现在与妻子不期而遇，他皱起眉头，仔细打量她，据我现在的回忆，他用的是审视的目光。

"您去花园？"他发现妻子手里拿着一把小伞和一本书之后，问道。

"不，我去小树林。"她脸一红，马上做出回答。

"一个人吗？"

"和他一起……"M夫人指着我说道，"我平时早晨一个人散步。"她补充说了这么一句，用的是犹豫不定的声音，俨然像有些人平生第一次说谎时用的声调。

"嗯……我刚刚伴送一大批人去那里。大家正集合在那里的花亭旁欢送H先生。您知道，他就要走了……他在敖德萨遇到了麻烦……您表妹（他说的是金发女郎）一会儿笑，一会儿又差点儿哭了起来，有时候还哭笑一齐来，真叫人摸不着头脑。不过，她告诉过我，说您在为什么事生H先生的气，所以您没去送他。当然，这是胡说啰？"

"她是在开玩笑。"M夫人一边从凉亭上一级一级地下台阶，一边回答。

"这么说来，这是天天陪您的cavalier servant（殷勤的男舞伴）？"M先生歪着嘴巴这么补充了一句，同时把他的长柄眼镜对着我。

"小侍从！"我大声叫了起来，我对他的长柄眼镜和嘲讽很生气，对着她的面，哈哈大笑，一下子竟跳过阳台三级台阶。

"祝您一路平安！"M先生含含糊糊地说了这么一句，继续走自己的路去了。

当然，M夫人刚把我指给她丈夫看的时候，我马上就走到了她身旁。我直望着她，那样子是说，似乎整整一个小时以前她就邀请了我，而且似乎我每天清晨陪她散步，已经整整一个月了，但是我怎么也弄不清楚：为什么她那么尴尬和惶恐不安？在她下定决心撒个小谎的时候，她脑子里到底在想些什么呢？为什么她不干脆说她是一个人在散步呢？到现在我还不知道怎么看她，但是我在震惊之余，非常天真地开始偷偷地瞧看她的面孔。像一个小时以前排练的情况一样，她既没有发现我在偷看，也没有发现我无言的疑问。还是那个折磨人的操心事，不过比当时更清楚、更深刻地反映在她的脸庞上，反映在她激动的心情和行走的步态上。她急着去什么地方，越来越加快脚步。她怀着不安的心情察看每一条林荫道和丛林里的每一块空地，同时不断回头，朝花园方向张望。我也在等待。突然，在我们的身后，响起了马蹄声。这是一大群骑马的男男女女，去欢送突然离开我们这伙人的H先生的。

在这批女士当中，有M先生提到的我的那位金发女郎。M先生还谈到过她的眼泪。她仍然像往常一样，哈哈大笑，像个不懂事的孩子，正骑着一匹漂亮的骏马，急速疾驰。等到他们与我们并排走着的时候，H先生摘下了帽子，但他没有停下马来，也没对M夫人说一句话。我望了M夫人一眼，差点没有吓得大叫起来：她站在那里，面色比白手帕还白，大颗大颗的眼泪从她的眼中不断流出。我们的目光偶然相遇了。M夫人忽然脸色绯红，赶紧扭过头去，不安与懊丧的神情明显地闪现在她的面庞上。我是一个多余的人，比昨天的境况还要坏，这是不言自明的，但是，我该怎么办呢？

突然，M夫人好像猜透了我的心思，把她手里捧着的一本书打开来。她的脸又红起来了，她显然在竭力不看我，好像突然想起来似的说道：

"哎呀！这是第二部，我拿错了。请你把第一部拿来！"

怎么能不明白呢！我的角色已经扮演完毕，但她不能直截了当地将我赶走。

我带着她的书跑走了，没再回来。第一部书这天早晨安然地摆放在桌子上……

但是，我却不能自己。我的心在怦怦地直跳，好像我不断受到惊吓。我想方设法，竭力做到不再见到M夫人。但是我却怀着某种异样的好奇心，去观察自命不凡的M先生。似乎在他的身上现在一定会出现某种特殊的东西。我完全不明白我可笑的好奇里面，到底包含着什么用意。我只是记得，这天早晨我的所见所闻，使我感到非常奇怪、惊讶。不过我的一天才刚刚开始，但它对我来说，出的事情却已经够多了。

这一次，我们的中餐吃得很早。傍晚决定全体去邻村作一次愉快的旅行，参加那里举行的一次乡村节日活动。因此需要时间进行准备。三天来我一直在想着这次旅行，期待着无数的欢快场面出现。几乎所有的人都集合在阳台上喝咖啡。我小心翼翼地跟在别人的后面，藏在三排围椅的后面。我受到好奇心的诱惑，同时我又无论如何也不想让M夫人瞧见。说来也真巧，我被安排坐在离戏弄我的金发女郎不远的地方。这一次她身上可出现了奇迹，简直是不可想象的奇迹：她显得加倍地漂亮。我不知道这是怎么发生的？为什么会如此？一般的女人身上出现这样的奇迹，也是少见的。就在这一时刻，在我们之间，出现一位新来的客人。这位高个子、白脸庞的年轻人，是我们金发女郎真正的崇拜者。他刚刚从莫斯科来到我们这里，好像是特意来替代离去的H先生的。有人传说，这位H先生已经狂热地爱上了我们的美人。至于新来的这一位，他早与她关系暧昧，同莎士比亚《无事生非》中的培尼狄克和贝特丽丝的关系一模一样。简单地说，我们的美人在这一天是非常成功的。她开的玩笑，无聊的闲谈，都是那么优美、动听，那么天真、可信，虽是粗心大意，却情有可原。她怀着那么优美的自信，坚信她会受到大家普遍的欢迎，真的会时时受到大家的推崇。惊讶的观众，开始对她进行欣赏，紧紧地围着她不肯走开。她从来没有这么迷人过。她说的任何一句话都具有诱惑力，人们都觉得好奇，于是，抓住它，互相转告；她开的任何一个玩笑，任何一个乖常的行为，都不会被人白白放过。看来，谁也没有料到她有那么风趣，有那么多的才华和智慧。她所有的优秀品质平时都被她的任性、骄纵行为淹没了。她的任性和淘气有时简直达到胡闹的地步。所以很少有人发现她的优秀品质，即使发现，也不敢相信，所以这次取得的非凡成就，使人不胜惊讶，引起人们普遍的、热烈的悄悄低语。

　　但是，促使这一成功的，有一个特殊的、相当微妙的情况。至少根据M夫人的丈夫当时所扮演的角色来看，是如此。那个好作弄人的金发女郎竟然决心向他发起猛烈的进攻（需要补充说明的是，这使所有的人都感到高兴，至少是所有的青年人感到满意），这里面原因很多，其中不少在她看来非常重要。她和他展开了一系列的对攻，舌剑唇枪，你来我往，互不相让，讽刺、挖苦、嘲笑，无所不用其极。她的话句句俏皮，不仅无懈可击，不给对方以可乘之机，而且弹不虚发，句句击中要害，只能使对方疲于奔命，陷对方于疯狂、绝望的可笑境地。

　　我无法肯定，但我总觉得，这一全套把戏是早有预谋的，而不是即兴之作。早在吃中饭的时候，这一场激烈的决斗，就已经开始了。我说"激烈"，是因为M先生并没有很快放下武器。他必须鼓足勇气，动员他说俏皮话的全部能力，使出他罕见的全部机智，以免遭到迎头痛击，被彻底打垮，从而蒙羞出丑。战斗是在战斗参加者和所有目击者不断地发出阵阵哄笑声中进行的。对于M先生来说，今天的情况至少与昨天不同。很明显，M夫人好几次想制止自己粗心大意的朋友，然而根据各种可能和我记得的情况来看，再就是根据我在这次决斗中所扮演的角色来看，她的这位朋友却硬要让她忌妒的丈夫穿上极其可笑的丑角服装，也就是说让他扮演"蓝胡子"的角色。

这事是以最可笑的方式，突然发生的，完全出乎意料。这时我好像故意站在最显眼的地方，没怀疑会遭殃，所以连前不久保持的警惕性，也忘了。突然，我被当作M先生的死对头和自然而然的情敌，提到了首位，折磨我的那个女郎当即赌咒发誓，说她掌握有确凿的证据，证明我在疯狂地爱着他的妻子，而且爱到了极点。比如，今天她就在树林中看见……

但是，她的话还没来得及说完，我就在对我极关紧要的时刻，打断了她的话。这个时刻是她丧尽天良安排好的。她想以出卖我的方式来结束这场滑稽可笑的闹剧。这个结束场面安排得非常巧妙，同时又非常滑稽可笑，以致怎么也制止不住大家哄堂大笑。她便以这种如同爆炸一样的笑声来庆祝这场闹剧的最后一幕。尽管我当时已猜想到，最恼火、最尴尬的角色不是我，但是我还是感到非常狼狈、愤怒和惊恐，两眼充满了泪水，满怀愁苦和绝望，同时羞得喘不过气来，于是我穿过两排围椅，向前冲去，用因哭泣和愤怒而变得断断续续的声音，对着我的戏弄者大声叫喊：

"您怎么不觉得害羞……当着所有的女士的面……竟敢大声……编造这样卑鄙的……谎言？！……您真像个小孩儿……当着所有的男人的面……他们会说什么呢？……您年纪这么大了……还是个出了嫁的女人呢！……"

但是，我的话还没说完，就响起了一阵震耳欲聋的掌声。我的这一举动，获得了真正的骚动。我天真的手势，我的眼泪，而最主要的是好像我挺身而出，保护M先生，所有这一切使大家差点儿笑破了肚皮，即使到了现在，一想起来，我自己也觉得非常可笑……我不知所措，几乎被吓得失去了理智，我全身发烧，好像一个火药桶，两手捂着脸，飞快跑了出去，在门口撞翻了走进房来的仆人手中端着的托盘，然后飞身上楼，跑进自己的房间。我拔掉插在门上的钥匙，从里面把门反锁起来。这件事我做得好，因为很快就有人追上来了。不到一分钟，一大群住在这里的最漂亮的女士就围在门口了。我听到了她们响亮的笑声、频繁的交谈声、时高时低的说话声。她们一齐叽叽喳喳，活像一群小燕子。她们一个个又是央求，又是哀告，要我把房门打开，哪怕是打开一分钟也行。她们赌咒发誓说她们对我并无半点儿恶意，她们只是想亲亲热热地吻我一下。但是……还有什么比这种新的威胁更可怕呢？我只是在我的房门后面羞得全身发烧，把脸庞藏在枕头里，既没有开门，甚至也没有应声。她们还敲了好久的门，苦苦地哀求我，但是我无动于衷，充耳不闻，真正是个不懂事的十一岁的孩子。

唉，现在怎么办呢？我费尽心机竭力珍藏的一切……全都被人揭开了，发现了……永远洗不掉的耻辱，落到了我的头上！……说老实话我自己也说不清，我这样害怕，这样想方设法加以掩饰的东西到底是什么。不过，我确实是害怕一个什么东西，由于这个东西遭到了暴露，我至今还在瑟瑟发抖，就像被风吹着的一小片树叶。只是有一点在此以前我并不明白：它到底是什么，是有用，还是没有用，是光荣还是耻辱，值得称赞还是不值得称赞？现在呢，从无穷的痛苦和深深的烦恼中，我认清了，原来它是非常可笑和可耻的！我同时又本能地感到，这样的判断是虚伪的、残酷无情和粗暴的。但是，我已遭到惨败，被彻底打垮了。认识与觉悟的过程似乎在我的身上已经停止，开始变得紊乱不堪了。我既无力反驳这一判断，甚至也无力去好好地对它进行思考：我的头脑已经模糊不清，我只感觉到我的心遭到了残酷无情、厚颜无耻的伤害，眼睛里噙着无力的泪水。我被深深地激怒了。愤怒和仇恨在我的心里沸腾，这样的心情是我以前从未有过的，因为这是我有生以来第一次经受到如此严重的痛苦、伤害和侮辱。所有这一切都是真的，没有任何夸大。在我这个孩子的身上，一个第一次出现的、还没有经历过的、没有最后形成的感情，遭到了粗暴的触动，头一回体验到的芬芳馥郁的童贞羞涩，这么早地遭到揭露和斥责，第一次，也许是非常严肃的美好印象，遭到了嘲笑。当然，嘲笑我的人并不了解这许多，也没有预感到我的痛苦。一件我自己还没有来得及琢磨而且迄今为止我不知为什么害怕去分析的隐私，在这里暴露了一半。我继续躺在床上，把脸埋在枕头里，心烦意乱，悲观绝望。我一会儿全身发烧，一会儿又冷得颤抖不停。使我感到痛苦的有两个问题：第一，今天早晨在树林里，这位捣蛋的金发女郎到底可能在我和M夫人之间发现了什么？其次，也就是第二个问题。我现在能用什么方式、什么手段、什么样的目光，去看M夫人的面庞，又不至于由于羞愧和绝望而在那一时刻当场死去。

院子里响起一阵少有的嘈杂声，最终把我从半昏迷状态中惊醒过来。我站起身来，走到窗前。整个院子塞满了各式各样的车辆、马匹和忙乱的仆役。好像大家准备外出。有几位骑手已经骑在马背上。其余的客人则分别坐在各辆马车上……这时我才想起预定的出游。于是我开始感到不安，我聚精会神地观察，看看院子里有没有我骑的那匹小马，但是没有发现，这就是说，他们把我忘了。我忍不住跑步下楼，至于什么令人不快的会见，自己前不久所蒙受的耻辱，一概不去考虑了……

一个可怕的消息在等着我。这一次既没有给我安排骑的马，也没有在车上给我留个位子。所有的车和马都让人占了，我不得不让位于他人。

新的不幸使我感到震惊，我站在台阶上，悲伤地望着一长串轿式马车、两轮轻便马车、四轮轻便马车，所有这些车子里，都没有我容身的小小角落。我还望了望打扮得漂漂亮亮的女骑手，她们乘坐的骏马正在焦躁不安地等待出发。

有一个骑马的人不知道为什么来迟了。大家只等他来就出发。他的那匹马正停在大门口，嚼着马嚼子，用蹄子刨地面，由于受到惊吓，时不时地浑身打战，而且不断竖起前蹄。两个马夫在小心谨慎地抓住马的缰绳，大家都在提心吊胆，站在离这匹马很远的地方。

事实上，确实发生了一件令人非常恼火的事，使我去不成了。除开新来的客人占满了车上所有的座位和马匹之外，另外两匹供人骑的马病了，其中有一匹就是我的小马。不过为此而遭受苦难的，不止我一人。一位新来的客人，就是我已经提到过的那个白脸青年，也没有坐骑。为了消除不快，我们的男主人不得不采取极端措施，建议使用那匹没有驯服的、狂暴的公马，但为了免除良心上的谴责，他又补充说这匹马根本不能骑，如果能找到买主的话，早就该把这匹野马卖掉了。但是，那位受到提醒的客人却宣布，他的骑术不错，只要有马骑，骑什么马他是无所谓的，他无论如何也要骑。男主人当时没有吭气，但是我现在觉得，他的唇边似乎掠过一丝模棱两可的狡猾微笑。在等待那位吹嘘自己骑术高明的骑手时，他自己并没有上马，而是焦急不安地搓搓两手，时不时地朝门里望。某种类似的神情，甚至传给了两个牵马的马夫。他们看到自己在众人面前牵着这匹往往会无端置骑手于死命的烈马，感到无比的自豪，简直有点儿喘不过气来。他们的眼睛里也透露着某种类似于他们老爷狡猾的嘲笑的神情，他们的眼睛由于正在等人而瞪得大大的，也在朝勇敢的骑手应该出现的门口张望。就是这匹马也好像和主人及两位马夫商量好了似的，表现出一副洋洋得意的样子，似乎感觉到了有几十双好奇的眼睛在看着它，似乎在大家面前，为自己的坏名声感到自豪，俨然一个不可救药的风流浪子对自己的浪荡行为不以为耻，反以为荣一样。似乎，它在向决心侵犯它的独立性的勇士进行挑战。

这位勇士终于出现了。他一见大家都在等他，觉得有点儿过意不去，于是匆匆忙忙赶紧戴上手套。他目不斜视地朝前走去，走下一级又一级台阶，直到他伸手去抓那匹等待已久的烈马鬃毛时，他才抬起两眼。但是，那匹烈马突然扬起前蹄，猛地一蹿，受惊的观众，高声喊叫，让他留神，把他弄得不知所措。这位年轻人往后一退，带着疑惑不解的心情望了望那匹野性十足的烈马。这时候，那匹马正在浑身乱颤，像一片被风吹着的落叶。它怒气冲冲地打着响鼻，凶恶地转动着一对充血的眼睛，时不时地蹲下后腿，抬起前蹄，好像要腾空而起，把两个马夫也一起带走。青年人站在那里，完全不知所措，大约有分把钟。后来，由于有点儿慌乱，他的脸稍稍红了一下。他抬起眼睛，朝四周扫了一下，又朝那些吓得要死的女士们看了看。

"这匹马很不错！"他似乎是在自言自语，"从各方面看，骑上它，一定会感到很愉快的，但是……但是，你们知道什么吗？不过，我是不打算骑它去了。"他自我们的主人说出了他的决定，脸上露出开朗、天真的微笑。这种微笑与他善良而聪明的脸庞，非常协调。

"我仍然认为您是一名出色的骑手，我向您发誓，"烈马的主人兴高采烈地对他说道，同时热情地，甚至怀着感激的心情握了握自己客人的手。"其所以感激，正是因为您一眼就看出了您在同一匹什么样的马打交道，"他十分认真地补充说道，"您相信我吗？我在骠骑兵里搞了二十三年，却蒙这匹烈马的关照，三次品尝了躺在地下的滋味，也就是说，我骑它多少次就摔下多少次，这个专吃粮草的家伙……坦克列德，我的朋友，这里没有合你心意的人，看来能骑你的某个伊里亚·穆罗麦茨，现在正坐在卡拉恰罗夫村里等着你老掉牙呢。好吧，把它牵走！它把大家已经吓得够呛啦！把它拉出来，完全是白费工夫！"他一边得意扬扬地搓手，一边这么做出总结。

必须指出的是，坦克列德并没有给他带来任何好处，只是白白地吃掉了不少粮草。除此以外，老骠骑兵善于采购马匹的美名，也葬送在这匹毫无用处的野马手上。他以高得惊人的价钱买回了这匹外表看来漂亮，其实任何人也不能骑的废物……现在他毕竟高兴起来了，因为他的坦克列德没有丧失自己的特点，又摔下一个骑手，从而给自己又戴上了新的、无法驯服的桂冠。

"怎么，您不去啦？"金发姑娘大声叫道，她是一定要她的cavaleir servant这次同她一起去的，"难道您害怕了吗？"

"大概是这样吧！"青年人做了回答。

"您是说真的吗？"

"您听我说，难道您希望我粉身碎骨吗？"

"那您就快些坐到我的马上来，您别怕，它很温和。我们不会耽搁，很快就会有人来换马鞍的。我想试试您的那匹马，不可能坦克列德总是那么没有礼貌吧！"

说到做到！这位顽皮的女郎从马鞍上跳了下来，说完最后一句话，就已经出现在我的面前了。

"如果您以为它会让您把您的那个不合适的马鞍架到它的背上，那您就对坦克烈德太不了解了！再说我也不会让您粉身碎骨，要不然，那就真惨啦！"我们的主人说道。他此刻从内心里感到得意扬扬。按照他往日的习惯，他装腔作势地发表了一大通本来有点儿装腔作势的慷慨激昂的话来，他的语言甚至有点儿粗鲁，但照他的意见，却可以把一个心地善良的老骠骑兵介绍出来，特别会赢得女士们的欢心。这是他的一个美丽的幻想，也是他心爱的。我们大家都很熟悉的一套手法。

"喂，你，爱哭的小娃娃，不想试一试吗？你不是很想去吗？"勇敢的女骑手一发现我，就指着坦克烈德逗我说道。其实她这样说话，目的无非是：既然已经白白地跳下马来，决不能空手而归；既然我一时不慎，被她撞见，她不说几句讽刺话，是不会放过我的。

"你大概不是那样的⋯⋯唉，怎么说呢？你是一位著名的英雄，认为胆小怕死是可耻的，特别是在大家都看着你的时候，漂亮的小侍从。"她迅速瞟了一眼M夫人，补充说道，夫人的车子离台阶最近。

当这位长相俊美的女骑手走到我们身边，打算骑上坦克烈德的时候，仇恨和报复的情绪涌上我的心头⋯⋯但是我说不出在这个调皮鬼突然向我发起挑战时，我心里是什么感觉。当我看到她向M夫人投过去目光时，我感到两眼发黑。刹那间，我的头脑里形成了一个想法⋯⋯是的，这只是一眨眼的工夫，甚至还不到一眨眼的工夫，就像火药冒出的火花。也许由于感情过于冲动，我这时突然鼓足勇气，满腔怒火，真想一下子把所有与我为敌的人通通杀死，向他们算清总账，从而当众表明我现在到底是个什么样的人。也许是出现了奇迹吧，就在这一刹那间，有人教我学好了中世纪史，而在此以前，我对这段历史是一无所知的。于是在我眩晕的头脑里闪现出了跑马比武、骑士、英雄、美女、光荣和胜利者的形象。听到了宫廷传令官的喇叭声、佩剑碰击的铿锵声和人群发出的叫喊声欢呼声，在所有这些声音中，可以听到一颗受惊的心发出的怯生生的叫喊，抚慰着一个高傲的灵魂，它比胜利和荣誉还要甜蜜。我不知道我的脑袋里是否在当时就产生了这些非分之想，或者更确切地说，是对将来必然要出现的非分之想的一种预感。不过，我只是觉得，我的关键时刻已经到来。我的心已经跳出胸腔，它在抖动，我自己已经记不清我是怎么纵身一跃，跳下台阶，出现在坦克列德的身旁的。

"您以为我害怕吗？"我大胆而骄傲地大叫一声，兴奋得两眼发黑，激动得喘不过气来，满脸涨得通红，两行热泪，沿着面颊直往下流。"那您就走着瞧吧！"大家还没来得及采取任何行动阻止我以前，我就一把抓住坦克列德的鬃毛，一脚踩进马镫，但在这一刹那间，坦克列德已经竖起前蹄，头一晃，一个强有力的跳跃，从两个吓呆了的马夫手中挣脱出来，像旋风一样，腾空飞起，只听见人们发出一阵惊呼狂叫。

天知道我是怎么在飞行中把另一只脚插进马镫的，也不知道我是怎么抓紧缰绳的。坦克列德驮着我跨过栅栏门，猛地向右一转，慌不择路地沿着栅栏胡乱跑去。直到这一刹那间，我才听清身后五十来个人的喊叫声，这喊叫声在我激动不已的心里，激起了心满意足的自豪感，使我永远也忘不了我儿童时代的这一疯狂的时刻。我的全部血液都已涌到了我的头部，冲昏了我的头脑，湮没和压住了我的恐惧心理。我已忘乎所以，确实的，我现在回想起来，只觉得这事简直就是骑士的行为！

不过，我的骑士行为从开始到结束，最多不过一眨眼工夫，要不然，我这个骑士就糟糕了。我不知道，我在这里是怎么得救的。骑马嘛，我倒是会一点儿，以前学过。不过我的那匹小马，与其说它是一匹供人骑的马，还不如说它是一只绵羊恰当。当然，只要坦克列德有时间甩我，我肯定就会从它背上摔下来的。但是，它刚刚跑出五十来步，突然被路旁的一块大石头吓坏了，吓得它往后一闪。它飞身转弯，但用力太猛，结果正像俗话所说的，把脑袋转晕了，我到现在还不清楚：我怎么没有从鞍子上摔出来，像皮球一样，被摔出三四俄丈，摔得粉身碎骨，坦克列德也没有因为这一急转弯而扭断腿脚。它朝大门口奔去，疯狂地摇晃着脑袋，竖起耳朵，东蹿西跳，好像醉疯了似的，扬起前蹄，在空中乱踢，每次跳跃都想把我从它的背上甩下来，好像有一只老虎跳上了它的背部，正在用牙齿和爪子抓它、咬它的肉。再过一眨眼工夫，我就要被甩飞出去了，眼看着我就要坠下马来，但已经有好几个骑手飞来救我。其中的两个在田野里截住了道路，另两名骑手靠近了我们，用自己马的一侧从两方面夹住坦克列德，差点儿压坏了我的脚。这时候，这两名骑手已经牵住了马缰。几秒钟以后，我们出现在台阶旁。

我被扶下马来，面色苍白，只剩下一口气了。我全身瑟瑟发抖，好像被风吹着的一棵小草，坦克列德也是一样，它一动不动地站在那里，全身往后缩，好像把蹄子插进了地里，通红的鼻孔里，冒着烟雾，沉重地喷出一口口火焰般的热气，浑身微微颤抖，好像一片树叶子，似乎我这个小孩子大胆的行动，没有受到惩罚，它觉得受到了侮辱，因而感到非常恼火，所以它直愣愣地呆在那里。这时候，在我的周围响起了慌乱、惊讶和惊恐的叫喊声。

就在这一时刻，我迷惘的目光和M夫人的目光相遇了。她惊慌失措，脸色惨白（我无法忘却这一刹那）。刹那间，我脸上泛起红晕，很快就满脸通红，全身发烫，像着了火似的，我已经不知道我到底出了什么事，但是我自己的感觉弄得我又是难堪，又是惊恐，羞怯地垂下两眼望着地面。但是，我的目光被人发觉出来了，被人发现了，偷偷地发现了。所有的眼睛都转向M夫人，大家的注目弄得她措手不及，她突然像个孩子，在一种天真的、不自在的感觉影响下，脸庞红了起来，于是竭力用笑声来掩饰自己的脸红，虽然很不成功……

如果从旁边一看，当然这一切都是很可笑的。但是，就在这一刹那间，一个非常幼稚可笑而又出人意料的行动，使我摆脱了众人的嘲笑，而且使我的冒险行为蒙上了一层特殊的色彩。整个慌乱的罪魁祸首，迄今为止都是我不可调和的敌人，经常戏弄我的那位漂亮女郎，突然朝我扑过来，抱着我亲吻。当我多着胆子，接受她的挑战，并且在望了M夫人一眼之后，把她扔过来的一只手套，举了起来。这时候，她目瞪口呆地望着，简直不敢相信自己的眼睛。当我骑上坦克列德飞驰的时候，她受到良心上的谴责，差点儿没被吓死。现在呢，一切均已结束，特别是她和其他人一起，发现了我投向M夫人的目光，我的尴尬，我突然的脸红。最后，根据她那轻狂头脑里浪漫主义的情绪，她已经成功地给这一瞬间赋予了某种新的、隐秘的、难以言传的思想。现在，在所有这一切都已成为过去之后，她为我的"骑士行为"，欣喜若狂，居然向我扑过来，把我紧紧地搂在她的怀里。她十分感动，为我感到无比的自豪和高兴。一分钟过后，她当着聚集在我们两人身旁的众人的面，抬起一张最为天真、极其严肃，上面闪动着两小颗晶莹透亮的泪珠的小脸蛋，用大家从来没有听到过的严肃、庄重的声音，指着我要说话却没有发觉，大家正站在她的面前，被她迷住了，正在聚精会神地欣赏她那喜不自胜的神情。她的这些出人意料的迅速动作，这张严肃的面孔，这种淳朴的天真，她那永远微笑着的小眼睛上挂着的，至今无人怀疑会流出的真诚的眼泪，所有这一切的一切，发生在她的身上，简直是无人料到的奇迹，使所有站在她面前的人，好像触了电似的，受到她快迅的目光、火热的言语和手势的感染。似乎谁也不能把视线从她的身上移开，害怕在这罕有的时刻，错过她感人的面部表情。连我们的男主人，也脸庞红得像一朵郁金香，据说，似乎有人听到过，他后来承认，使他感到"羞愧的"是，他几乎爱上这位漂亮的女客人，足足有一分钟之久。唔，好啦，在这以后，我便自然而然地成了骑士、英雄。

"德洛热，托冈堡！"

掌声接连不断地响起。

"这才是未来的一代！"男主人补了这么一句。

"他得去，他一定要与我们一起去！"美人儿喊叫起来，"我们应该给他找个位子，一定要找到一个位子。他就同我坐在一起，坐到我的膝盖上……啊，不，不，我说错了！"她哈哈大笑以后，赶紧纠正自己的说法，因为她一想起我们第一次见面的情景，就无法抑制住自己的笑声。但是她一边哈哈大笑，一边又亲切地抚摸我的手，想方设法竭力对我表示亲切，免得惹我生气。

"一定，一定！"好几个声音接着说道，"他应该去，他已经为自己赢得了座位。"一眨眼工夫问题就解决了。所有的青年人都纷纷要那个介绍我认识金发女郎的老处女留在家里，把她的位子让给我，她虽然感到很恼火，却不得不表示同意，表面上装出微笑的面容，内心里却气得咬牙切齿。她的庇护者（她经常在庇护者的身边活动），我过去的敌人，前不久结交的朋友，已经骑在那匹头脑清醒、善于奔跑的马背上，她一边哈哈大笑，像个孩子，一边大声说她很羡慕老处女，自己也很想和她一起留下来，因为马上就会有雨，我们大家都会被淋得浑身湿透的。

金发女郎即将下雨的预言，确实很准。一个小时以后，下起了一场倾盆大雨，我们的郊游便泡汤了。我们不得不在乡下的茅舍里一连等待若干小时。雨后归来，浑身湿漉漉的，时间已是晚上九点多了。我开始有点儿打寒战。就在我刚要坐车回家时，M夫人走到我跟前，发现我只穿一件小夹克，而且露着颈脖子，不禁大吃一惊。我回答说没来得及带雨衣。她拿出一枚别针，把我的衬衫翻领竖起来别住，又从她自己的颈脖上面解下一块大红的薄纱巾，包住我的颈项，免得我的喉咙受凉。她的动作非常匆忙，我甚至没来得及向她表示感谢。

我们回到家里，在一间小客厅里，发现M夫人和金发女郎以及那个白脸青年坐在一起。这位白脸青年人今天由于害怕骑坦克列德，反而获得了骑手的美名。我是去向M夫人表示感谢并交还大红薄纱巾的。但是现在，在完成了我的全部冒险行为之后，似乎觉得良心上有点儿羞愧，我想赶快跑到楼上，在那里认真全盘思考一番，然后作出判断。我获得了许多许多印象，交还头巾时，我照例满脸通红，红到了耳朵根子边。

"我敢打赌，他本来是很想把头巾留在身边的，"那个青年人笑着说道，"根据他的眼神来看，他很舍不得和您的头巾分手。"

"对了，正是这样！"金发女郎赶紧接着说道，"这家伙！哎呀！……"她带着明显的懊丧心情说道，并摇了摇头，但在M夫人严肃的目光面前，她及时收住了话头。她不想把玩笑开得太过分。

我很快就走开了。

"喂，你这人真是！"顽皮的女郎在另一间房里赶上我，友好地握着我的两只手说道，"既然你那么想要，你完全可以不把那块头巾交还给她嘛。你说不知道放到什么地方去了，不就完了吗？你这人真是！这种事都不会干！真可笑！"

接着她马上用一个指头轻轻地敲敲我的下巴颏儿，笑得我满脸通红，红得像朵罂粟花。

"现在我是不是你的朋友，到底是还是不是？我们之间的敌对完了吗？完了还是没完？"

我笑了起来，默默地握着她的手指。

“好，这就是了！……为什么你现在脸色发白，浑身打战？你发冷吗？”

“对，我身体不舒服。”

“啊呀！真可怜！这是因为你太激动的缘故！你知道吗？最好快去睡一觉，别等吃晚饭了，睡一夜就会好的。我们走吧。”

她扶着我上楼，似乎，对我的关心照看，没完没了。等我脱下衣服，她才跑下楼去给我泡茶，而且还给我送来一床暖和的被子，不过那时我已经睡下。这些关心照顾，使我深为感动，并且感到非常惊讶！也许，这一整天中所发生的一切，如旅游、发冷等对我的情绪产生了影响，所以我在与她告别时，热烈地将她紧紧地抱住，把她当作我最体贴、最亲近的朋友，这时，我的全部感受一下子涌到我本已松弛下来的心头，我贴在她的胸前，差点儿哭了起来。她发现了我的激动心情，看来我的这位好戏弄人的顽皮姑娘，也受到了一点儿感动……

“你是一个非常善良的孩子，”她用一对细小的眼睛平静地望着我悄悄说道，“请你别生我的气，行吗？你不会生气吗？”

一句话，我们成了最体贴、最忠实的好朋友。

我醒来的时候，还相当早，但太阳明亮的光辉，已经把整个房间照得通明透亮。我跳下床来，感到身体完全恢复了健康，精神抖擞，好像昨天没有打过冷战似的。不仅如此，现在反而感到心里有说不出的高兴。我回想起了昨天的事，觉得要是我在这一时刻，能像昨天那样，与我的新朋友，我们美丽的金发姑娘拥抱的话，就是献出我毕生的幸福，我也心甘情愿，但这时天色尚早，大家都在睡觉。我匆匆忙忙穿上衣服，下楼去到花园里，再从那里走进小树林。我走进那些绿叶更密、树脂香味更浓的地方，走到阳光照得更欢快的地方，我感到高兴的是，这里那里处处阳光都已透进黑黝黝的浓密树叶。这是一个美妙的早晨。

我不知不觉地越走越远，最后走到了小树林的另一端，莫斯科河边。这条河就在前面两百米左右的山脚下流过。对岸有人在割草。我看得出了神，只见那一排排锋利的镰刀，随着割草人的每次挥动，整整齐齐地闪出亮光，随后又像一条条火蛇，突然消失了，好像在什么地方藏了起来。又只见齐兜割下的青草，大捆大捆地飞向两旁，码在又长又直的田垄里。我已经记不清看了多久，突然清醒过来，听见在离我二十来步的小树林里，在从大道通往主人家的一条林间小径上，传来一匹马的鼾声和它很不耐烦地用蹄子刨地的声音。我不知道是不是骑手刚刚来到我身边把马停下来的时候，我马上就听到了这匹马的声音，也许这声音我已听到很久了，但它只是白白地给我的耳朵搔了搔痒，非常无力，没能使我从幻想中醒来。我怀着好奇心，走进小树林，走了没几步，就听见一阵急促、轻微的说话声。我再走近一点儿，小心翼翼地拨开遮盖小径的最后几棵灌木丛的最近的几排树枝，我马上惊得往后一退：我的眼前闪出一套熟悉的白色衣裙，随即一个女人柔和的声音，像音乐一样，在我的心里回荡起来。原来这是M夫人。她站在骑手的身旁，那骑手正从马上匆匆忙忙地对她说话。使我大吃一惊的是，我发现此人就是昨天早晨离开我们，M先生曾经忙着为他送行的青年人H先生。不过当时人们都说，他要到很远很远的俄罗斯南方去，所以当我看到他这么早又在我们这里出现，而且与M夫人在一起时，不禁大吃一惊。

她非常兴奋、激动，我从来没有见过她这样，而且面颊上流着泪水。那个青年人从马鞍上俯下身来拉着她的一只手，吻了又吻。我正好赶上他们依依惜别的时刻。看来，他们相当匆忙。最后，青年人从口袋里掏出一封封好口的信，把它交给M夫人，用一只手搂着她，像先前一样，并没有下马，狠狠地吻了她好久。过了一会儿，他扬鞭策马，像箭一样从我的身旁疾驰而过。M夫人目送他有好几秒钟之久，然后心事重重地、颓丧地走回家去。但刚在小径上走去几步，好像突然苏醒过来似的，急急忙忙分开树丛，穿过小树林走去。

我跟在她后面走去，所见到的一切，使我心慌意乱，惊讶不已。我的心怦怦直跳，好像受到了一场惊吓。我全身麻木，两眼模糊，思路被打乱，无法集中，但是我清楚地记得，我心里被什么事情弄得非常伤心。她的白色连衣裙透过绿叶，不时在我的面前闪现。我机械地跟在她的后面，不让她从我的视野中消失，但我浑身不停地颤抖，生怕被她瞧见。最后，她走到了通花园的小径上。等过了半来分钟，我也走出来了。突然发现在小径的红沙地上有一封铅封的信，这时我感到多么惊讶啊！我一眼就看出来了，那正是十分钟以前交给M夫人的那封信。

我把信拾了起来，正反两面都是空白，没写任何字，初看起来，信不大，但又厚又沉，好像里面装有三四页或更多的信纸。

这封信意味着什么呢？毫无疑问，它是可以说出全部秘密的。也许里面写的是H先生在匆忙的幽会中来不及说完的话。由于时间太短，他甚至没有下马……他是过于匆忙吧，也许还害怕在分手的时刻，控制不住自己呢——这就只有上帝知道了……

我停下脚步，没有踏上小径，把那封信朝她扔去，扔在最显眼的地方，两眼目不转睛地望着，以为M夫人会发现丢了东西，转身回来寻找。但等了三四分钟以后，我忍不住了，把自己捡到的东西又拾起来，放在口袋里，就去追赶M夫人。我在花园里的一条大林荫道上追上了她。她正径直朝家里走去，步伐迅速而匆忙，但沉思一下以后，就垂下两眼望着地面。我不知道怎么办好。走过去交给她？这就意味着告诉她，我全知道了，全看见了。我一开口，就一定会暴露自己。我将怎样看她呢？她又会怎样看待我呢？……我一直等她省悟过来，想起丢掉的东西，然后沿着自己的足迹往回走。那时我就可以偷偷地把信丢到路上，让她捡起来。但是不！我们已经走到房前，她已被大家看见了……

好像是有人故意安排好似的，这天早晨几乎所有的人都起得很早，因为昨天的出游没有成功，昨天晚上他们就想好要再搞一次，不过，这事我并不知道。大家已经做好出发的准备，便在阳台上吃早饭。为了不让大家看见我和M夫人在一起，我设法等了十来分钟，才绕过花园，从另一个方向朝房子走去，比M夫人晚到很久。她在阳台的前后踱来踱去，面色苍白，心神惊慌不定，两手交叉放在胸前。从各方面看，她在竭力压制心头的痛苦和绝望的忧伤，而这种痛苦的忧伤，从她的眼神，从她的步伐，从她的每一个动作中，都可以看得出来。她时而从台阶上走下来，沿着去花园的方向，在几个花坛之间，走过去几步。她的目光在迫不及待地、贪婪地甚至是漫不经心地在花径的沙地上和阳台的地板上寻找什么东西。毫无疑问，她想起丢掉东西了，好像在想，她把信掉在这里的什么地方，掉在房子附近。是的，她是这么想的，她对此深信不疑！

不知是谁发现了她面色苍白，神情惊慌不安，后来别的人也发现了。于是纷纷问她身体如何，同时表示惋惜。她用开玩笑来敷衍搪塞，露出一脸的笑容，装作很愉快的样子。她间或望望正站在阳台的一头与两位女士交谈的丈夫，这个可怜的女人浑身颤抖、十分尴尬，与她丈夫到来的第一天晚上，一模一样。我把手插进口袋里，紧紧地捏着那封信，站在离大家很远的地方，向苍天祷告，希望M夫人能够看到我。我很想鼓励她、安慰她，虽然只是用目光来表示。我要偷偷地告诉她一件事。但当她无意之中望了我一眼时，我竟然浑身一抖，垂下了两眼。

　　我见过她痛苦的表情，而且没有看错。直到现在我还不知道那个秘密，除开我亲眼见到和刚才我讲过的情况之外，我一无所知。也许他们的关系，并不是一眼就可以看得出来的那种关系。也许那一吻只是分手告别时的一种有礼貌的表示，也许那一吻是他对她的一次最后的菲薄的奖赏，以报答她为了他的安宁和荣誉而做出的牺牲。H先生走了，却让她留了下来，也许永远不再见了。最后，即便是我手里捏着的这封信，谁知道它里面包含的是什么内容呢？怎样去判断，谁又有资格去斥责呢？不过有一点则是毋庸置疑的：秘密的突然暴露，将是她的一场可怕的灾难，是她一生中一次巨大的打击。我现在还清楚记得她此刻的面容：再也经不起一场灾难了。她已经感到，已经很有把握地知道，并且像等待处死一样等待着，也许再过一刻钟，一分钟，一切的一切都会暴露无遗；那封信肯定会被人发现，捡拾起来，信上没写姓名地址，肯定会被人拆开，到那时……到那时怎么办呢？哪一种刑罚比她即将面临的局面更可怕呢？她在自己未来的法官们中间徘徊。再过一会儿，他们讨好、奉承的笑脸，就会变得阴森可怕，残酷无情。她就会从这些人的脸上看到嘲笑、恼怒和冷冰冰的蔑视神情，她一生中永远暗无天日的黑夜就要来临……是的，我当时还不像现在这样想的，对这一切都不明白。我只有一点怀疑和预感，再加上为她的危险处境感到心痛，其实对于这一危险，我并没有完全意识到。但是不论她的秘密中包含的是什么——这种事情如果需要用什么去赎罪的话，那么她经历的那些悲痛的时刻已经可以赎回许多许多事。我是这些悲痛时刻的目击者，而且永远也忘不了这些时刻。

但是马上传来了准备动身的欢快喊声，于是大家高高兴兴忙乱起来，到处响起欢声笑语。两分钟后，凉台上就空寂无人了。M夫人放弃了这次旅游，终于承认她身体欠佳。谢天谢地，幸好大家都已出发，都在急急忙忙，没有时间来表示同情、详细询问和提出各种忠告了，要不真叫人腻烦！只有少数几个人留在家里。她丈夫对她说了几句话，她回答说她今天就会康复，要丈夫不必担心，她也没有必要躺下来，她要一个人去花园……与我一起去……这时她望了我一眼。这真是幸福不过的事情！我高兴得脸都红了。一分钟以后我们就动身了。

她沿着前不久从小树林回来时走过的那几条林荫道和小径走去，本能地回忆原先走过的路，两眼一动不动地望着前方，视线却不离开地面，在上面竭力寻找，也不回答我的问话，也许已经忘记我是同她走在一起的。

但是当我们几乎要走到小道的尽头，我捡到信的那个地方时，M夫人突然停下了脚步，用愁苦得十分虚弱的声音，说她的身体更差了，她要回去。不过，走到花园的栅门口时，她又停下了脚步。想了一会儿后，她的唇边出现了绝望的苦笑。她浑身乏力，痛苦已极，决心承担一切后果，听凭命运的摆布，于是她默默地回到原来的道路上，这一次甚至忘记了提醒我一声……

我难过已极，心都碎了，而且不知道该怎么办才好。

我们往前走去，正确点儿说，是我引着她朝一个小时前我听到马蹄声和他们说话声的地方走去的。在一棵枝繁叶茂的榆树附近，有一张在一整块石头上凿出来的长凳，长凳的周围爬满了常春藤，长着野生的茉莉和野蔷薇。（整个小树林还装点着小桥、亭阁以及诸如此类的景物）M夫人坐在长凳上，下意识地望了望展现在我们面前的美妙景色。过了一会儿她打开一本书，两眼直盯着，既没翻页子，也没看书，简直不知道到底在干什么。时间已经到了九点半。太阳已经高高升起，在我们头顶上蔚蓝、深邃的高空中缓缓移动，好像溶化在自己放出的火光之中。割草的农民已经远去。从我们这边河岸看去，只能隐隐约约地看到他们的身影。他们的身后，是割去了青草的无边无际的田垄。清风徐来，偶尔送来青草的芬芳。那些"不播种、不收割"的小虫、小鸟们正在附近举行永不停止的音乐会。它们鼓起活泼的翅膀，扑打着空气，像空气一样自由自在、无拘无束。在这一瞬间，似乎每一朵花、每一棵小草都在散发着自我牺牲的芬芳，同时对创造它们的造物主说："父亲啊！我多么自由自在，我多么幸福啊！"

我朝可怜的女人望了一眼，在这欢乐的天地里，她孤单单的，活像一个死人。两大颗泪珠一动不动地停留在她的眼睫毛上，那是心灵的剧痛压出来的。我完全有力量使这颗可怜的、奄奄一息的心活跃起来，得到幸福，只是不知道如何迈出第一步。我感到痛苦。我成百次地想走到她身边，但每次都有一种无法遏止的感情把我钉在原地，每次我的脸庞都发烧，火辣辣的。

突然，一个明朗的想法，照亮了我的心。办法已经找到，我又回复到了原来高兴的状态。

"您要我去给您摘一束花来吗？"我用高兴的声音说道，使得M夫人突然抬起头来，目不转睛地望了望我。

"您去摘吧。"她终于开口说话了，声音非常微弱。微微一笑之后，她马上又垂下两眼，盯着那本书看。

"要不然他们到这儿来把草一割，花就没有啦！"我大声叫嚷，高高兴兴跑去摘花。

很快我就采集了一束，不过花色单一，品种贫乏。真不好意思拿到房里去。不过在我采摘和包扎这束花的时候，我的心跳得多么欢快啊！野蔷薇和野茉莉还是就地采的。我知道不远处有一块庄稼地，那里的黑麦正在成熟。我跑到那里去采矢车菊。我把它和长长的麦穗混在一起，挑选了一些最壮实，色彩最鲜艳的。就在这儿的近处，我找到了一整窝勿忘草，于是我的花束开始源源不断地得到补充。稍远一点儿的田野里，又找到一些蓝色的风铃草和野石竹，至于海百合则是我跑到河边采来的。最后，在我返回原地的时候，我又去小树林待了一会儿，以便弄几片绿油油的掌状枫叶，用来包扎花束。我偶然发现一大片三色堇。我的运气真好，就在它的附近，我闻到了紫罗兰的花香，一朵小小的紫罗兰藏在茂密、葱翠的草丛中，上面还洒着晶莹透亮的露珠。花束终于做成了。我用又长又细的小草搓成绳子，将花束牢牢地扎住，然后小心翼翼把那封信塞到里面，上面用花盖着，只要她在我献花时稍加留意，就可以很容易发现这封信的。

我捧着花束，朝M夫人身边走去。

走在半路上，我觉得信放得太显眼，于是我用更多的花将它盖住。再走近一点的时候，我又把信往花里塞了塞，最后，几乎快走到的时候，我又突然把信往花束的深处塞去，从外面已经什么也看不出来了。我的两颊发烧，好像燃起了一堆火焰。我很想用两手捂住面庞，马上跑掉，但她心不在焉地望了望我的花，好像完全忘记了我是去采花的。她几乎是机械地，几乎没有看就伸出一只手来接我的礼物，而且立即把它放在长凳上，好像我把花交给她，就是让她把花放到长凳上的。随后她又垂下眼睛看书，好像读得出神了。失败使我差点哭了起来。"不过，只要我的花束留在她的身边，"我想道，"只要她不忘记花束就好了！"我躺在近处的草地上，右手枕着头，闭着两眼，似乎很想睡觉。但是，我的视线一直没有离开她，我在等待……

过了十来分钟，我觉得她的脸色越来越苍白……突然，一个极好的机遇来了，它可帮了我的大忙。

那是一只金黄色的大蜜蜂。它是一阵和煦的清风给我刮来帮忙的。它先是在我头顶嗡嗡地叫了一阵，后来就飞到了M夫人身边。夫人一次又一次用手把它挥开，但那只蜜蜂好像与夫人故意为难，变得越来越令人讨厌。最后，夫人抓起我的花束，在她自己面前用力一挥。就在这一刹那间，信从花底下掉了出来，直接落在打开的书上。我浑身一抖。M夫人看了一会儿，惊吓得说不出话来，一会儿看看信，一会儿又望望捏在手中的花，好像不相信自己的眼睛……突然她的脸庞红了起来，红得全身发紫，赶紧瞟了我一眼。但是我已截住了她的目光，紧紧闭着两眼，装作睡着了。我现在无论如何也不敢直接望她的脸庞。我的心在怦怦乱跳，就像一只被乡村里的卷发顽童逮住的一只小鸟。我记不清我闭着两眼躺了多久，有两三分钟吧。最后，我参着胆子，睁开了两眼，发现M夫人正在如饥似渴地读信，从她发烧的面颊、从她闪闪发亮、噙满泪水的目光，从她每一根细小的线条都在高兴得颤动不已的明朗面容来看，我猜想：她的全部幸福都包含在这封信里；她的全部忧愁与烦恼，都已像烟雾一样消散得干干净净。一种既痛苦又甜蜜的感觉，渗进了我的心头，我已经难于装睡了……

我永远也忘不了这一时刻！

突然，从我们的远处传来几声喊叫：

"M夫人！"

M夫人没有回答，但很快从长凳上站起身来，走到我身边，然后对着我俯下身子。我感觉到她在直望着我的脸庞。我的睫毛开始颤动，但是我忍住了，没有睁开两眼来。我竭力使呼吸更加均匀，更加平静些，但心房的慌乱跳动，使我感到窒息。她呼出的热气，使我的面颊觉得发烫，仿佛在对它进行考验。最后，她吻了我摆在胸前的那只手，并且洒下了几滴热泪。她接连吻了两次。

"Matalie！Matalie！你在哪里？"又传来了喊声，而且已离我们很近了。

"我就来！"M夫人用自己浓重的银铃般的声音做了回答，但那声音却被她的泪水淹没了，颤抖起来变得非常小，小得只有我一个人能够听见了。"我就来！"

但在这一刹那间，我的心终于背叛了我，完全不听我的使唤，好像把它全部的血液，一齐涌到了我的脸上。也就是在这一眨眼之间，她在我的嘴唇上飞快而热烈地吻了一下。我轻声惊叫一声，睁开了两眼，她昨天给我的那块薄纱头巾马上落在我的眼睛上，好像她想以此为我遮住阳光。过了一会儿她就不见了。我只是清楚地听到匆匆远去的沙沙脚步声。这儿只剩下我孤零零的一个人了。

我从脸上拉下她的头巾，吻了又吻，高兴得简直忘乎所以。我有好几分钟就像疯子似的！……好不容易缓过气来，我用手肘撑在草地上，毫无意识地、一动不动地望着自己的前方，望着附近点缀着色彩斑斓的庄稼地的小山冈，望着那条弯弯曲曲环绕着这些山冈流过的河流，在极目所及的远方，穿过另一些闪现在阳光照射到的远方的点点山丘和村落，蜿蜒而去，还看到一些蓝蓝的隐约可见的森林，好像在灼热的天际，冒着缕缕青烟，于是一种甜蜜的宁静，使我激动的心慢慢地平静下来了。这种宁静好像是肃穆、宁静的景色造成的。我觉得轻松些了，呼吸也更加舒畅了……可是我整个的心灵不知道为什么还是感到无言的甜蜜的倦意，好像发现了什么，又好像有了什么预感。我的一颗受惊的心似乎既羞涩又高兴地猜到了什么事情即将发生，于是在期待中轻轻地颤动，突然我的胸膛开始受到震荡，一阵剧痛袭来，仿佛胸膛被什么东西刺穿了似的，接着是泪水，甜蜜的泪水从我的眼睛里一齐涌出。我双手捂着脸，浑身不停地颤抖，像一根小草，完全沉浸在心灵的第一次觉醒和感悟之中，沉浸在我的天性的第一次的、还不明显的觉醒之中。我最初的童年随同这一刹那间结束了……

两个小时过后，当我回到家来的时候，已经找不到M夫人了：她因为突然有事，和丈夫一起乘车去莫斯科了。我以后再也没有遇见过她。

# 窗下的树皮小屋

### 冰　波

是葱绿的草丛泛黄的时候；

是落叶在地上翻滚的时候；

是秋雨和黄昏一同降临的时候；

在女孩儿家的窗下，在一片枯黄的落叶下面，流出了断断续续的音乐。

这是名叫吉铃的蟋蟀在演奏。他在为女孩儿演奏。

可是……这真是吉铃的演奏吗？

这音乐，失去了夏夜的丰满和轻盈；这旋律，失去了夏夜的流畅和婉转。许多不和谐的颤音，飘浮在旋律中，游离在节奏里。突出出现的停顿，会让人感到空气也被凝固了。

女孩儿真不敢相信：这是梦吧？吉铃的演奏不是这样的呀！他在夏夜的演奏多么美……她轻轻推开门，循着音乐找去。她揭起了那片枯叶。

"啊，真是吉铃！"

在枯叶下避雨的吉铃，油亮的黑袍上，沾满了细细的水珠。他的细长的触须无力地低垂着，不再像往日那样神气地扫动。他的身子也在微微颤抖。这一切，是因为冷吗？

女孩儿把吉铃捧在手心里，轻轻贴在温暖的脸颊上。

"吉铃啊吉铃，冷成这个样子，你还要演奏……"

吉铃看到了女孩的眼睛。白里透蓝的眼白，多像夏天晴朗的天空；黑里透亮的瞳仁，多像夏夜深远的星空。

"可是，夏天永远过去了，秋天来了……"

吉铃的心里，升起一阵悲哀。

穿着绿色连衫裙的蚂蚱姑娘飞来了，像一片绿叶，飘落在女孩的手上。

提着绿色小灯的萤火虫姑娘飞来了，像一颗小小的流星，掉落在女孩儿的手上。

"吉铃，我冷……"蚂蚱靠在吉铃的身旁。

"吉铃，我怕……"萤火虫靠在吉铃的身旁。

他们的触须默默地碰在一起。是啊，秋天，可怕的秋天已经来了。真冷啊……

"嘻嘻，"女孩儿笑了，小嘴像花朵一样开放，"我要给吉铃做一间小屋，又挡风，又避雨，嘻嘻！"

女孩儿灵巧的双手忙着，站在雨里，给吉铃做小屋。

雨，淋湿了她的衣服和头发。

啊，好啦！女孩儿做了一个多么精巧、漂亮的小屋啊！

屋顶，是用长着青苔的松树皮做的；墙壁，是用细细的柳枝编的；门，也是用细细的柳枝编的；两个窗子，是用两片树叶做成的。

女孩儿把吉铃捧在手心里，眼睛里闪着兴奋的光。

吉铃看到，雨珠在她的头发上滴落，也在她的睫毛上滴落。她那长长的睫毛，是她眼睛的屋檐吗？

女孩儿说："我们就叫它吉铃的树皮小屋吧。"

吉铃的树皮小屋？这么说，吉铃有了一个小小的家，再也不怕风，再也不怕雨啦？

吉铃细长的触须，在女孩儿的脸颊上扫着，表达他深深的感激。

"真痒。"女孩儿笑了，"快进你的树皮小屋吧，吉铃。"

女孩儿把吉铃送进了树皮小屋。

蚂蚱飞进了树皮小屋，像一片欢乐的绿叶。

萤火虫飞进了树皮小屋，像一颗快活的流星。女孩儿悄悄离开了。秋雨，还在下。

女孩儿甩一甩头发上的雨珠，在心里说：雨呀，你下吧，吉铃他们再也淋不着啦……

像乐队里一声声清脆的鼓点；

像钢琴上一个个轻弹的音符；

雨点儿，打在树皮小屋的屋顶上。

叮咚，叮咚……

吉铃的心陶醉了：单调的、烦人的秋雨，在树皮屋顶上，奏出了多么好听的音响。

蚂蚱展开她的绿色连衫裙，萤火虫摇晃起她的绿色小灯，和着雨点的节奏，翩翩起舞。

吉铃展开他的膜翅，在秋雨的伴奏下演奏。

像茫茫黑夜里一盏游动的灯；

像冰天雪地里一团跳跃的火；

迷人的旋律，在潮湿的空气里萦回，飘荡……

寒冷，消失了；悲哀，消失了。树皮小屋里，藏进了女孩儿那颗春天般的心。

吉铃推开树叶窗子，望着。

外面，已经是水汪汪的一片，只有树皮小屋里是又干又净。树皮小屋呀，是漂浮在海上的一座小岛，是停泊在港湾的一艘小船。

吉铃望着女孩儿的窗口，他现在多么想见到女孩儿，看到她倚在窗口，听着他的演奏。女孩儿不是爱听他的演奏吗？

可是，窗口是空空的。

女孩儿病了。她躺在床上。

当秋风送来了吉铃的演奏，她是多么想走到窗口去，去看看她亲手做的树皮小屋，看看小屋里的吉铃，看看蚂蚱和萤火虫。

可是，女孩儿起不来。她在发烧呀。她的头真晕，她的口真渴……

吉铃走出树皮小屋，向女孩儿的窗口纵身跳着。可是窗子太高了，一次又一次，吉铃都没能跳上去。

"吉铃，吉铃，你要干吗？"蚂蚱和萤火虫急急地问。

"我要去看看女孩儿！"

"你别跳了，我们飞进去看看吧。"蚂蚱和萤火虫说。

她们飞进了窗口，落在女孩儿的枕边。

女孩儿迷迷糊糊地睡着，高烧，使她的嘴唇都干裂了。

蚂蚱和萤火虫急得不知怎么办才好，慌乱地飞回吉铃的身边。

"女孩儿病了！女孩儿病了！"蚂蚱说。

"怎么办呀，吉铃？"萤火虫说。

"啊？！"吉铃惊呆了。

"她一定是为了做树皮小屋，淋了雨才生病的。我们一定要让她恢复健康！"

他们一起在树皮小屋里，为女孩儿的病想办法。

叮咚，叮咚！雨点儿急急地打在屋顶上。它们也在为女孩儿着急吗？

"有了，有了！"吉铃突然叫起来。

吉铃说出了他的主意。

"对呀！对呀！"大家都为吉铃的主意高兴。

蚂蚱和萤火虫，找来了一片干净的树叶，把它顶在头上，接着天上落下的雨水。

吉铃振作起精神，展开了他的膜翅……

女孩儿迷迷糊糊地，觉得自己在沙漠上走。真累呀，真渴呀。她多么想喝到一口水！突然，她看见一股清澈的泉水。她捧起泉水，喝呀，喝呀。清凉甘甜的水，沁入了她的心扉……

女孩儿睁开了眼睛。

她看见，蚂蚱和萤火虫抬着一片树叶，飞到她的嘴边。树叶向她的嘴里一斜，清凉的水，湿润了她的嘴唇，流进了她的口中，流进了她的心里。

啊，梦中的泉水，原来是蚂蚱和萤火虫送来的呀！

窗外，传来了奇妙的音乐。这是谁在演奏？

像树林里的鸟儿鸣唱；

像黄昏里的风铃叮当；

像田野上的长笛悠扬；

像宫殿里的铜钟回响……

啊，这是吉铃在演奏！

音乐，是缓缓的溪流，载着情感的微波，正从吉铃的心，流入女孩儿的心。

女孩儿笑了，笑脸像五月的天空一样晴朗。

女孩儿的病好了，身体像天空的云朵一样自由。

她下了床，来到窗口。

"谢谢吉铃！谢谢蚂蚱！谢谢萤火虫！"

女孩儿幸福地望着树皮小屋。小屋里，吉铃在演奏；小屋里，蚂蚱和萤火虫在舞蹈。

沙沙的秋雨啊，是在为他们伴唱吗？

秋天，悄悄地走了；冬天，悄悄地来了。

一朵一朵的雪花，飘下来了。

漫天飞舞的雪花，飘下来了。

树皮小屋里，蚂蚱和萤火虫与吉铃依偎在一起。

真冷啊……

女孩儿熟睡着。她不知道，树皮小屋虽然能挡风，能避雨，可是，禁不住寒气的侵袭啊！

吉铃知道，自己已经不能在雪地里支持多久了。他们的生命，将被这雪花盖去了。

吉铃推开树叶窗子，望着越积越厚的雪。这一片可怕的雪，突然变得可爱起来。是啊，对一个快要离开这个世界的人来说，一切都值得留恋啊。

"吉铃，我怕……"蚂蚱说，声音是颤抖的。

"吉铃，我要死了吗……"萤火虫的声音是那么微弱。

吉铃，用他微弱的颤音，用他的整个心灵，演奏起来。

告别了，家乡的草丛，夏夜的星光，善良的女孩儿……

音乐，从树皮小屋里飘出去，消散在旷野上，溶化在白雪里，渗透到泥土中。

最后一个音符，和最后一片雪花一同飘落。

小屋里，那一盏微弱的绿灯，熄灭了。

一切，变得那么安静。太安静了……

早晨，女孩儿醒了。

她推开窗，惊喜地叫起来："啊，下雪了！多么白的雪呀！"

多么白的雪呀，白得真刺眼睛。

"咦，树皮小屋呢？"

树皮小屋，已经被厚厚的雪盖住了。窗下的雪地上，微微突起一个小包。

女孩儿的心好像要从胸口跳出来了。她跑到窗下，在突起的小包上轻轻扒开一个小孔，推开了树皮小屋的门。

"吉铃！蚂蚱！萤火虫！"

没有回答。

吉铃、蚂蚱和萤火虫，他们紧紧依偎着，触须碰在一起。

静静的，没有一声回答。

女孩儿说："吉铃睡着了。从夏天演奏到秋天，他们累了，他们要睡了……"

她关上了树皮小屋的门，又用雪把扒开的小孔盖上。

她又找来了一把细木棍，围着树皮小屋，竖起了一圈栅栏。

在最高的一根细木棍上，女孩儿粘上了一张字条："树皮小屋里，睡着吉铃和他的两个伙伴。"

女孩儿蹲在栅栏外，轻轻地给树皮小屋哼起一支歌，一支没有歌词的歌。

她的嗓音，夹着甜美的鼻音，那么动听，那么轻柔。

树皮小屋里，传出了轻轻的回声——多么像吉铃在为她伴奏。

女孩儿从冬天唱到了春天。

雪化了。窗下的树皮小屋，还是那么漂亮，不，更漂亮了。

春雨，把它洗得干干净净，显得那么好看的青绿色。太阳，又给它披上一层淡淡的金色。

女孩儿又给树皮小屋哼起了那支没有歌词的歌。歌声里，奇迹发生了：

树皮小屋的墙——用细细的柳枝编织起来的墙，随着歌声，慢慢地绽出了许多淡绿色的芽苞。芽苞在绽开，绽开，长出了一片片尖尖的小柳叶！

女孩儿多高兴啊，她拍着手，叫着：

"树皮小屋发芽了！它是活的，活的！"

女孩儿笑着，笑着，忽然，笑容从她的脸上消失了。

"树皮小屋都活了，可是吉铃他们……"

是呀，吉铃已经……

"啊！"

女孩儿突然惊喜地叫出声来。她看见，树皮小屋的门被轻轻推开了，从里面，走出了一支小小的队伍。

哟，是那么多小蟋蟀、小蚂蚱和小萤火虫哪！

女孩儿把手伸向他们，他们都一个个爬上了她的手心。那么多的小脚在她的手心里搔着，真痒！

小蟋蟀们还没有穿上油亮的黑袍；

小蚂蚱们还没有穿上绿色连衫裙；

小萤火虫们还没有点亮绿色小灯；

他们还是那么小的小不点儿，可是，这些小不点儿呀，都显得那么神气，那么漂亮。

"他们都认识我！"女孩儿幸福地闭上了眼睛。

女孩儿在幻想：今年的夏夜，该会有多么美丽啊……

# 蝉

## [法] 法布尔

## 蝉的地穴

我有很好的环境可以研究蝉的习性。一到七月初，蝉就占据了我门前的树。我是屋里的主人，它却是门外的统治者。有了它的统治，无论怎样总是不很安静的。

每年蝉的初次出现是在夏至。在阳光曝晒的道路上有好些小圆孔，孔口与地面相平。蝉的幼虫就从这些圆孔爬出，在地面上变成完全的蝉。蝉喜欢顶干燥、阳光顶多的地方。幼虫有一种有力的工具，能够刺透晒干的泥土和沙石。我要考察它们遗弃下的储藏室，必须用刀子来挖掘。

这小圆孔约一寸口径，周围一点儿土都没有。大多数掘地昆虫，例如金蜣，窠外面总有一座土堆。这种区别是由于它们工作方法的不同。金蜣的工作是由洞口开始，所以把掘出来的废料堆积在地面。蝉在幼虫是从地下上来的，最后的工作才是开辟大门口。因为门还未开，所以不可能在门口堆积泥土。

蝉的隧道大都是深十五六寸，下面较宽大，底部却完全关闭起来。做隧道的时候，泥土搬到哪里去了呢？为什么墙壁不会塌下来呢？谁都以为幼虫用有爪的腿爬上爬下，会将泥土弄塌了，把自己的房子塞住。其实，它的动作简直像矿工或铁路工程师。矿工用支柱支撑隧道，铁路工程师用转墙使地道坚固。蝉同他们一样聪明，在隧道的墙上涂上灰泥。它身子里藏有一种极黏的液体，可以用来作灰泥。地穴常常建筑在含有汁液的植物根须上，为的可以从根须取得汁液。

　　能够很随便地在穴道内爬上爬下，这是很重要的。它必须先知道外面的气候是怎样的，才能决定可以出去晒太阳的日子来到没有。所以它工作好几个星期，甚至几个月，做成一圈涂墁得很坚固的墙壁，以求适于上下爬行。隧道的顶上留一层一指厚的土，用来抵御外面的恶劣气候，直到最后一刹那。只要有一些好天气的消息，它就爬上来，利用顶上的薄盖去考察气候的情况。

　　假使它估量到外面有雨或风暴——纤弱的幼虫蜕皮的时候，这是一件顶重要的事情——它就小心谨慎地溜到温暖严紧的隧道底下。如果气候看来很温暖，它就用爪击碎天花板，爬到地面上来。

　　它臃肿的身体里面有一种汁液，可以用力抵御穴里的尘土。它掘土的时候，将汁液喷洒在泥土上，使泥土成为泥浆，于是墙壁就更加柔软。幼虫再用它肥重的身体压上去，使烂泥挤进干土的罅隙。所以，它在地面上出现的时候，身上常有许多潮湿的泥点。蝉的幼虫初次出现于地面，常常在邻近的地方徘徊，寻求适当的地点——一棵小矮树，一丛百里香，一片野草叶，或者一根灌木枝——脱掉身上的皮。找到就爬上去，用前爪紧紧地把握住，丝毫不动。

　　于是它外层的皮开始由背上裂开，里面露出淡绿色的蝉体。头先出来，接着是吸管和前腿，最后是后腿与折着的翅膀。这时候，除掉尾部，全体都出来了。

　　接着，它表演一种奇怪的体操。在空中腾跃、翻转，使头部倒悬，折皱的翼向外伸直，竭力张开。然后用一种几乎看不清的动作，尽力翻上来，并用前爪钩住它的空皮。这个动作使尾端从壳中蜕出。总的过程大概要半点钟。

　　这个刚得到自由的蝉，短期内还不十分强壮。在它的柔弱的身体还没有精力和漂亮的颜色以前，必须好好地沐浴阳光和空气。只用前爪挂在已蜕下的壳上，摇摆在微风中，依然很脆弱，依然是绿色的。直到变成棕色，才同平常的蝉一样强壮了。假定它在早晨九点钟占据了树枝，大概要到十二点半才扔下它的皮飞去。空壳挂在树枝上，有时可达一两个月之久。

# 蝉的卵

普通的蝉喜欢在干的细枝上产卵。它选择最小的枝，像枯草或铅笔那样粗细，而且往往是向上翘起，差不多已经枯死的小枝。

它找到适当的细树枝，就用胸部的尖利工具刺成一排小孔。这些小孔的形成，好像用针斜刺下去，把纤维撕裂，并微微挑起。如果它不受干扰，一根枯枝常常刺出三四十个孔。卵就产在这些孔里。小孔成为狭窄的小径，一个个斜下去。一个小孔内约生十个卵，所以生卵总数约为三四百个。

这是一个昆虫的很好的家庭。它之所以产这许多卵，是为了防御某种特别的危险。必须有大量的卵，遭到毁坏的时候才可能有幸存者。我经过多次的观察，才知道这种危险是什么。这是一种极小的蚋，蝉和它比起来，简直成为庞大的怪物。

蚋和蝉一样，也有穿刺工具，位于身体下面近中部处，伸出来和身体成直角。蝉卵刚产出，蚋立刻就想把它毁掉。这真是蝉家族的大灾祸。大怪物只需一踏，就可轧扁它们，然而它们置身于大怪物之前却异常镇静，毫无顾忌，真令人惊讶。我曾看见三个蚋依次待在那里，准备掠夺一个倒霉的蝉。

蝉刚把卵装满一个小孔，到稍高的地方另做新孔，蚋立刻来到这里。虽然蝉的爪可以够着它，而蚋却很镇静，一点儿不害怕，像在自己家里一样，在蝉卵上刺一个孔，把自己的卵放进去。蝉飞去了，多数孔内已混进异类的卵，把蝉的卵毁坏。这种成熟的蚋的幼虫，每个小孔内有一个，以蝉卵为食，代替了蝉的家族。

这可怜的母亲一直一无所知。它的大而锐利的眼睛并不是看不见这些可怕的敌人不怀好意地待在旁边，然而它仍然无动于衷，让自己牺牲。它要轧碎这些坏种子非常容易，不过它竟不能改变它的本能来拯救它的家族。

我从放大镜里见过蝉卵的孵化。开始很像极小的鱼，眼睛大而黑，身体下面有一种鳍状物，由两个前腿联结而成。这种鳍有些运动力，能够帮助幼虫走出壳外，并且帮助它走出有纤维的树枝——这是比较困难的事情。

鱼形幼虫一到孔外，皮即刻蜕去。但蜕下的皮自动形成一种线，幼虫靠它能够附着在树枝上。幼虫落地之前，在这里行日光浴，踢踢腿，试试筋力，有时却又懒洋洋地在线端摇摆着。

　　它的触须现在自由了，左右挥动，腿可以伸缩，前面的爪能够开合自如。身体悬挂着，只要有微风就动摇不定。它在这里为将来的出世作准备。我看到的昆虫再没有比这个更奇妙了。

　　不久，它落到地上。这个像跳蚤一般大的小动物在线上摇荡，以防在硬地上摔伤。身体在空气中渐渐变坚强了。它开始投入严肃的实际生活中了。

　　这时候，它面前危险重重。只要一点儿风就能把它吹到硬的岩石上，或车辙的污水中，或不毛的黄沙上，或坚韧得无法钻下去的黏土上。

　　这个弱小的动物迫切需要隐蔽，所以必须立刻到地下寻觅藏身的地方。天冷了，迟缓就有死亡的危险。它不得不各处寻找软土。没有疑问，许多是在没有找到以前就死去了。

　　最后，它找到适当的地点，用前足的钩扒掘地面。我从放大镜里见它挥动锄头，将泥土掘出抛在地面。几分钟以后，一个土穴就挖成了。这小生物钻下去，隐藏了自己，此后就不再出现了。

　　未长成的蝉的地下生活，至今还是个秘密，不过在它来到地面以前，地下生活所经过的时间我们是知道的，大概是四年。以后，在阳光中的歌唱只有五星期。

　　四年黑暗中的苦工，一个月阳光下的享乐，这就是蝉的生活。我们不应当讨厌它那喧嚣的歌声，因为它掘土四年，现在才能够穿起漂亮的衣服，长起可与飞鸟匹敌的翅膀，沐浴在温暖的阳光中。什么样的钹声能响亮到足以歌颂它那得来不易的刹那欢愉呢？

# 野葡萄

葛翠琳

你喜欢葡萄吗？你听过野葡萄的故事吗？

秋天里的葡萄，水灵灵的特别甜。尤其是那些紫葡萄，一颗颗亮晶晶的，又大又圆，薄薄的皮里，包着蜜一样的汁，远远地望着，像成串的紫水晶球儿。所以，乡村里的人们，夸女孩儿的眼睛好看的时候，都说："像葡萄珠儿一样。"

人们传说着：荒山里还生长着一种野葡萄，颜色是深红的，一串串就像那红色的珍珠。这样的葡萄，可不比一般啊！瞎眼的人吃了它，就会好起来。从前有一个小姑娘，瞎了眼睛，就是吃了这种葡萄又重新看见光明的。

那是一个偏僻的小村庄。村外边有一条大河，村里的人，差不多每家都养鹅。村东头有一个李妈妈，她家养鹅的年代最久，养的鹅也最多。李妈妈夫妇俩，没有儿子，只有一个小女儿。这小姑娘说来真出奇，长得像鹅毛一样白净，一对闪亮闪亮的眼睛，人人见了都说："哎呀！看她的眼睛多美啊，像荷叶上的露珠儿一样。"四乡八里的人知道了，也都说："那个小村子里出了仙女了！"

小姑娘越长越聪明，越美丽，刚满八岁，就到河边去放鹅。她常常在水浅的地方和白鹅一起玩水，亲自喂饱那只最小的白鹅。一年的工夫，那只最小的白鹅，长得比所有的鹅都大，羽毛放着光泽，美极了。她这样爱白鹅，简直不能和它们分开，那些美丽的白鹅，也亲热地跟她生活在一起。因此，村里的人都喊她"白鹅女"。

白鹅女长到十岁，爹娘先后都死去了。狠毒的婶娘霸占了兄嫂的家，就苦待起侄女来。小姑娘白天出去放鹅，夜里就睡在河边高大的柳树下，每日里只能吃到一块冷饼子。善良的白鹅，好像知道小主人的苦楚，夜里，都把翅膀盖在她的身上，守护着她。那最小的白鹅，把头伸在小姑娘的肩膀上，跟她更是亲密。

日子就这样过着，本来还可以将就着活下去。

可是过了一年，婶娘也生了个小姑娘。这个小姑娘，长得和白鹅女一样俊，只是两眼是瞎的，眼珠儿瞪着，一动也不会动。所以村里人都喊她"瞎闺女"。婶娘听了，心里很恼怒，一见白鹅女那对水灵灵的大眼睛，心里就气得慌，恨不得把它们挖出来。

一个秋天，红艳艳的苹果压弯了枝子，黄澄澄的梨子像金钟一样在树上悬挂着，葡萄一串串地吊在架上，月亮又大又明，安静地照着草地。中秋节到了。白鹅女望着河水远远地流去，不觉难过起来。家家都在过节，谁管自己呢？那厉害的婶娘会不会来喊自己回家？就在这时候，婶娘挎着一只篮子，走到河边上，狠狠地说："把鹅蛋给我装起来！"白鹅女说："婶娘，八月十五，人人都过节，带我回家，给我一串葡萄吃吧！"婶娘哼了一声说："你就知道葡萄！别人都说你的眼睛像葡萄珠儿，给我来看看！"说罢，从河边抓起一把沙子，揉进了白鹅女的眼睛里。

狠毒的婶娘提着一篮鹅蛋回家去了，留下白鹅女，独自一人坐在河边哀哀地哭。她什么也看不见了，闭着痛楚的双眼，坐了一夜，又坐了一夜，还是什么也看不见。她哭得这样伤心，连河水都喧闹起来，好像那夏天的急雨，涨满了小溪一样。后来她想起来，妈妈活着的时候，曾告诉她，从前的人说：深山里有一种葡萄，瞎眼的人吃了它，就可以看见光明。她想：待在这里，也是瞎着眼等死，倒不如往荒山里去寻野葡萄，或许能找到，重新看见光明。于是她爬起来，顺着河边往前走。小白鹅嘎嘎地叫着，跟在她后边。她抱起小白鹅来说："小白鹅，我的亲人，人说你们能听懂河水的话，你向小河打听一下，它能不能把我带到一座高山跟前去？"小白鹅叫了两声，扑通一下跳进河里，白鹅女骑在它身上，小白鹅拍拍翅膀就逆着水往上面游去。一面游，一面回头嘎嘎地叫，好像说："我的小主人！河水告诉我们，顺着水游容易，逆着水游难，但水是由高山往下流，我们只有逆着水游才能找到山呀！"白鹅女同意地点点头，搂搂它的脖子，它就不叫了，愉快地向前游去。

冷飕飕的风从河面吹过，水流越来越急，小白鹅不住地打旋，白鹅女浑身不住地抖着，她害怕起来，哪里有高山呢？也许，还没有找到它，就掉进河里淹死了！可怜没爹没娘的孩子，谁也不会寻找她，只有小白鹅将为她难过。她抚着白鹅的羽毛，心里想：小白鹅多么可爱呀！假使我死了，谁又来照料它呢？越想越难过，不觉流下滴滴的眼泪来。

就在这时候，她听到哗哗的山水声，好像暴雨敲打着屋檐一样。莫不是前边有一座山了？或许这条河就是从那里流出来的呢！她鼓足了劲儿，伸开两条腿，帮着小白鹅用力划水。山水的声音越来越响，她的脚下触到了圆滑的石头，不是一颗颗的石子，是大块大块凹凸不平的石头地。真的到了一座山脚下吗？白鹅女跳下来，浅浅的水流从她的腿旁流过，打着旋儿。她抱住小白鹅，亲了又亲，然后说："我的小白鹅，你回家去吧！我到山里寻找野葡萄去了。"说罢和它告别，就往前边走。

她真的找到了一座山。这是一座荒山，从来没有人来过，满山的怪石头，刺蒺藜，有眼睛的人都找不出路来。白鹅女到了山根下，就想，但愿能找到野葡萄就好啦！她攀着山石往上爬，抓住一把草，草上有刺扎破了她的手，她踩住一块石头，石头滚落下去，可是她就这样：爬上去，滚下来；滚下来，又爬上去。爬了很久很久……

后来，她爬到一棵老松树下，停下来，想喘喘气。忽然，听见两声怪叫，白鹅女急忙爬到老松树的顶上，紧紧地搂着树枝，一动也不敢动。她听着那叫声渐渐地近了。从声音，她听出来那是一只老熊。她害怕极了，她听人说老熊站起来比一条大犍牛还粗、还大，它的眉毛和身上的毛一般长，前脚上的两只大掌像铜盘一样，上边结着厚硬的茧子，它一下子能拔起一棵树呢！它要摇这棵老松树可怎么办呢？……但老熊前望望，后瞧瞧，山风一劲儿往它脸上吹，吹得眉毛挡住了它的眼睛，它就没有能够看见白鹅女。白鹅女把脸贴在树干上，悄悄地躲着，老松树用叶子遮盖着她。老熊叫了几声就跑过去了，只有那被惊起的鸟儿，叽叽喳喳叫着，满山乱飞。

白鹅女累了。她坐在老松树上，渐渐打起瞌睡来。山风摇动着松树枝，百灵鸟叫得多好听呀，好像妈妈唱的催眠曲，那样轻、那样温柔。白鹅女睡了，睡得甜甜的。温暖的阳光，透过树荫，映在她美丽的脸上。这时候，她梦见了什么呢？

忽然，一阵旋风刮过来，几乎把白鹅女从树上掀掉。原来是一只大野鹰。它飞到老松树的顶上，扇动着两只大翅膀，把整个树顶都遮住了，两只大爪，像铁钩子一样，紧紧地抓住树干。老鹰张着尖利的嘴，狠狠地敲打着树枝，像斧头砍的一样。但是老鹰高高地仰着头，望着天空，却没有能够看见白鹅女。白鹅女机警地从它的翅膀底下顺着树干滑下来，老鹰张开大嘴叫了几声就飞去了，只有那老松树，摇动着松叶沙沙地响。

白鹅女告别了老松树，继续往前爬。她的衣服撕破了，脸上手上都流出了鲜血。她爬呀，爬……摸到一块大石头，又凉又滑，好像那海水里长满青苔的岩石，她往上一坐，滑溜一下，石头跳起来飞出了好远。原来是一条盘卧着的大蟒。这大蟒有多少年了？谁也不知道，水桶还没有它粗呢！但它没有咬白鹅女，一直窜过山涧去不见了。白鹅女虽然很害怕，可是她想：找到野葡萄就能活了，这样瞎着眼一直到死，还不如给野兽吃掉。于是她仍旧很勇敢地往前爬……

她爬到一座山崖下，实在没有力气了，就想坐下来休息一会儿。她伸出两手寻摸一块平坦的山石，预备坐下去，但是因为她看不见，两手朝着悬崖的边缘扑过去，一下子就掉进了山涧里。直到深夜，她才苏醒过来。山水冲积下的淤泥救了她。她没有摔死，只是跌伤了。她听见泉水淙淙的响声，就摸着往前爬。爬到一股泉水边，洗洗手，冲冲脚。真奇怪，摔破的伤痕立刻就好了，全身都恢复了力气。她想：也许这条泉水，能把我带到长野葡萄的地方去吧！她就顺着这条泉水往前爬。爬着，爬着，一下子又跌进深谷里，她闭着眼，听着风声从耳边呼呼地飞过，她想：要摔死了！忽然，什么东西接住了她，轻轻地荡上荡下，像秋千一样。她伸出小手一摸，仿佛是几根藤茎，手攀着藤子往上爬，一颗凉凉的水球，碰到脸上滚落下来。多奇怪！这是哪里落下的水珠儿呢？她在四周摸来摸去，就摸到一串圆圆的，凉凉的东西。用力一抓，流出滴滴的黏汁来。放在舌头上尝一尝，甜腻腻的，带着一股醉人的清香。这不是野葡萄吗？她摘下一串，又一串，把嘴里塞得满满的，吃了又吃。一下子，两眼忽地明亮了。

她看见：满山崖上，生长着野葡萄藤，藤蔓上悬结着深红色的野葡萄，薄薄的果皮像珍珠一样透明，亮晶晶地闪着光，深绿色的叶子，像翡翠一样，遮满了山崖。白鹅女抱着藤子，望望天，天上蓝蓝的，飘着几朵白云，白云下边是山峰，山上的泉水是那样的清，那样暖，淙淙地往下流，冲洗着白鹅女身边的野葡萄藤，流向那深深的山谷。也许，就因为被这样的泉水浇灌着，这样的山风吹拂着，这样的阳光照耀着，这野葡萄才长得这样甜，这样美丽，像红珍珠一般。泉水两边石头缝里的野花，开得多么好看。花丛中的果木树，结着累累的果子……世界是多么美呀！白鹅女坐在藤子上，拍着手，两脚荡来荡去，唱起快乐的歌。

她一边唱，一边用藤蔓编篮子。篮子编成了，装了满满一篮野葡萄。她高兴地想，好了！村内磨坊里那瞎眼的老头儿，不用再摸着墙根儿走路了。让他吃了野葡萄，睁开眼看看天上的星星，看看明亮的阳光！那吹笛子的盲艺人，不用再让儿子领着走路了，给他吃些野葡萄，也让他看看路边的草长得多么绿！还有那瞎眼的小妹妹，让她看看我们的白鹅，多么白，多么漂亮……

白鹅女顺着藤茎爬到了谷底，就沿着山石往前走。但是她走完一个山谷，还是山谷；翻过一个山崖，还是山崖，怎么也找不出一条通山外的路来。月亮又大又明，她望望四周接连不断的山峰，发起愁来。怎么回家呢？这时候，天空飞过一群鸟，接着又是一群，又是一群，红色的、绿色的、五光十色的，一队接着一队，遮满了天空。白鹅女想：要是有一只鸟把我带出山去就好了！但是鸟群没有理她。它们嘴里都衔着食，很快地向北方飞去了。她叹了口气，望着又圆又大的月亮，重新发起愁来。这时候，山顶忽然刮起一阵风，成群的野兽在奔跑。有狮子、有老虎，还有白毛红眼睛的兔子，长角的梅花鹿……它们嘴里叼着吃食，向着西北方和东北方跑去。白鹅女吃惊地躲在岩石的后边。她奇怪，它们是从哪儿来的？过了一会儿，一切都平静了，她便朝着鸟群野兽来的方向往前找去。翻过了几座山头，就看见一块宽阔的草地。草地的对面是高入云层的山崖，旁边是密密的树林和谷地。草地上堆满了瓜呀，果子呀，还有各类的种子……白鹅女怔住了，这是什么地方呢？她曾经听到过关于山神和野兽大聚会的传说，也许……就在这时候，她看见一位高大的石头老人，从对面的山崖上朝她走过来。他左肩披着绿丝绒，右肩披着五彩锦，前身挂着各种兽皮和羽毛，头上戴着黄金冠，脚上穿着水晶鞋，手里拿着银手杖，脖子上挂着各种宝石和珍珠做的项圈儿。在月光底下，鲜艳的光彩，照得满草地上亮闪闪的。白鹅女回头想跑，已经来不及了。石头老人站在她面前，问她：

"为什么你不到东、不到西，偏偏来到我这里？谁领你来的？"

白鹅女紧紧地搂着自己的篮子说：

"没人领我，没人带我，我自己来的。"

石头老人不相信地摇摇头，说：

"你小小的年纪，没友没伴儿，怎么认识到我这儿来的路呢？它可不是容易找到的。"

白鹅女害怕地说：

"我不认识路。因为看见一群鸟从这里飞出去，一群兽从这里跑出去，我朝着这个方向翻过几个山头，就找到了。"

石头老人笑了笑，说：

"好伶俐的小丫头，你来找我要什么呢？"

这时候，白鹅女就大胆地说：

"我本来不是来找你，只是想看看，这是什么地方。现在求你送我回家吧！"

"回家？"老人望望白鹅女，望望她手里的篮子说："你的家在哪儿呢？为什么你一个人跑到山里来？"

白鹅女见他很和气，就不再害怕，把自己的遭遇，从头到尾说了一遍，还举起篮子里的葡萄给老人看。

石头老人听了，拍拍她的头说："好孩子，你真聪明、真勇敢。我很喜欢这样的孩子！跟我留下吧，我愿意收养你做我的女儿。"白鹅女望望他，奇怪地问："不知你的名，没问你的姓，你是谁呢？"老人哈哈大笑说："我吗？我就是这山里的神。你看吧……"他抱起白鹅女，往前一指，就见各种的果树：野苹果啦、山里红啦，一片片红的、黄的、紫的，永远也吃不完。他往洞里一指，就有无数的灰鼠皮啦、貂皮啦，挂满了洞。他又往山上一指，山就裂了开来，里边的宝石啦、绿玉啦，比天上的星星还多。看完了，老人把她放到地上问道："怎么样？留下吧！林里鸟兽听你的话，山里财宝尽你玩儿。"白鹅女想了想，问老人说："我留下做什么呢？"老人说："帮我看守宝石。你可以守着彩色宝石玩，也可以爬到树上采果子，还可以看小兔子跳舞，听小鸟唱歌。成天舒舒服服地吃、玩……"但是白鹅女说："不！我不愿意待在这儿。我要回家。"石头老人奇怪地问："为什么？"白鹅女说："我要把这野葡萄，带给磨坊里做工的瞎老头儿。让他不再摸着墙根走路，把头撞在门上。让他也看看天上的星星，是多么亮。也带给那吹笛子的盲艺人，让他不再跌进泥坑里。让他看看路边的草，是多么绿。还带给我的小妹妹，让她也能从屋里走出来。到河边看看那可爱的白鹅……他们会多么高兴啊！"

老人劝她说："你跟我留下，有享不完的幸福，说不尽的快乐。哪有这样好的地方呢？"但白鹅女摇摇头，坚决不肯。老人有意要试试这个小姑娘的胆量，他撅着胡子，吹出一大口气，白鹅女便被吹到半空中。风声在她耳边呼啸，吹得她睁不开眼睛。等她落下地来，老人问她："怎么样？愿意跟我留下吗？"但她还是摇摇头："不！我不愿意留在这里。"

老人更生气了。他哼了一声，一口气把白鹅女吹到云层上边。风卷着她，翻上翻下，她紧紧地抱着篮子，不住地折跟头。当她落下地来，老人问她："怎么样？还要回家吗？"白鹅女仍旧回答："我要回家。"

老人张开大嘴，直着胡子吹了一口气，立刻刮起漫天漫地的大风。沙石在空中乱飞，发出吓人的呼啸声，白鹅女被风卷上去，翻下来，不住地在半空里打转。但她落到地上来时，仍旧坚决地说："不！我不愿意留下。我要回家。"

她以为石头老人一定要更严厉地惩罚她了。但老人却把她抱在怀里，摸着她的头亲切地说："你真是个勇敢、善良的好孩子。谁接待了你，都会幸福的。"他顺手折了一根绿树枝，放在白鹅女手里，说："拿着它吧！回家的路远着呢！有了它，你就不会累了。"白鹅女刚要向老人道谢，老人把手一挥，一阵轻轻的风，就把她飘送到了山脚下。

白鹅女不知道怎样回家，就一直往前走。这树枝真是奇怪的树枝，拿在手里，走起来又轻又快，像风吹送着她一样。她走了很久，来到一片麦田里。炎热的太阳，晒干了地皮，麦苗子好像秋天的枯草，扑倒在地面上。田边上坐着一个老头儿，飘着银白色的长胡子。他那干皱的脸，好像枯老的树皮。他不住地摇着头叹气，谁见了都会难过的。白鹅女跑过去，拉着老头儿的胳膊问道："老爷爷，你为什么坐在田边上叹气？"老头儿摸摸她的头，说："好孩子，像你这么大的时候，我就开始种地，把一颗颗种子埋进土里，把一粒粒粮食收进袋里，用短把子薅刀除掉每一棵草，用眼泪和汗珠浇灌每棵苗儿。一年又一年，我的汗水流尽了，眼泪流干了，现在我这瞎老头儿只有守着这块土地叹气。"白鹅女放下手里的篮子，拿出一串野葡萄，一颗，又一颗，放进老头儿的嘴里。老头儿吃着，咽着。忽然，两眼亮了起来。他看见自己的庄稼，看见炎炎的烈日，还看见地下一股清莹的泉水。老头儿抱着白鹅女高兴地说："我不再用汗珠眼泪浇地了。我要把那泉水引到地面上来。"

白鹅女又往前走。天开始下起毛毛雨来。她走过一座茅屋，听见里面哀哀的哭声。推开门走进去，一位老妈妈扶在机子上，眼泪像雨丝一样往地下淌。她问老妈妈："妈妈，你为什么扶在机子上哭？"老妈妈摸摸她的头，断断续续地说："好孩子，像你这么大的时候，我就开始织丝。一年又一年，把各种颜色的丝线穿起来，织成漂亮的绸子。梭儿来回地飞，眼睛也随着它跑，现在我的眼睛瞎了，梭儿停了，乱丝把我缠在机子上，我既看不见乱丝的头儿，也看不见绸子的花样，我什么也看不见。"说完，又伤心地哭。白鹅女揭开篮子盖，拿出一串野葡萄，一颗，又一颗，放进老妈妈的嘴里。老妈妈吃着，咽着。忽然，什么都看见了。她找到了乱丝的头儿，看见了最美丽最细致的花样。她抱住白鹅女高兴说："好孩子！妈妈将织出多么漂亮的绸子呀！"

白鹅女继续往前走。她走到一片草原上。天开始刮起大风来，漫天的黄风，吹荡着一望无垠的草原，好像起伏的波浪。风声夹杂着断断续续的牧歌，好像孩子哭一样。白鹅女找来找去，找到一队羊群。一只大公羊的身上，骑着一个小牧童，戴着一顶圆圆的小红帽儿，手里拿着一支小羊鞭儿。

他唱着凄凉的牧歌。羊群低着头，紧紧追在他身后边。白鹅女跑过去，拉住大公羊的角，抱住了小牧童，温和地问："小兄弟，什么事让你这样伤心！莫非公羊顶角撞了你的头？莫非大风扬沙迷了你的眼？告诉我，我愿帮你的忙。"小牧童从羊背上跳下来，搂住白鹅女的脖子，说："小姐姐，我生下来就没有眼睛。一天到晚骑在羊背上，跟着爸爸赶上羊群放羊。走遍了山坡草地，走过了树林草滩。我什么也看不见，什么也望不着。今天爸爸回去寻干粮，遇上大风一直没回来，我和羊群往哪儿去呢？大风把我们赶到东，赶到西，现在不知到了哪里！"说完，呜呜地哭起来。白鹅女亲亲他的头说："小兄弟，不要怕。让我来帮助你。"她摘下一颗野葡萄，放进小牧童的嘴里。接着又放进一颗，两颗……小牧童的眼睛就亮起来，看见了一切。他高兴地抱着白鹅女，又跳又笑，唱起最快乐的歌儿。他唱得这样好听，那样动人，连风也止了，沙也住了，小鸟都远远地飞来，蔚蓝的天空聚集起白云，白云的后边，透射着灿烂温暖的阳光。

白鹅女又继续往前走……

她走过一个地方，又走过一个地方。最后她回到了家乡。家乡亲切地欢迎着她。只是她那狠毒的婶娘早已得病死去了。白鹅女便让那磨坊里的瞎老头儿看见了天上的星星，让那盲艺人看见了路边的绿草，让小妹妹看见了白鹅……她还让很多很多瞎眼的人看见了光明。

# 银　杏

郭沫若

银杏，我思念你，我不知道你为什么又叫公孙树，但一般人叫你是白果，那是容易了解的。

我知道，你的特征并不专在乎你有着和杏相仿的果实，核皮是纯白如银，核仁是富于营养——这不用说已经就足以为你的特征了。

但一般人并不知道你是有花植物中最古的先进，你的花粉和胚珠具有着动物般的性态，你是完全由人力保存了下来的奇珍。

自然界中已经是不能有你的存在了，但你依然挺立着，在太空中高唱着人间胜利的凯歌。

你这东方的圣者，你这中国人文的有生命的纪念塔，你是只有中国才有呀，一般人似乎也并不知道。

我到过日本，日本也有你，但你分明是日本的华侨，你侨居在日本大约已有中国的文化侨居在日本的那样久远了吧。

你是真应该称为中国的国树的呀，我是喜欢你，我特别的喜欢你。

但也并不是因为你是中国的特产，我才特别的喜欢，是因为你美、你真、你善。

你的株干是多么的端直，你的枝条是多么的蓬勃，你那折扇形的叶片是多么的青翠，多么的莹洁，多么的精巧呀！

在暑天你为多少的庙宇戴上了巍峨的云冠，你也为多少的劳苦人撑出了清凉的华盖。

梧桐虽有你的端直而没有你的坚牢；

白杨虽有你的葱茏而没有你的庄重。

熏风会媚妩你，群鸟时来为你欢歌；上帝百神——假如是有上帝百种，我相信每当皓月流空，他们会在你脚下来聚会。

秋天到来，蝴蝶已经死了的时候，你的碧叶要翻成金黄，而且又会飞出满园的蝴蝶。

你不是一位巧妙的魔术师吗？但你丝毫也没有令人掩鼻的那种的江湖气息。

当你那解脱了一切，你那槎桠的枝干挺撑在太空中的时候，你对于寒风霜雪毫不避易。

那是多么的嶙峋而又洒脱呀，恐怕自有佛法以来再也不曾产生过像你这样的高僧。

你没有丝毫依阿取容的姿态，但你也并不荒伧。你的美德像音乐一样洋溢八荒，但你也并不骄傲；你的名讳似乎就是"超然"，你超在乎一切的草木之上，在超在乎一切之上，但你并不隐遁。

你的果实不是可以滋养人，你的木质不是坚实的器材，就是你的落叶不也是绝好的引火的燃料吗？

可是我真有点奇怪了：奇怪的是中国人似乎大家都忘记了你，而且忘记得很久远，似乎是从古以来。

我在中国的经典中找不出你的名字，我很少看到中国的诗人咏赞你的诗，也很少看到中国的画家描写你的画。

这究竟是怎么一回事呀？你是随中国文化以俱来的亘古的证人，你不也是以为奇怪吗？

银杏，中国人是忘记了你呀，大家虽然都在吃你的白果，都喜欢吃你的白果，但的确是忘记了你呀。

世间上也尽有不辨菽麦的人，但把你忘记得这样普遍，这样久远的例子，从来也不曾有过。

真的啦，陪都不是首善之区吗？但我就很少看见你的影子。为什么遍街都是洋槐，满园都是幽加里树呢？

我是怎样的思念你呀，银杏！我可希望你不要把中国忘记吧。

这事情是有点危险的，我怕你一不高兴，会从中国的地面上隐遁下去。

在中国的领空中会永无听不着你赞美生命的欢歌。

银杏，我真希望呀，希望中国人单为能更多吃你的白果，总有能更加爱慕你的一天。

1942年5月23日

# 内蒙访古

翦伯赞

一九六一年夏天，我和历史学家范文澜、吕振羽同志等应乌兰夫同志的邀请，访问了内蒙古自治区。访问历时近两月（从7月23日到9月14日），行程达一万五千余里。要想把这次访问的收获都写出来那是写不完的，不过也可以用最简单的话概括这次访问的收获，那就是"见所未见，闻所未闻"。现在我想写一点内蒙访古的见闻。

## 哪里能找到这样的诗篇

内蒙古，对于历史学家来说，是一个富有诱惑力的地方，因为这里在悠久的历史时期中，一直是游牧民族生活和活动的历史舞台，而这些游牧民族的历史活动又是中国史的一个重要组成部分；有些活动，在世界史上也不能没有它们的篇章。然而这个历史学宝库，直到现在，还没有完全打开，至少没有引起史学家足够的注意。

不知从什么时候起，匈奴人就进入了内蒙古；到秦汉时期或者更早，它就以一个强劲的民族出现于历史。以后，鲜卑人、突厥人、回纥人，更后，契丹人、女真人，最后，蒙古人，这些游牧民族一个跟着一个进入这个地区，走上历史舞台，又一个跟着一个从这个地区消逝，退出历史舞台。这些相继或同时出现于内蒙古地区的游牧民族，他们像鹰一样从历史上掠过，最大多数飞得无影无踪，留下来的只是一些历史遗迹或遗物，零落于荒烟蔓草之间，诉说他们过去的繁荣。有些连历史的遗迹也没有发现，仅仅在历史文献上保留一些简单的纪录。但是这些游牧民族在过去都曾经在内蒙古地区或者在更广大的世界演出过有声有色的历史剧；有些游牧民族，如13世纪的蒙古人，并曾从这里发出了震动世界的号令。

两千多年的时间过去了，现在，内蒙古地区已经进入了历史上的新世纪。居住在这里的各族人民，蒙古族、达斡尔族、鄂伦春族、鄂温克族等等，正在经历一个前所未有的伟大的历史变革，他们都在从不同的历史阶段和不同的生活方式，经由不同的道路走进社会主义社会。例如，蒙古族是从以游牧为主要生活方式的封建社会走进社会主义社会的，鄂伦春族和一部分鄂温克族则是从以狩猎为主要生活方式的原始共产主义社会末期走进社会主义社会的。很多过去的牧人、猎人，现在都变成了钢铁战士。条条道路通向社会主义社会，在这里得到了最具体、最生动的说明。

恩格斯说："世界史是最伟大的诗人。"我们在内蒙古地区看到了这个最伟大的诗人的杰作。出现在这个杰作中的不是莺莺燕燕，而是群鹰搏击，万马奔腾。在世界文学的文库中，哪里能找到这样波澜壮阔、气势豪放的诗篇呢？

# 一段最古的长城

火车走出居庸关，经过了一段崎岖的山路以后，自然便在我们面前敞开了一个广阔的原野，一个用望远镜都看不到边际的原野，这就是古之所谓塞外。

从居庸关到呼和浩特有一千多里的路程，火车都在这个广阔的高原上奔驰。我们都想从铁道两旁看到一些塞外风光，黄沙白草之类，然而这一带既无黄沙，亦无白草，只有肥沃的田野，栽种着各种各样的庄稼：小麦、荞麦、谷子、高粱、山药、甜菜等。如果不是有些地方为了畜牧的需要而留下了一些草原，简直要怀疑火车把我们带到了河北平原。

过了集宁，就隐隐望见了一条从东北向西南伸展的山脉，这就是古代的阴山，现在的大青山。大青山是一条并不很高但很宽阔的山脉，这条山脉像一道墙壁把集宁以西的内蒙古分成两边。值得注意的是山的南北，自然条件迥乎不同。山的北边是暴露在寒冷的北风之中的起伏不大的波状高原。据《汉书·匈奴传》载，这一带在古代就是一个"少草木，多大沙"的地方。山的南边，则是在阴山屏障之下的一个狭长的平原。

现在的大青山，树木不多，但据《汉书·匈奴传》载，这里在汉代却是一个"草木茂盛，多禽兽"的地方，古代的匈奴人曾经把这个地方当作自己的范围。一直到蒙古人来到阴山的时候，这里的自然条件，还没有什么改变。关于这一点，从呼和浩特和包头这两个蒙古语的地名可以得到说明。呼和浩特，蒙古语意思是青色的城。包头也是蒙古语的音译，意思是有鹿的地方。这两个蒙古语的地名，很清楚地告诉了我们，直到13世纪或者更晚的时候，这里还是一个有森林、有草原、有鹿群出没的地方。

呼和浩特和包头这两个城市，正是建筑在大青山南麓的沃野之中。秋天的阴山，像一座青铜的屏风安放在它们的北边，从阴山高处拖下来的深绿色的山坡，安闲地躺在黄河岸上，沐着阳光。这是多么平静的一个原野。但这个平静的原野在民族关系紧张的历史时期，却经常是一个风浪最大的地方。

愈是古远的时代，人类的活动愈受自然条件的限制。特别是那些还没有定住下来的骑马的游牧民族，更要依赖自然的恩赐，他们要自然供给他们丰富的水草。阴山南麓的沃野，正是内蒙古西部水草最肥美的地方。正因如此，任何游牧民族只要进入内蒙古西部，就必须占据这个沃野。

阴山以南的沃野不仅是游牧民族的苑囿，也是他们进入中原地区的跳板。只要占领了这个沃野，他们就可以强渡黄河，进入汾河或黄河河谷。如果他们失去了这个沃野，就失去了生存的依据，史载"匈奴失阴山之后，过之未尝不哭也"，就是这个原因。在另一方面，汉族如果要排除从西北方面袭来的游牧民族的威胁，也必须守住阴山的峪口，否则这些骑马的民族就会越过鄂尔多斯沙漠，进入汉族居住区的心脏地带。

早在战国时，大青山南麓，沿黄河北岸的一片原野，就是赵国和胡人争夺的焦点。在争夺战中，赵武灵王击败了胡人，占领了这个平原，并且在他北边的国境线上筑起了一条长城，堵住了胡人进入这个平原的道路。据《史记·匈奴传》所载，赵国的长城东起于代（今河北宣化境内），中间经过山西北部，西北折入阴山，至高阙（今乌拉山与狼山之间的缺口）

为止。现在有一段古长城遗址，断续绵亘于大青山、乌拉山、狼山靠南边的山顶上，东西长达二百六十余里，按其部位来说，这段古长城正是赵长城遗址。

我们这次访问包头，曾经登临包头市西北的大青山，游览这里的一段赵长城。这段长城高处达五米左右，土筑，夯筑的层次还很清楚。东西纵观，都看不到终级，在东边的城址上，隐然可以看到有一个古代废垒，指示出那里在当时是一个险要的地方。

我在游览赵长城时，作了一首诗，称颂赵武灵王，并且送了他一个英雄的称号。赵武灵王是无愧于英雄的称号的。大家都知道秦始皇以全国的人力物力仅仅连接原有的秦燕赵的长城并加以增补，就引起了民怨沸腾。不知从什么时候起，在秦始皇面前就站着一个孟姜女，控诉这条举世闻名的万里长城。甚至在新中国成立以后，还有人把万里长城作为"炮弹"攻击秦始皇，而赵武灵王以小小的赵国，在当时的物质和技术条件下，竟能完成这样一个巨大的国防工程而没有挨骂，不能不令人惊叹。

当然，我说赵武灵王是一个英雄，不仅仅是因为他筑了一条长城，更重要的是因为他敢于发布"胡服骑射"的命令。要知道，他在当时发布这个命令，实质上就是与最顽固的传统习惯和保守思想宣战。

只要读一读《战国策·赵策》就知道当赵武灵王发布了胡服骑射的命令以后，他立即遭遇到来自赵国贵族官僚方面的普遍反抗。赵武灵王击败了那些顽固分子的反抗，终于使他们脱下了那套用以标志他们身份的祖传的宽大的衣服，并且把过了时的笨重的战车扔到历史的垃圾堆里去。敢于这样做的人，难道不是一个英雄吗？可以肯定说是一个英雄，一个大大的英雄。

# 在大青山下

现在让我们离开赵长城谈一谈阴山一带的汉代城堡。

根据考古报告，在阴山南北麓发现了很多古城遗址，至少有二十几个古城遗址。这些古城大部分是西汉时期的，也有北魏时期或更晚的。古城遗址最大多数分布在阴山南麓通向山北的峪口，也有分布在阴山北麓的，还有分布在黄河渡口和鄂尔多斯东北地区的。从古城分布的地位看来，几乎通向阴山以北的每一个重要峪口，都筑有城堡。特别是今日呼和浩特市北的蜈蚣坝，尤其是包头市北大青山与乌拉山之间的缺口，城堡的遗址更多。大概这两个峪口是古代游牧民族，而在汉代则是匈奴人侵袭的主要通路。看起来，汉王朝在阴山一代的战略部署，至少有三道防线，第一道防线是阴山北麓的峪口和更远的地方，第二道防线是阴山南麓的峪口，第三道防线是黄河渡口和鄂尔多斯东北一带。

在阴山以北筑城障的事，《史记·匈奴传》有如此的记载：太初四年"汉使光禄徐自为出五原塞数百里，远者千余里，筑城障列亭，至庐朐"。《正义》引《括地志》云："五原郡相阳县（《汉书·地理志》作稒阳县），北出石门障，得光禄城，又西北得支就县（《汉书·地理志》注作支就城），又西北得头曼城，又西北得牢城河（《汉书·地理地》注作虏河城），又西北得房城（《汉书·地理志》注作宿房城）。"由此看来，当汉武帝时汉王朝在阴山以北筑了很多城堡，几乎是步步为营，把它的势力远远地推到阴山以北的地方。一直到元帝时由于匈奴呼韩邪单于款塞入朝，才从阴山以北的城堡撤退驻军，但仍然保留着通烽火的哨兵。《汉书·匈奴传》记侯应谏元帝的话，其中有云："前以罢外城，省亭隧，今裁足以候望，通烽火而已。"这里所谓"外城"，就是阴山以外的城堡。

在大青山与乌拉山之间的峪口中有一条昆都仑河，由北而南流入黄河。昆都仑河就是古代的石门水，石门水大概是古代游牧民族进入阴山以南的沃野最方便的一条道路。在这个通道的外面，已经发现了一些汉代的古城，有一个古城可能就是汉代的光禄城。

我们这次访问内蒙古西部，曾经游览了呼和浩特市附近塔布土拉罕的汉城遗址和包头市附近麻池乡的汉城遗址。

塔布土拉罕在呼和浩特市东北三十五里，大青山的南麓。古城作长方形，分内外两城，外城周围约六里。在内城的地面上到处可以看到汉代的绳纹陶片。在城的附近有五个大土堆，塔布土拉罕就是五个大土堆的意思。这五个大土堆，可能是五个大封土墓，如果把这五个大封土墓打开，很有可能发现这个古城的历史档案。

麻池乡在包头市西三十里。这里的古汉城也是分内外两城，内城也散布着很多汉代砖瓦，外城很少。古城周围有很多古墓，大多数没有封土。在这里的墓葬中，发现了很多古物，其中有汉代的钱币和汉式的铜器、陶器、漆器等，也有金质和银质的镂空饰片，饰片上的花纹作虎豹骆驼等动物形象。还发现了"单于天降""四夷口服"以及"单于和亲""千秋万岁""长乐未央"等文字的瓦当残片。

我不想详细介绍这两个古城的发现，只想指出一个事实，即阴山南北和黄河渡口一带的汉代古城，不是由于经济的原因，而是由于军事的原因建筑起来的。严格地说，这些古城不能称为真正的城市，只是一种驻扎军队和囤积军用粮食、武器的营垒。居住在这些城堡中的主要的是军队，也有小商人和手工业者，但这些小商人和手工业者是依靠军队生活的，只要军队撤退，这些城堡也就废弃了。

我还想指出，阴山一带在民族关系紧张的时期是一个战场，而在民族关系缓和时期则是一个重要的文化交流的驿站；甚至在战争的时候，也不能完全阻止文化的交流。关于这一点，我们可以从这一带发现的文物得到说明。例如，在当时汉与匈奴的边境线上到处都发现了汉代的钱币和工艺品，这些工艺品与在内地发现的同一时期的工艺品是一样的，这件事说明汉与匈奴之间的和平往来，并没有完全被万里工城和军事堡垒所遮断。

在大青山脚下，只有一个古迹是永远不会废弃的，那就是被称为青冢的昭群墓。因为在内蒙古人民的心中，王昭君已经不是一个人物，而是一个象征，一个民族友好的象征；昭君墓也不是一个坟墓，而是一座民族友好的历史纪念塔。

青冢在呼和浩特市南二十里左右。据说清初墓前尚有石虎两列、石狮一个，还有绿琉璃瓦残片，好像在墓前原来有一个享殿。现在这些东西都没有了，只有一个石虎伏在阶台下面陪伴这位远嫁的姑娘。

据内蒙古的同志说，除青冢外，在大青山南麓还有十几个昭君墓。我们就看到了两个昭君墓，另一个在包头市的黄河南岸。其实这不是一个坟墓，而是一个古代的堡垒。在这个堡垒附近，还有一个古城遗址。

王昭君究竟埋葬在哪里，这件事并不重要，重要的是为什么会出现这样多的昭君墓。显然，这些昭君墓的出现，反映了内蒙古人民对王昭君这个人物有好感，他们都希望王昭君埋葬在自己的家乡。

然而现在还有人反对昭君出塞，认为昭君出塞是民族国家的屈辱。我不同意这样的看法。因为在封建时代要建立民族之间的友好关系，不能像我们今天一样，通过各族人民之间的共同的阶级利益、经济基础和意识形态，主要的是依靠统治阶级之间的和解，而统治阶级之间的和解又主要的是决定于双方力量的对比以及由此产生的封建关系的改善。和亲就是改善封建关系的一种方式。当然，和亲也是在不同的历史条件下出现的，有些和亲是被迫的，但有些也不是被迫的，昭君出塞就没有任何被迫的情况存在。如果不分青红皂白，只要是和亲就一律加以反对，那么在封建时代还有什么更好的方法可以取得民族之间的和解呢？在我看来，和亲政策比战争政策总要好得多。

## 游牧民族的摇篮

我们在内蒙古西部没有看到的塞外风光，在内蒙古东部看到了。当我们的火车越过大兴安岭进入呼伦贝尔草原时，自然环境就散发出内蒙古的气氛。一幅天苍苍野茫茫的画面出现在我们的面前了。

正像大青山把内蒙古的西部分成南北两块，大兴安岭这一条从东北伸向西南的广阔的山脉也把呼伦贝尔草原分割为东西两部。山脉的两麓被无数起伏不大的山谷割开，从山谷中流出来的溪水，分别灌注着大兴安岭东西的草原，并在东部汇成了嫩江，在西部汇成了海拉尔河。海拉尔，蒙古语，它的意思就是流下来的水。

海拉尔市虽然是一个草原中的城市，但住在这个城市里，并不能使我们感到草原的风味，只有当我们从海拉尔乘汽车经过南屯前往锡尼河的这条路上，才看到真正的草原风光。在这条路上，我第一次看到这样平坦、广阔、空旷的草原，从古以来没有人耕种过的，甚至从来也没有属于任何个人私有过的草原。没有山，没有树木，没有村落，只有碧绿的草和覆盖这个草原的蓝色的天，一直到锡尼河我们才看到一些用毡子围起来的灰白色的帐幕，这是布列亚特蒙古族牧人的家。我们访问了这些牧人的家，在草原上度过了最快乐的一天。

当然不是所有的草原都像锡尼河一样的平坦。当我们从海拉尔前往满洲里的路上，我们就看到一些起伏不大的沙丘；而当我们从满洲里到达赉湖，从达赉湖到札赉诺尔的路上，也看到了一些坡度不大的丘陵在地平线上画出了各种各样的柔和的曲线。

呼伦贝尔不仅在现在是内蒙古的一个最好的牧区，自古以来就是一个最好的草原。这个草原一直是游牧民族的历史摇篮。出现在中国历史上的大多数游牧民族：鲜卑人、契丹人、女真人、蒙古人都是在这个摇篮里长大的，又都在这里度过了他们历史上的青春时代。

根据《后汉书·鲜卑传》所载，鲜卑人最早的游牧之地是鲜卑山。他们每年"以季春月大会于饶乐水上"。鲜卑山、饶乐水究竟在哪里，历来的史学家都没有搞清楚。现在我们在札赉诺尔附近木图拉雅河的东岸发现了一个古墓群。据考古学家判断，可能是鲜卑人的墓群。如果是鲜卑人的墓群，那就可以证实早在两汉时期鲜卑人就游牧于呼伦贝尔西部达赉湖附近一带的草原。对于早期鲜卑人的生活，历史文献上给我们的知识很少，仅说鲜卑人的习俗与乌桓同。而当时的乌桓是一个以"弋猎禽兽为事，随水草放牧"，但已"能作弓矢鞍勒，锻金铁为兵器"的游牧民族。我们这次在呼和浩特和海拉尔两处的博物馆，看到札赉诺尔古墓中发现的鲜卑人的文物，其中有双耳青铜罐和雕有马鹿等动物形象的铜饰片。又有桦木制的弓、桦树皮制的弓囊和骨镞等，只是没有发现角端弓。又《鲜卑传》谓鲜卑于建武二十五年始与东汉王朝通驿（当作译）使，这件事也从墓葬中发现的织有"如意"字样的丝织物和汉代的规矩镜得到了证实。

史载契丹人最初居在鲜卑人的故地，地名枭罗箇没里，没里者，河也。这条河究竟在哪里，不得而知。最近在札赉诺尔古墓群附近发现了契丹人的古城遗址，证明契丹人也在呼伦贝尔草原东部游牧过。

女真人在呼伦贝尔草原也留下了他们的遗迹。其中最有名的是两条边墙。一条边墙在草原的西北部，沿着额尔古纳河而西，中间经过满洲里直到达赉湖的西边，长约数百里。这条边墙显然是为了防御蒙古人侵入呼伦贝尔草原而建筑的，但据史籍所载，在蒙古人占领这个草原以前，游牧于这个草原的是塔塔儿人，蒙古人不是从女真人手中，而是从塔塔儿人手中接收这个草原的。根据这样的情况，这条边墙，似乎不是女真人修筑的。只有在这样的情况之下，即为了抵抗蒙古人的侵入，当时的塔塔儿人和女真人的是站在一边的，女真人才有可能修筑这条边墙。另一条边墙在呼伦贝尔的东南，这条边墙是沿着大兴安岭南麓自东北而西南，东起于莫力达瓦达斡尔族自治旗的尼尔基镇，西至科尔沁右翼前旗的索伦，长亦数百里。王国维曾在其所著《金界壕考》一文中对这条墙作了详细的考证，有人认为这是成吉思汗的边墙，并且把扎兰屯南边的一个小镇取名为成吉思汗，以纪念这条边墙，这是错误的。毫无疑问，这条边墙是女真人建筑的，其目的是保卫呼伦贝尔南部的草原，免于蒙古人的侵入。但是成吉思汗终于突破了这两道边墙，进入了呼伦贝尔草原。

呼伦贝尔草原不仅是古代游牧民族的历史摇篮，而且是他们武库、粮仓和练兵场。他们利用这里的优越的自然条件，繁殖自己的民族，武装自己的军队，然后以此为出发点由东而西，征服内蒙古中部和西部诸部落或更广大的世界，展开他们的历史性的活动。鲜卑人如此，契丹人、女真人、蒙古人也是如此。

鲜卑人占领了这个草原就代替匈奴人成为蒙古地区的支配民族，以后进入黄河流域建立了北魏王朝。鲜卑人在前进的路上留下了很多遗迹，现在在内蒙古和林格尔县发现的土城子古城，可能就是北魏盛乐城的遗址。大同云冈石窟和洛阳龙门石窟也是鲜卑人留下来的艺术宝库。我们在访问大同时曾经游览云冈石窟，把这里的艺术创造和札赉诺尔的文化遗物比较一下，那就明显地表示出奠居在大同一带的鲜卑人比起游牧于札赉诺尔的鲜卑人来，已经是一个具有高得多的文化的民族。如果把龙门石窟和云冈石窟的艺术，作一比较研究，我想一定能看出鲜卑人在文化艺术方面更大一步的前进。

在呼伦贝尔草原游牧过的契丹人，后来也向内蒙古的中部和西部发展，最后定居在黄河流域建立了辽王朝。契丹人也在前进的路上留下了他们历史的里程碑。他们在锦州市内留下了一个大广济寺古塔，在呼和浩特东四十里的地方留下了一个万部华严经塔，还在大同城内留下了上下华严寺。我们这次游览了锦州的古塔，欣赏了大同上下华严寺的佛像雕塑艺术。从这些建筑艺术和雕塑艺术看来，奠居在锦州和大同一带的契丹人也是一个具有相当高度文化艺术的民族。

为了保卫呼伦贝尔草原建筑过两条边墙的女真人，后来也进入黄河流域。和鲜卑人、契丹人略有不同，女真人在进入中原以前已经具有比较高度的文化，并且建立了金王朝。现在黑龙江省阿城县南的白城就是金上京。在这次访问中，有些同志曾经去游览过金上京遗址，从遗址看来已经是一个规模相当大的城市。这个城市表明了当时女真人已经进入了定居的农业生活，并且有了繁盛的商业活动。

成吉思汗在进入呼伦贝尔草原以前，始终局促于斡难河与额尔古纳河之间的狭小地区。但当他一旦征服了塔塔儿人占领了这个草原，不到几年他就统一了蒙古地区各部落，正如他在写给长春真人邱处机的诏书中所说的："七载之中成大业，六合之内为一统。"

蒙古人当然知道这个草原的重要性，元顺帝在失掉了大都以后，带着他的残余军队逃亡，不是逃往别处而是逃到呼伦贝尔草原。

朱元璋似乎也知道这个草原的重要性，他派蓝玉追击元顺帝，一直追到捕鱼儿海（今贝尔湖）东北八十里的地方，在这个草原中彻底地歼灭了元顺帝的军队以后，蒙古王朝的统治才从中国历史上结束。

# 历史的后院

假如呼伦贝尔草原在中国历史上是一个闹市，那么大兴安岭则是中国历史上的一个幽静的后院。重重叠叠的山岭和覆蔽着这些山岭的万古长青的丛密的原始森林，构成了天然的障壁，把这里和呼伦贝尔草原分开，使居住在这里的人民与世隔绝，在悠久的历史时期中，保持他们传统的古老的生活方式。一直到解放以前，居住在这个森林里的鄂伦春人和鄂温克人还停留在原始社会末期的历史阶段。但是新中国成立以后，这里的情况已经大大改变了。现在，一条铁路已经沿着大兴安岭的溪谷远远地伸入了这个原始森林的深处，过去遮断文明的障壁在铁道面前被粉碎了。社会主义的光辉已经照亮了整个大兴安岭。

我们这次就是沿着这条铁道进入大兴安岭的。火车首先把我们带到牙克石。牙克石是喜桂图旗的首府，也是进入大兴安岭森林地带的大门。喜桂图，蒙古语，意思是有森林的地方。这个蒙古语的地名，记录了这里的历史情况，其实在牙克石附近现在已经没有森林了。

在牙克石前往甘河的路上，我们的目光便从广阔的草原转向淹没在原始森林中的无数山峰。在铁道两旁，几乎看不到一个没有森林覆蔽的山坡，到处都丛生着各种各样的树木，其中最多的是落叶松和白桦，也有樟松、青杨和其他不知名的树木。

我们在甘河换了小火车，继续向森林地带前进。经过了几小时的行程，火车把我们带到了一个叫作第二十四的地方。应该说明一下，在这个森林中，有很多地方过去没有名字。新中国成立以后，森林工作者替这些地方也取了一些名字，如第一站、第二站之类，但有些地方原来是有鄂伦春语的名字的，而这些鄂伦春语的地名，又往往能透露一些历史的消息。例如，西尼气是一个鄂伦春语的地名，意思是有柳树的地方，又如加格达奇，也是一个鄂伦春语的地名，意思是有樟松的地方。这样的地名比起数目字的地名来，当然要好得多，因此我以为最好能找到这些地方的鄂伦春语的名字。

我们在第二十四地点下了火车，走进原始森林。依照我们的想法，在原始森林里，一定可以看到万年不死的古树，实际上并没有这样长寿的树木，落叶松的寿命最多也不过一百多年。所谓原始森林，是说这个森林从太古以来，世世代代，自我更新，一直到现在，依然保持他们原始的状态。当然在我们脚下践踏的，整整有一尺多厚的像海绵一样的泥土，其中必然有一万年甚至几万年前的腐朽的树木和树叶。

我们在这里第一次看到了太阳都射不进去的丛密的森林，也第一次看到了遍山遍岭的杜鹃花和一种驯鹿爱吃的特殊的苔藓。秋天的太阳无私地普照着连绵不断的山冈，畅茂的森林在阳光中显出青铜色的深绿。在山下，河流蜿蜒地流过狭窄的河谷，河谷两岸是一片翠绿的草地和丛生的柳树。世界上哪里能找到这样美丽的花园呢？

我们的旅程，并没有停止在甘河。就在当天夜晚，火车把我们带到了这条森林铁路的终点阿里河。阿里河是鄂伦春族自治旗的首府。鄂伦春，满洲语，意思是驱使驯鹿的部落。但是现在的鄂伦春族人民已经不是一个驱使驯鹿的部落，他们在阿里河边建筑了新式的住房，在这里定住下来，逐渐从狩猎生活转向驯养鹿群和农业的生活。现在在大兴安岭内驱使驯鹿的唯一的民族，也是以狩猎为生的唯一的民族是鄂温克族。

从狩猎转向畜牧生活并不是一种轻而易举的事，这要求一个民族从森林地带走到草原，因为游牧的民族必须依靠草原。森林是一个比草原更为古老的人类的摇篮。恩格斯曾经说过，一直到野蛮低级阶段上的人们还是生活在森林里，但是当人们习惯于游牧生活以后，人们就再也不会想到从河谷的草原自愿地回到他们的祖先所住过的森林区域里面去了。恩格斯的话说明了人类在走出森林以后再回到森林是不容易的。在我看来，人类从森林走到草原也同样是不容易的。因为这需要改变全部的生活方式。要改变一种陈旧的生活方式，那就要触犯许多传统的风俗习惯，而这种传统的风俗习惯对于一个古老的民族来说是神圣不可侵犯的。不仅改变全部生活方式会要遇到困难，据一位鄂伦春的老猎人说，甚至把狩猎用的弓矢换为猎枪这样简单的事情，也曾经引起反对。反对的理由是火器有响声，打到一只野兽，惊走了一群，而弓箭就没有这种副作用，但是新的总是要战胜旧的，现在不仅鄂伦春族的猎人，甚至鄂温克族的猎人也用新式的猎枪装备自己。

扎兰屯是我们最后访问的一个内蒙古城市。

到了扎兰屯，原始森林的气氛就消失了。出现在我们面前的是一座美丽的山城。这座山城建筑在大兴安岭的南麓，在它的北边是一些绿色的丘陵。有一条小河从这个城市中流过，河水清浅，可以清楚地看见生长在河里的水草。郊外风景幽美，在前往秀水亭的路上，可以看到一些长满了柞树的山丘，也可以看到从峡谷中流出来的一条溪河，丛生的柳树散布在河谷的底部。到处都是果树、菜园和种植庄稼的田野，这一切告诉了我们这里已经是呼伦贝尔的农业区了。我们就在这里结束了内蒙古的访问。

# 揭穿了一个历史的秘密

这次访问对于我来说，是上了一课很好的蒙古史，也可以说揭穿了一个历史的秘密，即为什么大多数的游牧民族都是由东而西走上历史舞台。现在问题很明白了，那就是因为内蒙古东部有一个呼伦贝尔草原。假如整个内蒙古是游牧民族的历史舞台，那么这个草原就是这个历史舞台的后台。很多的游牧民族都是在呼伦贝尔草原打扮好了，或者说在这个草原里装备好了，然后才走出马门。当他们走出马门的时候，他们已经不仅是一群牧人，而是有组织的全副武装了的骑手、战士。这些牧人、骑手或战士总想把万里长城打破一个缺口，走进黄河流域。他们或者以辽河流域的平原为据点，或者以锡林郭勒草原为据点，但最主要的是以乌兰察布平原为据点，来敲打长城的大门，因而阴山一带往往出现民族矛盾的高潮。两汉与匈奴，北魏与柔然，隋唐与突厥，明与鞑靼，都在这一带展开了剧烈的斗争。一直到清初，这里还是和准噶尔进行战争的一个重要的军事据点，如果这些游牧民族，在阴山也站不住脚，他们就只有继续往西走，试图从居延打开一条通路进入洮河流域或青海草原；如果这种企图又失败了，他们就只有跑到准噶尔高原，从天山东麓打进新疆南部。如果在这里也遇到抵抗，那就只有远走中亚，把希望寄托在妫水流域了。所有这些民族矛盾斗争在今天看来，都是一系列的民族不幸事件，因为不论谁胜谁负，对于双方的人民来说都是一种灾难，一种悲剧。

马克思说：“世界历史形式的最后一个阶段，就是它的喜剧。”现在悲剧的时代已一去不复返了，出现在内蒙古地区的是历史喜剧，但是悲剧时代总是一代历史时代，一个不可避免的历史时代，一个紧紧和喜剧时代衔接的时代。为了让我们更愉快地和过去的悲剧时代诀别以及更好地创造我们的幸福的未来，回顾一下这个过去了的时代，不是没有益处的。

希望与梦想

# 橡　树

[意]　拉法埃莱·费拉里斯

　　初春，大地从沉睡中苏醒。田野里飘来一阵阵泥土的清香，草儿吐露出娇嫩的幼芽，好奇地窥视着人间，姑娘们穿着艳丽的衣裳，在碧绿色的草地上欢快地歌唱。

　　万木争春，小溪哗哗作响，两岸铺上翡翠般的地毯。举目眺望，大自然一片生机，令人陶醉，使人神往。

　　只有一棵橡树默默地站在一旁。它没有穿上新装，它那饱经沧桑、满是皱纹的老皮一丝不挂地袒露着。它雄伟、挺拔、巍然屹立，干枯的树枝直拂天穹，犹如高举双臂，祈求上帝怜悯。可是它的血液已经凝滞，生命的火花已经消失，严酷的寒冬结束了它的残生。

　　不久前，它还神采奕奕，英姿勃勃的。然而自它睡下去，就再也没有醒来。

　　几天之后，来了几个人，七手八脚把它锯断，又把它连根刨出，装车运走。在生长过它的地方，只剩下一堆黄土。

　　橡树啊，我童年的伙伴和朋友，你曾赋予我多少甜蜜的幻想！我喜欢在你高大的躯干上攀登，在你坚韧而富有弹性的树枝上尽情地悠荡。

　　多少次，我在你那幽静、凉爽的浓荫下悠闲地歇息，自由地畅想。如今，那些甜蜜的时光同你一起离开了我们可爱的故乡。

　　幼小的橡树长出第一批嫩叶，又把枝条向四处伸延，转眼之间填补了你留下的空间。苗壮的幼苗变成参天大树，孩子们又会在它的树荫下嬉笑、玩耍，成年人又会在那里歇息、畅想。

# 太 阳

## 巴 金

　　为着追求光和热，将身子扑向灯火，终于死在灯下，或者浸在油中，飞蛾是值得赞美的，在最后的一瞬间它得到光，也得到热了。

　　我怀念上古的夸父，他追赶日影，渴死在汤谷。

　　为着追求光和热，人宁愿舍弃自己的生命。生命是可爱的，但寒冷的、寂寞的生，却不如轰轰烈烈的死。

　　没有了光和热，这人间不是会成为黑暗的寒冷世界吗？

　　倘使有一双翅膀，我甘愿做人间的飞蛾。我要飞向火热的日球，让我在眼前一阵光、身内一阵热的当儿，失去知觉，而化作一阵烟，一撮灰。

# 焕乎先生

## 沈从文

焕乎先生是坐着，在窗前。

像老童生的脾气，一坐下来就是三点四点钟。不看书，不作文，单只这么如来佛一般坐在这地方也办得到。这脾气可就是近来才养成的。当然，假使不拘何处寄来一点钱，这脾气马上会又失去，桌子边成了不可耐的地方了。

虽说坐到桌边，且神气还坦然泰然，但把一堵白粉墙作背景，前身点缀一个肮脏不堪的墨水瓶，两支曾代替过火箸职务把头子燃去的桃木杆钢笔，三个因积垢而成不透明的玻璃茶杯，一个火酒瓶，一个酱油瓶，一个黑色铁皮热水瓶以及一些散乱无章的稿纸，或者稿纸上除了三两行字以外又画得有一只极可笑的牛，与一个人头一类，不拘一个人把这样情形摄一个影，便是一幅可以名之为"忧郁"的创作了。若是画为一幅画，画由他自己指定，则这个画将成一幅"苦闷象征"的名作，他是苦恼着。就在桌前用着俨然十分兴发的神气在写什么，不久又低头用拳打自己腿，用手爪抓自己的头上乱发，这便是内心在自煎自熬时候，人是顶难受的。

他又常常笑着自己从心中幻出的一些好事情，为这所能想到的生活片段而笑，然而这个却多数只能给他哭的机会，少数能使他笑得稍稍持久而又痛快，而且这笑是苦的。

天知道，这个人把他那无着落的心，寄托到些什么事情上面，居然就有勇气活下来！

　　能够整天坐，把心当成一座桥，让忧郁每天慢慢地爬着过去，这耐力，正不下于一个司法厅里的誊录生。不，他是做过誊录生的！四年五年的训练，终日坐在一张旧白杨木条桌前，用"夺金标"笔在公文纸上写着那"等因奉此""仰祈鉴核"一类枯燥无味的文件，无事也很不容易离开桌子，他就慢慢地养成一种幻想的本领了。有了幻想的营养，这个在小时一天玩到晚还不够要在梦中继续玩的他，把身体上活动的不羁习惯渐渐除去，成为一个平常我们挖苦某一类沉默人的所谓"精神生活者"了。

　　这种精神生活者，在自己方面，常常是容易觉到伟大堕入骄傲现世的，这骄傲在他却全找不出。精神生活者常常表示着超物质超实际的希望与信仰，这个退职誊录生，则非常需要比虚空来以落实一点的东西在他生活上出现。

　　他是在北京城所谓许多年轻穷人中把作小说来抵抗生活的年轻人之一。这个生活方法，那以前四年五年在中国南部一个小县份上的卑微职业倒帮助了他，给了他许多好处：一面供给了他人生的经验，一些稀奇古怪的经验；那另一面又助成了他长久待在一张桌子面前人不难受的本领。事业固然靠的是自己信心，与命运——我们是明白国内的文学界情形，一个作者的命运，全在一个杂志报馆编辑手中。就是自己并不缺少信心，也常常因了初初出世被编辑先生压迫终于从失望中夭折了自己的希望的。——信心在他既并不缺少，在他分内所有的命运又并不算坏，到如今，在生活上他似乎不会再遇到摇动得太厉害的事情发生了。

　　做文章，就如当年抄写公文一样，抄下他自己的经验以及在经验中所能产生的幻梦，且在一些头尾腰上莫忘记精巧的措置，一面先就在这文章的创作上得到一点悲痛或欢乐，文章于是这样终于脱稿了。文章一脱稿，就寄到所熟的有过交往的报馆或杂志编辑处去，尽这编辑人所能给予的慷慨，在一月或半月之中把一纸稿费通知或一张支票之类寄来。钱一得，就又房租呀，伙食账呀，洗澡呀，吃一点什么糖呀，玩呀喝呀的用，钱稍多则买一点本不必要的东西，如像很高价的玩具与只合给女人用的什么牙膏牙刷之类，回头又随便地弃去或给另一个人。若说钱来得比起其他做工的人未免太容易了点，那么这个花钱方法，也一定比其他富人还容易了。

在他最初一次预算中，每一个月能有三十块钱（当然这已近于奢望），那么，生活虽不说充裕，至少"安定"是可以得到了。一个初初从内地小地方来到大都会的穷小子，生活的保障只是三年当兵四年做誊录生——以及一点内地小学教育的幼稚知识——倘若这也算资格的话。拿这样资格，来到全是陌生充满了习惯势利、学问权力的北京城，想每月得到三十块钱，这希望，就真算一种勇敢的希望！初初是，一半也得不到。把所有能耐尽量放出，若不是说有命运不让他死的话，就总值不上一月拿十五块钱。学士或硕士，脑中充满了哲学、几何学以及莎士比亚、但丁、罗素的精粹言语，仍然倒在公寓中挨饿的，并不是少数。一个时代在纷乱中实在每一个人都似乎为一种不可知的命运支配着，不信这个那是不成的。这不是说，在这时代中生活的人，就应当放下自己工作去让命运摆布（当真如此办的青年自然正不少），一种政治的纷乱，一切事业全离了它固有轨道，一切行为都像用不着责任，时代原是这样离奇古怪的时代！

也可以说他是借这时代的光，虽然明明白白是供那市侩赚钱与吃文化运动的饭的领袖们利用，努着生命的力给那种人当奴隶，然而他是这样的在四年中间，居然把生活提高到出他初心意料了。

四年前所希望的，实际到四年后成了一个几乎可以说是渺小到可笑的数目。在一种市侩赚钱方便的机会上，别人把他价值提高到一般所谓名家大家的地位上去，这样的撺掇，当然是他所得的无论如何还不及各处文化运动的老板十分之一，然而每月将近五倍三十块的收入，在他是已经应当说很合适了。看看那些头脑中充满了哲学、几何学、文字学、教育学等的大学教授，每天翻参考书编讲义，忙得废寝忘餐，不善于同新校中当局要好的，且时时刻刻恐怕饭碗打掉（到部里去做小官的，则得费了比办公五倍以上的精力去迎合上司，今天为这个拜寿，明天为那个送丧，而所得仍然不过如斯）。在生活上，如今他真不应说什么苦了。

然而还是苦。实际生活与内心的不调和长期的冲突着，这就苦了他。

且一种生活上应有的秩序，全糟蹋到长期单调工作中，他就不能因为收入稍多把生活改变成为不单调！

我们常常见到那类人，每月到一个小公司中去拿七十元或八十元，回家来，把这钱应付到各方面去。且家中还并不缺少生儿育女的事情。一面把家中太太收拾得成候补命妇模样，而自己也官派十足。这是所谓能干人，社会上很多。

我们又常常听到过有的一家五口七口人，全依赖到一个以拉车为生的汉子，而全家人口似乎也并不怎样比别人脸上显露饥瘦颜色的。说到他，却令人不相信似的仍然常常显着很穷很穷的相。在四年前所有的窘迫，在这个时节就依然时时存在，自己也莫名其妙。这样说，似乎又是窘迫倒并不是为钱了。

钱是那么近乎轻松地来，得来总不忍使它在衣袋中久处，这样就只好分送到各消费方面去了。受窘迫既成了习惯，则钱一得来，要他为明天生活想想，也成了办不到的事。

当一个朋友走来，见到他那用两只手支撑着头颅到桌边忧愁，就明白这是怎么回事。朋友见这个是已四年，这是他在作品以外保留下来的东西。

"又空了吗？"这样问，则答的是：

"是！不只空，心也全空了。"

把钱用到可以说是不合他身份的点心铺与电影场的包厢上去，用到买一面镜子（回头这镜子就有一打机会可以摔碎），或者竟买一些顶贵重的纸来糊糊涂涂写草字。当用钱时人似乎是得到一点报复的快意，但钱一用完，自己就看出自己可怜来了。钱一用完则感觉到金钱与女人两者的压迫，心当真是为了一种连自己也说不明白的恋爱希望蚀空了。低头到桌边，就是把日间电影场的咖啡馆的大路上的车上的各样年轻女人的印象连在一起，或者一个一个在印象上跑过，自己就为这恼着。似乎是这一群女人中不拘谁一个都给他一点想望的心情，似乎一些小小的嫩白的脸，或者一只手，就都可以要这个人的多量的痛苦。

在这种痛苦的慷慨中，想来谁个女人也不会知道。人是那么无意的一面，挨身过去或稍久地并坐在一处，因此就得耗费多量的苦恼，这责任，要说若要一个女人去担负，则一个姿色稍佳的女人，为了她的美丽就永远只在担负对他的责任中生活去了。这汉子（可以说是无用的汉子），"勇敢"二字不知在什么时节就离开他身体而消失到不可找寻的地方去了。若能在恋爱中稍勇敢一点，则所给女人的就是不愉快，也许别人总还能把他放在心上吧。他所能的只是在心头的无望无助地黏恋着一个想象中存在的女人，就从不给任何女人以明白有人在爱她的机会。这种人，当然也只合在生活中永远不求报酬地来挥霍他的热情的固执的爱！

这理想主义者在先则以为是穷，故悲愤成了不可免的事。

到见着别人比起自己更穷也凭了勇气上前把女人征服带走时，才明白在自己性格上，原缺少了勇敢成分，对女人的悲愤倒不再有，只永远在女性的美的怀想上去难过了。

他见到好些恋爱的英雄，勇猛如火地去爱他全不了解只很方便的女人，不久又勇猛如风地把这爱移到另一个更方便的女人方面去。别人是这样纵失败于西方也可以征服东方，做着所谓英雄事业的，自己则倒类乎被别人侵略过时节还要退避。把自己弱点看得如此清白，又不能设法除掉，故一天一天下去就更见其"安分"了。

"我这样的难过不是任何男人女人所知的。"他在他的一本小说集的序上曾这样说过。正是，别人是不会知道的，除非是心情正同他一样，而又在某一种内部的康健下转成病态，是永远不能感到这人的苦恼的。

就是那么每天过着烦恼的日子，他在自己心身两方面还是找不到随同春天而来的新的生命。然而春天却真来了。

天气从冬的僵死中转到春的苏生，在他只有更多无可奈何机会的。

心中的不安分又仅仅是心中的事。虽不缺少那欲望，却缺少了那推使欲望向前同实践证明的力气，这究竟中什么用？

若把女人当成一个神，则在朋友中正有着新的教训，是只要觉得自己崇拜，也就不必问她是不是别人所专有，去大胆的爱，未始不会产生好结果的。若把女人当成猪狗，低男子一等，或简直不能有所谓平等敬念，则手中并不是不能得四十五十去买女人一次两次。这地方，女人又是如何烂贱！

女人即或具有佛的哀怜与耶稣的慈爱，似乎也要恳求她的怜爱的那人在她面前去陈诉，才能蒙到所赐。他究竟曾经把谁当成神对这神诉过苦？在他观察中，则凡是好的女人，都对他具有神的威力，他相信全能使他得救，不拘哪一个的爱。

但他在命运安排下，各以时间的长短，却全是痴痴地站立在这个神的面前，连脸上也不敢安置一点要神对他注意的颜色。

凡是使他倾心的女人，别人在他面前提到这女人名字，心也紧，脸且会发烧。

一个朋友无意中说到他所认识的女人，已同谁成了极亲密的朋友时，则他就诚心希望这做情人的某男子对这女人永远忠诚，希望他们爱情的圆满、坚固，且希望女人对男人极其满意。在这私心地希望中，这无用的人，生活与经验使他认识自己的如何无用，却常常露着可怜的谦卑情形，以为任何男子总比自己配作这女子情人。这自视无当于女人心的平凡认识，当然更无谁能了解了！

既承认女人的人格与自由，则用钱去做这可耻的交易就从不曾有气概去做过一次。一个人，在二十五岁年龄的左右，在身体方面的需要至少不次于心灵方面，他不否认的。然而把一个女人，陈列于面前，一面从这俨若极随便的劝驾下，发挥着习惯的谄笑，他能同样闭了眼睛来与这女子？……他要一种放肆，一种娼妓的放肆，然而他却要这件好处在他所欢喜的女人行为中。认作娼妓的女人是为莫可奈何而如此大方，也正如自己是莫可奈何而守身如玉，要他把别人的弱点来补救自己弱点，常然是做不到的事了。

做梦似的在他作品上，一再写着同一个土娼怎样怎样的好，梦而已。把命运所安排的事来接受的无依无赖的青年女子，自然其中也总不会无一个天生就缺少那女性的心灵的美处的人，但他若有从这情形中去发掘他的爱情的金矿能力，在一些更有把握的普通女人中也早去努力了。

"阿那托尔"这个人，在他印象上还不失为一个勇士，可以明白自煎自熬，这一件事给这个理想的维特是怎样相宜！

有一次，给一个朋友写信，说是只要有一次恋爱落到我头上，我愿意为这个死，我相信我别的勇气缺少，同维特做一样的事倒并不以为难的。

朋友回得妙，那友人说：

"我也相信你能做维特，不过，恋爱是应当自己去寻、去找、去发现，绝不是如你所说'落到头上的'可能事！就是'落'的话，以我瞧，老弟名分下也常常落过不少的机会了，除非你不承认都是'落'！"

是，在这个无用人头上落下的，倒并不缺少，很有过，可是到那时节只见其他更显出无用，终于另一个人便抢上前把这机会伸手接去罢了。

春天来了，发着大誓愿，要另外做一个人，这个人至少能如阿那托尔。

——"若不再勇敢一点，愿天罚我这一世永不为女人垂青！"

然而当赌咒时，却把眼泪湿了两颊，自己是很明白自己，真只合永不为女人垂青了。爱情上的勇敢近于气质，勇敢的贫乏则与天才的贫乏一样：在学问上努力有时用不着天才，在恋爱上则除了期望命运中的女人具特别勇敢外，在他的本身，祈祷是永远也不敢大声的了！

## 二

焕乎先生坐在窗前的时间，到近来似乎更长了。

再不做什么，只呆坐。

住在上海的弄堂房子，住得有经验的人，全明白有许多事是不像住北京地方公寓那么隔阂的。房子的构造特别，给了许多机会使左邻右舍发出一种不可免的关系。在早上，把窗子打开，或者上晒台，适如其会的情形，互相望得到，那是常有的。晚上则房中的灯更成了认识的媒介。即或是人人都知道把窗帘一类东西来盖掩自己房中的一切，不使给另一人知道，但那非故意的给别人的机会的事，仍有许多许多。何况是纵间隔一层薄帘，且即或是一层厚毡，假若是，——譬如说一个女人的笑声，能不能用窗前的绒帘遮掩，就不再让邻居听到呢？——假若是，女子又并不缺少，且假若是这女子为年轻的、相貌也很好的女子，这影响，会不会使对楼或隔户一个男子为这边一举一动心跳？

各把一堵墙，分开来各自生活，我们人类是原本不相通的。各人的哀乐，各人的得失，因为一堵墙，能使各人是各的生活。两夫妇于勃豀以后，在心上各筑起一堵高墙，则这夫妇虽成一块不可分的锡，也不能心与心相通。当然没有所谓关系的人，就更容易互相疏忽了。然而有一事，是能够不受任何高墙厚墙挡拦的，这便是恋爱的心情。从不拘哪一方出发，只要这是真，墙这东西是挡不住的。

虽然间隔着重洋，两颗心，还是一样热，还是一样俨然在一块地纠缠着，是爱情。要解释这事，谁能够？但谁都正是这样在他生活中总有这样一段事，把生活糟蹋到这人间俗事上面。

凡是爱，一见倾心也有之。本来不觉得怎么好，但命运，把这一对青年人放在一块——又不很近，仍然说是近，久而久之则两人间不拘谁一个就会油然地在心上生了一种恋爱的情绪，无意中为他一个人影响到生活上一切。还有人，是太需要女人了，在自己的心中把女性的麻烦人处全弃去，择取了女性的各样的好处，当女人成一尊神，又因为无从证明这具有神的本领的女人究竟是怎么回事，就见了任何一个女人也觉得可以把心中所想象的女性清洁的灵魂寄托到这个陌生的女人身上去，爱会不很顾吝地浪费。这三种事各以其因缘黏附着每一个年轻人的命运。他却在最后的话上中了毒，是那么，非常可怜的，无望无助怀想着一个女人的，机会有是第二种机会。无形中，在他窗户对面住亭子间的一个女人，就把他的心抓着了。

女人的搬来还是很近的事，不到一礼拜，从住亭子间的生活上去看，则这女人当是生活也很苦的一个人，这种认识反而更给了他对这女人放不下的理由。他要一个女人，若说这女人是一个比自己还穷的人，则给他的勇气同方便都比一个什么"小姐"之类所能给他的多些，所以三天左右他的心，就不是他自己的心，只要在那一边稍稍有点儿声音，这心就跑过去了。

这女人，或者是一个美术学校的学生吧，这也只是大概估想而已。但总是学美术的，或者是绘画，是音乐，从那模样可以明白。

先是不知道对窗那屋子搬来了这样一个年轻女子的。大约在搬来了第二天，一个清早上，他到晒台上去晒他的一条手巾，无意中见到了对面窗户里一个剪了发的女人的脸。这脸随即消失了，但一个净白的圆脸同一对眼睛，却在他面前晃着。

……不拘是怎样身份的人，有一个很好的头以及似乎并不坏的身体，人又是那么年轻，则可爱也一定了。想到这样的他，就不能不在晒台上待着，在心中希冀那第二次的一面了。第二次，则所见到的是一只小小的白手，这手是为了想拉下那窗帘而伸到窗边的。似乎明白了另外有人注意到这窗中一切，那手是迟迟疑疑地伸到窗边，到后又忽然决心把窗帘一拉的。

在窗帘拉下以后，立在晒台上的他，感到一种羞惭，一种怅惘，最后是一种悲哀占据了心头，走回自己房中了。

"这是一件罪孽！"想着，便把两只手撑托自己那颗头，搁到窗前桌子上。又不能抵抗这一种罪孽的诱惑，他把脸，随即就从自己窗口望到别的窗口去了。窗并不是正对着，所以纵能望到对面窗户，而那窗又无帘幕，他所能见到的也恐怕只是那一边的窗里一条狭狭地方吧。

然而他就俨然透视过去，他看到那床，那椅子，那写字梳妆用的条桌，且看到这女人正坐在那床边，而所想的是适间拉窗帘的。

他又苦恼了。假使女人真如他所幻想的情形，那女人当不会忘记望到他的脸是怎样寒碜的一个黄色尖尖的脸，是这样，自己的讨厌样子将把女人的轻蔑增加起来，他以后只有绝望了。

又想到，或者是正在读自己的文章吧，因为他在晒台时还见到这房里一个椅子上有一份依稀像《现代文学》杂志，若果这杂志是近几期，则女人当不会不见到了。

……是呵，一个女人看杂志，决不会放过了小说来注意前面的政局评论！

……那么，知不知道这作小说《压寨夫人》的便是站在晒台上发痴望着的尖脸汉子？

……若是知道又怎么办？

知道不知道，与看小说不看，总之他很难过。在文章上他以为或不致使一个女人感到他的寒碜处，但他在他自己的样貌上的自信，等于零。他又从一些过去经验上找那因相貌不扬为人瞧不上眼的证据，这恋爱，他就似乎已经看得明明白白，是在女人第一面的印象上破坏了。

悲哀着，如同为这还未曾恋的失恋预兆悲哀着。这样也是在另一时有过的事，不是第一次！

若不知道住在对窗隔一丈远近的房子里是一个年轻女人，则他坐在桌边的意义当另是一种意义。那时纵有一些恋爱的情绪，燃烧着心子，当是那离得很远很远的渺茫的薄薄无望的悲哀情绪。在自己幻想的恋爱上来失恋，还可用目下工作来抵抗这不落实的遐想。如今则明明在一个女人身旁，而又似乎明明遭女人拒绝，他把这失败缘由全放在自己不大方的相貌上，一个样子不敢自信的人，在未经女人选中以前，就先馁了这希望，无法啊！

他愿意在假设中把自己的长处补足了不标致的短处，这长处总以为并不缺少。且将另外一个生得极丑的麻脸男子得好女子垂青的榜样保留，以为自己假使办得到，则自然是可以照例成功的事。然而那朋友，所补救的是一个剑桥的硕士头衔，与将近二十万元的遗产。他有什么呢？这时代，已进化到了新的时代，所有旧时代的千金小姐怜才慕色私奔的事已不合于新女子型，若自认为在标致上已失败落伍，还不死要爱新时代女子的心，则除了金钱就要名誉。他的名誉是什么？一个书铺可以利用他赚钱，一个女子则未见得有这样一个情人引为是幸福。一个杂志编辑者，在同他要稿子的信上，可以客气地称他为先生，朋友，一个书铺在他卖书广告上，可以称他为天才，名家——然而这不能算做抵得过一个情人或一个丈夫的资格。反之凡是做这一门事业的年轻人，在实际上许多人可以享受的实惠，这类人却因了工作上把性格变成孤僻无用，应付思想中的问题俨若有余，应付眼前一件小事却彷徨无措，恋爱则更容易居于失败地位了，并且除了那少数中少数的女子，真需要爱情，其余多数的女人，她们就都如何聪明，懂得到用各样方法去侦察向她要好的男子的门户与事业。还有另外一种女人，就都如何蠢笨，只晓得让一个机会内的男子随意用热情攻袭，结果则在征服下归了那她怕他还比爱他成分还多的男子。他，让人挑选既已决不会及格，征服人又缺那无耻无畏的勇气，凭什么敢在对女人事上乐观？

"然而我有长处，这长处也将有女人需要这个。"他想着，又稍稍自慰了，"女人不是一个样，也像鸭子不是一个样那样：不住溪不见过水的鸭子，也许不欢喜泅水，倒喜欢上树。这哪里能断定这个女人不是一个特别性格的女人？"

他唯一的又很可怜的，是希望女人中也有特别的，而这特别的意义，又似乎是不要他去爱，她也将来纠他缠他，撒赖定要同他要好。也许是有！也许他这时所遇的就是这样一个女人！

命运安排中使这个无聊汉子要更多一点苦，这女人恰恰从后门夹了书去上学。听到门开时，他把脸贴到窗上去，就见到这女人打下面弄堂过身。从窗中所见的女人，却不是全体。

一件青色毛呢旗袍把身子裹得很紧，是一个圆圆的肩膀，一个蓬蓬松松的头，一张白脸，一对小小的瘦长的脚，两只黑色空花皮鞋，是一种具有羚羊的气质，胆小驯善快乐的女人，是一个够得上给一个诗人做一些好诗来赞颂的女人，是一个能给他在另一时生许多烦恼的那种女人。

他想在这个印象上找一点毛病出来。譬如说，年纪大，脸上有雀斑，或者胸部不成形，或者臀部发育过火……想在这毛病上提出一点自尊心，却不能找出。从走路上，他想看出这女人是个阿姨之类的女人来，好莫在心中太难过。可是这女人的俏处美处，却有一半是在走路的脚步上。那么轻盈与活泼，那么匀称，都只给他更相反的一些希望。

这样一个好女人，住的地方去自己住处又只是那么一丈二尺远近，真是一具使灵魂也不忒安宁的闹钟啊！

先是自伤着，这时却又睁大了眼睛，做起许多荒唐的梦来了。

他想到同这女人认识以后的一类事：他想到他将使这个女人如何搬家搬到一个好一点的房子里去。他想到帮助这个女人，使她在念书中不受生活上压迫。他想到这个女人将来可以同他在一起过生活，而这生活又是很充裕，一切满足的。

他又想到他将来会为这女人——那当然算是他的妻——写一本长长的小说，大致超过一切目下的长篇小说，从这小说上她成了一个不能老去的美丽漂亮人物，以后社会上许多人都把他们生活拿来做谈话资料，他却便把这小说得来的一千块钱稿费为女人买顶精致的画具以及一个值四百块钱的提琴，女人自然就常常用这个提琴为他拉有名的外国曲子，让他坐在大写字台边一旁写小说一旁听。……他且想到他那个时节两人来说当初相识的事。"是的，我要问她第一次见我是怎样一种心情！要她说她怎么就爱上了我！那自然只抿了口笑。然而一定要说，然而一定不说，只是笑。那笑的神气，就值得在颊的左边右边亲一百次！"

他想到妻的笑着的神气，却在瘦瘦的颊上漾着枯涩的笑容。可怜的样子，在他心中不但爱情温暖着的家庭已完成，他把小孩子也在最短一瞥中培养到五岁了。

……新学得吸烟，就把一支大炮台用小牙烟嘴吸着，小东西来了。去，爸爸要做事，为去学阿丽丝游我们苗乡里时的故事啊！不肯去，则罚坐在桌边，为爸爸数稿子页数。………还应当有一个女儿，小洋团团那么爱娇，为小东西找一个妹妹！是的，哥哥五岁则妹妹三岁，是这么才合适！

怎么样就同这女人好下来，他忘了。

# 三

他自己伤起心来了。无缘无故的，只伤心。心中酸着、辣着。他要哭。要揉打自己，要嘲弄自己以后又来可怜自己。在一种已渐成了规则的浪荡生活上，忽然加上一件把心神搅得无主的事情，这事情过细研究起来且正若是自讨自找，他为了俨若悭吝这荒唐梦境所耗的精力，就在要求与牺牲上生出赔本的难过起来了。

是赔本的事。

就是那么单想、单恋，来在脑中结成若干崇楼杰阁，若干喜剧与悲剧，若干眼泪与缠绵以及一切有家室人有爱情人的痛苦与欢乐，把实际权且抛开。但眼睛一睁，当面站的就是一个圆脐形的墨水瓶，是墨水瓶。这梦与墨水瓶，只是两个敌人，在势便难于两立。做着梦下去，墨水瓶上便只合积上一层灰，墨水也只合慢慢起了沉淀，下月的用费便成问题了。使墨水瓶能尽其天职，终日把那支形同僵蛇的樱桃枝笔杆周旋于墨水瓶与白稿纸之间，则这梦已破碎到成了小片小粒——是这样，一面写着一点什么小说，一面让邻家一些俨若含有恶意的软语轻歌摇撼着这不安定的灵魂，这又将成什么生活！

在损失上去计划，是这个人所不惜时间划算的。

在光明美满的梦中他发现了一种自己终不能忘了自己是在做梦的苦

楚，这个使他自馁下来，想找另一条路走。走另一条路，便是他应当学一个骑士（恋爱中原是有骑士风味一类人者），学骑士，便是说他应鲁莽一点，脸厚一点，怎么设法先试同与这女人接近。

也许是这样做去，这梦的基础就居然稳固了。也许这样做去是给他勇于自保的一种好方法，前进既有了阻碍，则急流勇退不失其为明哲。

然而焕乎先生能成其为骑士或明哲不？全不能。

他想如此还不如死了吧。也不会真如此轻易死的。然而想。

"想到死"，凡是一为了类乎这种麻烦便要想到死，是成为生活上必需的一种思想了。从死上，于是到怎样难受的创处。把手指按到腰或头的某一部分，被按这一部分便灼着烧着。于是便俨然一具尸骸的陈列。于是第二天便有若干混账东西，装作朋友来为开追悼会，或在报纸上做成若干追悼专号的文字，结果则好了一些曾花了些钱买有他小说集的市侩……就为了不能尽让这些人赚钱，便应好好活到世上了。好好活到世上啊，那为女人也就暂时莫过分从好奇中来悲哀吧。

不过到另一阵儿，仍然就应得要从这可笑的思想上救出自己！

不死，那怎么来活，还"好好的"？结果是想还是想，悲哀也还是悲哀，到悲哀抵挡不来，又想死，仍然也让它想。所以放心的是决不会因仅仅想到就能去做，想到不一定能做。

"在笑"！这是与先一段思想距离一点钟以后的事。

就听到一种笑声。轻倩的、娇的、甜的，以及近于在谑戏中被谁拧着扭着挣扎不来的纵声的笑。这笑声，影响及呆坐在桌子前的焕乎先生，比吃酒还容易醉。——不，这是说比嗅着酒还无可奈何。当一个酒徒把一种好酒置在鼻下闻着时，感觉到要喝要咽的欲望（至少是要抿一口），连抿一口也无从地嗅着，真是无可奈何！

这女人或者是从前面大门回的家，不然那走路声音，从同子口到门前，是那么长长一段，他总不会不知道。也许又是另外一个女人，因为这笑声的放纵竟似乎不应出于那女人。

即或是另外一个女人，这笑声也很可爱。

"不拘是谁一个的笑声，总之全是作孽！"他想着，"若我是一个女人，我就不乱笑，因为我明白在随意一笑中，即或不是当面，所能给另一个男子的痛苦也就很大！"

然而笑者还自笑，不到一会且轻轻唱起歌来了。

一个年轻男子的趣味，在女人的不拘某一事上总比在许多事业上还固执。焕乎先生就是那么一个年轻人。他把所应做的事全搁下不干，一个下午全在一种听隔壁戏中消磨了。

日子是这样消磨，与在一个电车上消磨究也无多大分别，不在此待就跳上电车，让一个车匣子把自己从静安寺搬到靶子公园，一趟至少将近花一点钟，来去既当加倍，则应在两点钟左右了。花两点三点，到电车上坐着，去看一切人，与一切货物房子，并嗅一切女人身上的香味，及一切男子的臭味，这已做过无数次，似乎也应换换方法了。如今则所换的却近于意中所选择下来的一件事，不过假使是下文还能如意中所选择，那焕乎先生将成另外一个人的。

这另外一个人，将把幸福与苦闷揉成一个生活，这生活是因来到这上海而得的一种事业，事业的继续把自己就变成另一个人……只有天知道这样一件事！

这生活，如果如所模拟的继续地下去，那真是一个荒唐不经的梦了。在不拘谁一个人，总能如所希冀去做吧。到焕乎先生，则将成为一个笑话同一件喜剧。他要的是生活，随到生活后面的一切责任初初还不曾想到。譬如同一个女人玩一次的代价，至少是献殷勤花十二天，用钱二十元，写信八次，（也有本不必要的，但那是什么样的命！）他并不缺少空闲，也有钱，可是这方法，真是一个"大举"！他会设什么方法使一个女人陪到他去上卡尔登看一次卓别林的马戏？他会设什么法要人离得他近一点？他能想什么方法把自己靠拢不拘谁一个女人一点？

要，那是要的。他就只知道要，还学不到怎么就可得到这东西。女人是那么多，正像是随处都有碰触肘子的可能，但要他认真去撞一个女人，那撞法在他便成为一件难事。不合宜也罢，就在顶不入时的方法中，仍然就有无数女子长年陪到一个陌生男子睡觉了。在他的情形中无一个女子不像是不配同他生活，但把自己接近女子方法用到新旧两种女人中，则似乎都不相宜。结果则需要自是需要，想要而不能得的难堪也几乎成为一种平常义务。这义务，如今是轮到为对窗这女子尽的时候了。

"是这样，那就多么好！是那样，那又多么好！好是好了，然而……"接着，他便自己如同与另一个他说，"全都好，失也罢，得也罢。朋友，可是我还不明白怎么样去把这一件事成为两边都引为责任的时候！"

问题仍然是要另外那个女人知道。就是尽她笑话，也得明白才好。

尽她笑话，正是，假若这一边，所有的热情，全用了一种乡下礼节送过去，在那一方又正是一个顶瞧不起这类男子的，那才真有笑话讲！

从笑话上他便看见了他的一个失败以后的未来日子。那时这女人，正拿着他写满了蚊子头大的字的一纸自白，笑着递给她那个原有的情人。

于是男子也笑。

男子且说话了。

"胡闹！一千个无聊加上二十个混账，成为这样东西！"

"是啊！在先，见到他，常常有意无意地从那个窗子口露出一个可笑的头来，我就为这个心里怪着，不知道还是一个痴情汉子咧。"

"痴情汉子"，那大概是吧。在那女人口中，这样称呼恐怕是顶相宜了，夹一点嘲弄，一点可怜，一点恨。然而全无爱的意思，且那男子至少是同情于这一句批评。男子或且说："痴情汉子？"把这句话加上一个疑问符号，那是更合于一个被保护者受人无理取闹时其保护者从冷笑中说出的口吻了。男子或且应该采用一些本地土产骂人言语，赠给这痴情汉子。

男子，这是一个情敌！

焕乎先生在这个虚空的情敌身上，把价值估计下了。

……白脸，长身，穿青色洋服，有着那通常女子所爱的一种利索习惯以及殷勤的天才。还有钱，虽然这女子的情人应是一个穷人，因为女子像并不富，但一个穷女子并不妨有一个有钱男人。

……这男子，就是在美术学校与她认识的。怎样就认识，自然也不出于平常的几种。到认识，于是她成了他的情人，他也成为她的情人了。

……他在她欢喜的时候必定很放肆，做着一个年轻男子对于女人所做的平常事情，她为此便更欢喜。

……他必善于作伪，会假哭假笑，会在认错时打自己嘴巴以取悦于这女人。又必能赌咒，用为坚固他们爱情之一种工具。

……她见他一事不遂意，脸上有忧愁颜色，必用口去亲他哄他，使他发笑，于是他在这样胜利下就笑了。其实这就是假装，他为了试验女人的心，常常是如此作伪的。

……男子家中必定已有了太太，且曾同别的妇人恋爱过了，可是在她面前他会指天誓日说自己是黄花儿，同她恋爱是第一次。

……这男子，在口上必用着许多好话，在行为上用着许多柔顺，在背地里又用着许多诡计，来对付这女子！

焕乎先生愤然了。愤然于此男子之坏，且以为女子因怕这男子，是以明明不满意这关系，也不敢另外再来爱谁，他想象她必定有时候是以眼泪为功课的一个女子了。他又想象她是曾想到自杀，且终于还真去尝试这自杀方法，不过到后却为这男子阻拦，且为男子所威吓，只有委屈下去。

"一个该杀的男子！一个滑头！一个——"那一边，忽然听得一个男子的声音，嘎嘎唱着革命歌，焕乎先生心中蘩然自失了。料不到，当真就有一个，且是一个革命者！一个这样青年给占有了这样一个好女子，焕乎先生自己便又看出自己落伍的可怜情形起来。

# 四

"我问你，对面那个女人——"

那房东老太顶知趣，懂到当一个年轻男子打听不相识的女子时，所欲明白的是些什么事，便贡献了焕乎先生一些做梦的新材料。

第一是学生，第二是学音乐的学生，第三是同了一对年轻夫妇住此，她住的便是这亭子间。房东老太婆还很谦虚地说所知道得不多，以后当代为问询，但焕乎先生已心满意足了。他要知道比这个更多，也是没用处的事。他只要明白所估计的不差到太远，便已算是够了。

当到老太婆一出房门，他便自言自语："自己的错误，多可笑的一种错误！"他因为记起在另外一个时节听到那个男子的说话声音，才了然于刚才唱歌的那一位即对楼另外一女人的男子，便马上又心中若有一种希望在动着，这希望，为了到凉台上一看的结果，且滋生长大，又渐到以前一般情形了。

上到凉台上去，是下午十点左右光景了。望到街上的灯光以及天上的星光但焕乎先生注意的是那对巷亭子间的窗。

窗子是关着，然而玻璃可以透过见到房中一切。他见到的是一种类乎特为演给他看的剧之一幕。先是房子空空无一人，只能见到一张写字桌的一角以及一张有靠背的平常花板椅。人是到那一边临街房子去了，在那一间房中则厚厚的白窗帘，遮掩了一切动作。所无从遮掩的是灯光与人声。大致人数总在四个以上，其中至少且有三个以上女人声音。唱着不成腔的歌曲，且似乎在吃酒，豪兴正复不浅。女人中他算着必有她在。

像一个花子在一个大馆子前的惊呆，焕乎先生所得的是惆怅而已。然而这惆怅，到后转成说不出口一种情形了。是为了那亭子间房中有了一个人。这便是日间所见的主人了。第一眼使焕乎先生吃惊的，是这女子若有重忧，又若疲乏不堪。

白白的脸在灯光下辉映着，似乎比白天所见更白净了。剪短的发蓬成一头，且以一只手在头上搔着。一坐倒在那张椅子上后，便双手捂了脸伏在桌前了。

人是纵不在哭泣，已经为一种厌倦或忧愁苦恼着，想要哭泣了。

这样的情形，若是在白天，焕乎先生所想到的，必定以为是为那所悬想的男子欺骗伤心，故独自在此暗泣，但此时却以为另为一种事了。另外一种事，谁能说不正是思量着一个男子做着那荒唐的梦而伤心呢。又谁能说不正是感着一种身世寂寞与孤独而难过呢。总之是有着痛苦，一个女子的苦痛，在对男子失望与想望两事上，还有什么？

若果是事情所许可，焕乎先生便能凭借着一件东西沿着过去劝慰。他自己是觉得太应在一个女人身上尽一点温柔义务，故这时便俨然又以为是一个机会了。真算是一个很好的机会！不到一会儿，房子中已有了三个人，全是年轻女子，看情形，便知道是他所揣测不错，是来劝慰这女人了。

女人在一种牵扯中反而更放赖了，只见其用手捶桌子边，头却仍然伏在桌上不起。声音无从听到，看样子则女人已大声哭着了。

怎么办？真使一面焕乎先生为难！

看到那种混乱，焕乎先生便着急万分。只愿意把自己掺入，做一个赔礼的人。即或是过错在女人，他也愿意把赔礼作揖的一切义务由自己背他觉得，女人的痛苦全是男子的不善，他愿意以不认识人的资格来用一种温柔克制了那眼泪，即或只此一次的义务！

看到这种种，却终无法明白这事的原委比见到的稍多一点，焕乎先生忽又为自己难过起来，感觉到别人即或是相打相骂也仍然是有一个对手，自己则希望有一个人发气发到头上来也终无希望，便不能再在凉台上久待，顾自百无聊赖转回房中了。

且想着，一个大学生，与酒与眼泪联合起来，这身世的研究亦太有趣味了。

另外他为这女人又制成一种悲哀成因。他把这悲哀安置到一件类于被欺被骗的事上去。

……必定是一个男子，或者便如白天所设想那类男子，把热情攻破了她最后那一道防线，终于献身了。到最后，她却又从友朋中发现了这男子在另一个朋友身上所做的同一事情，于是……该杀……

假若这男子这时正在此，焕乎先生的义愤，将使这男子如何吃亏！他想，"是的，这样人实应在身体上得一种报应，才能给做女子的稍稍出气！"可是他也想到自己是无从为一个人报仇，但她要的若是补偿一类事，他却可以做到的。

什么地方有一个被人欺骗的女子，要来欺骗男子一次，或从一个痴蠢男子方面找到报复吗？

尽人来欺骗，也找不出这样一个女人啊！

至于身为女子，在社会上来被男子一群追逐拖挽磕头作揖，终于被骗，那又正是如何平常普遍！

在悲悯自己中，焕乎先生又想到这样徒自煎熬为赔本之事，便睡。


# 五


凉台上，常常有焕乎先生，徘徊复徘徊，望四方。

凉台为房东老太婆晒衣之用。当头全是一些竹竿。太阳好，焕乎先生把自己被头也拿了出来，晾在架子上。把被晾在架子上，把自己留在凉台一角，同是在让太阳晒而已。

冬天太阳虽热，能如在对角小晒台上横一根竹竿子上的一双长丝白袜之使焕乎先生心热？望那一双白丝袜，则焕乎先生便如同在炉边。然而假如此时照的是六月毒日，则这去身不到一丈远近之女人脚上物，便又成为一把绸遮阳了。

单单只是一双袜子，也便知道美的全体的陈列到眼前，焕乎先生是太善于联想了。

把眼望四方，则望见的是突突作声的各色汽车奔驰，汽车中大半坐的是女子。女子，则焕乎先生又把思想移过来，到那一双白袜子的主人了。

那么近！相距的是不到一丈，（然而心的距离真不知正有多远！）在平常，一对情人，一对夫妇，同在一个大房子中，不正常常有离开一丈两丈时候？如把这两间房子，与一条甬道圈在一处，不是还比别人寝室小？但是如今却如此隔膜，如此不相关，俨然各在一世界。虽在这一世界上的人如何愿与另一世界人认识亲近，而另一世界人倒像全无知道可能。焕乎先生在此时，便想到自己欲伟大而实渺小的情形，不知如何措手了。

在往常，这人与人隔膜，是使焕乎先生想努力成一点什么伟大东西的引子。他想若果能在这隔膜的上面找到一种相通的机会，那就好。文字是一把破除人间隔阂的刀，他是信这一句话。然而他这时，是把这目下的欲望来写一点什么小说，还是直接写一封足使这女人感动的情书？

不拘是何种，总之因这欲望的驱使，他将在一支笔上发泄他这一腔奔放的热情，那是一定的。

坐到桌边后，笔是拿起了。然在两者中他不知道选择的是哪一种。

时间便在他呆子一样地占据桌前情形中，一分一秒过去，要做什么全不能做的焕乎先生，到后在房东老太婆到门边嘘嘘作声时，他便喊老太婆为他拿饭上来。

饭是吃过了，又无事。在这一边虽无可作为，那边亭子间的灯光却已明亮，歌声轻轻的、缓缓的，越唱越起劲，正像有意来诱引他一样。真是一种难于抵抗的诱引！渐渐地，这歌声，就把他拖到外面去了。从凉台上望对面灯光，则灯光下的人影隐约可见。

这是为谁而唱？真只有天知道了。或者为房中另一个人，或者为她自己，或者就正为这个露立在凉台上让风吹的傻汉子。可是这轻轻的缓缓的歌声，在焕乎先生耳边荡着摇着，不问其用意，仍然只是一种影响，这影响便是使他难过。

把许多问题到心上来过堂，问了又问却不能自己开释自己成为一个清白人。站到这里只是一件可笑的事，不过虽明知是可笑也仍得怯怯地站到这地方，那就是他莫能自解的心境了。怕人家知道又似乎愿意别人知道，站到这凉台上真不明白是出气好还是不出气好！连出气与否也成为一问题，则其他类乎直接麻烦人的事情当然不会发生了。

假若说，这是一幕喜剧或悲剧，恐怕自始至终也只能这样闭幕，我们的主角，所能的就是这类角色的扮演，即或是事实可以再热闹，也只能这样终场了。

到了二月他搬了家，搬家也只是为朋友劝告见面方便，但女人的影子总是在心上，不能去，但也自幸是搬了好，虽略略对离开这个地方难过。

要忘也无从忘的结果是一有机会过霞飞路时节，他便绕道走善钟路，到旧居停处去问有信没有。

问房东老太婆，他知道人还是在现地方，每日上课与在家中唱笑，皆如常。然而知道就只此。窗帘是似乎常常开着，常常地开，则焕乎先生之惆怅又可知。

"搬回来了吧。"那老太太似乎明白他的心思，那么劝着这年轻人。

想到"搬"，真是想到了。到后却又说："很费事就不搬了。"

想到搬，终于也就不搬的。

然而在目下半年中焕乎先生不会把这个女人从心中开释的。梦还是做下去，只是不思量可以从两边凉台上互相说话了。

# 都江堰

余秋雨

我以为，中国历史上最激动人心的工程不是长城，而是都江堰。

长城当然也非常伟大，不管孟姜女们如何痛哭流涕，站远了看，这个苦难的民族竟用人力在野山荒漠间修了一条万里屏障，为我们生存的星球留下了一种人类意志力的骄傲。长城到了八达岭一带已经没有什么味道，而在甘肃、陕西、山西、内蒙古一带，劲厉的寒风在时断时续的颓壁残垣间呼啸，淡淡的夕照、荒凉的旷野溶成一气，让人全身心地投入对历史、对岁月、对民族的巨大惊悸，感觉就深厚得多了。

但是，就在秦始皇下令修长城的数十年前，四川平原上已经完成了一个了不起的工程。它的规模从表面上看远不如长城宏大，却注定要稳稳当当地造福千年。如果说，长城占据了辽阔的空间，那么，它却实实在在地占据了邈远的时间。长城的社会功用早已废弛，而它至今还在为无数民众输送汩汩清流。有了它，旱涝无常的四川平原成了天府之国，每当我们民族有了重大灾难，天府之国总是沉着地提供庇护和濡养。因此，可以毫不夸张地说，它永久性地灌溉了中华民族。

有了它，才有诸葛亮、刘备的雄才大略，才有李白、杜甫、陆游的川行华章。说得近一点儿，有了它，抗日战争中的中国才有一个比较安定的后方。

它的水流不像万里长城那样突兀在外，而是细细浸润、节节延伸，延伸的距离并不比长城短。长城的文明是一种僵硬的雕塑，它的文明是一种灵动的生活。长城摆出一副老资格等待人们的修缮，它却卑处一隅，像一位绝不炫耀、毫无所求的乡间母亲，只知贡献。一查履历，长城还只是它的后辈。

它，就是都江堰。

我去都江堰之前，以为它只是一个水利工程罢了，不会有太大的游观价值。连葛洲坝都看过了，它还能怎么样？只是要去青城山玩，得路过灌县县城，它就在近旁，就乘便看一眼吧。因此，在灌县下车，心绪懒懒的，脚步散散的，在街上胡逛，一心只想看青城山。

七转八弯，从简朴的街市走进了一个草木茂盛的所在。脸面渐觉滋润，眼前愈显清朗，也没有谁指路，只向更滋润、更清朗的去处走。忽然，天地间开始有些异常，一种隐隐然的骚动，一种还不太响却一定是非常响的声音，充斥周际。如地震前兆，如海啸将临，如山崩即至，浑身起一种莫名的紧张，又紧张得急于趋附。不知是自己走去的还是被它吸去的，终于陡然一惊，我已站在伏龙馆前，眼前，急流浩荡，大地震颤。

即便是站在海边礁石上，也没有像这里这样强烈地领受到水的魅力。海水是雍容大度的聚会，聚会得太多太深，茫茫一片，让人忘记它是切切实实的水，可掬可捧的水。这里的水却不同，要说多也不算太多，但股股迭迭都精神焕发，合在一起比赛着飞奔的力量，踊跃着喧嚣的生命。这种比赛又极有规矩，奔着奔着，遇到江心的分水堤，刷地一下裁割为二，直窜出去，两股水分别撞到了一道坚坝，立即乖乖地转身改向，再在另一道坚坝上撞一下，于是又根据筑坝者的指令来一番调整……也许水流对自己的驯顺有点儿恼怒了，突然撒起野来，猛地翻卷咆哮，但越是这样越是显现出一种更壮丽的驯顺。已经咆哮到让人心魄俱夺，也没有一滴水溅错了方位。阴气森森间，延续着一场千年的收服战。水在这里，吃够了苦头也出足了风头，就像一大拨翻越各种障碍的马拉松健儿，把最强悍的生命付之于规整，付之于企盼，付之于众目睽睽。看云看雾看日出各有胜地，要看水，万不可忘了都江堰。

这一切，首先要归功于遥远得看不出面影的李冰。

四川有幸，中国有幸，公元前251年出现过一项毫不惹人注目的任命：李冰任蜀郡守。

此后中国千年官场的惯例，是把一批批有所执持的学者遴选为无所专攻的官僚，而李冰，却因官位而成了一名实践科学家。这里明显地出现了两种断然不同的政治走向。在李冰看来，政治的含义是浚理，是消灾，是滋润，是濡养，它要实施的事儿，既具体又质朴。他领受了一个连孩童都能领悟的简单道理：既然四川最大的困扰是旱涝，那么四川的统治者必须成为水利学家。

前不久我曾接到一位极有作为的市长的名片，上面的头衔只印了"土木工程师"，我立即追想到了李冰。

没有证据可以说明李冰的政治才能，但因有过他，中国也就有过了一种冰清玉洁的政治纲领。

他是郡守，手握一把长锸，站在滔滔的江边，完成了一个"守"字的原始造型。那把长锸，千年来始终与金杖玉玺、铁戟钢锤反复辩论。他失败了，终究又胜利了。

他开始叫人绘制水系图谱。这图谱，可与今天的裁军数据、登月线路遥相呼应。

他当然没有在哪里学过水利。但是，以使命为学校，死钻几载，他总结出治水三字经（"深淘滩，低作堰"）、八字真言（"遇湾截角，逢正抽心"），直到20世纪仍是水利工程的圭臬。他的这点儿学问，永远水汽淋漓，而后于他不知多少年的厚厚典籍，却早已风干，松脆得无法翻阅。

他没有料到，他治水的韬略很快被替代成治人的计谋；他没有料到，他想灌溉的沃土将会时时成为战场，沃土上的稻谷将有大半充作军粮。他只知道，这个人种要想不灭绝，就必须要有清泉和米粮。

他大愚，又大智。他大拙，又大巧。他以田间老农的思维，进入了最澄澈的人类学的思考。

他未曾留下什么生平数据，只留下硬扎扎的水坝一座，让人们去猜想。人们到这儿一次次纳闷：这是谁呢？死于两千年前，却明明还在指挥水流。站在江心的岗亭前，"你走这边，他走那边"的吆喝声、劝诫声、慰抚声，声声入耳。没有一个人能活得这样长寿。

秦始皇筑长城的指令，雄壮、蛮吓、残忍；他筑堰的指令，智能、仁慈、透明。

有什么样的起点就会有什么样的延续。长城半是壮胆半是排场，世世代代，大体是这样。直到今天，长城还常常成为排场。

都江堰一开始就清朗可鉴，结果，它的历史也总显出超乎寻常的格调。李冰在世时已考虑事业的承续，命令自己的儿子做3个石人，镇于江间，测量水位。李冰逝世400年后，也许3个石人已经损缺，汉代水官重造高及3米的"三神石人"测量水位。这"三神石人"其中一尊即是李冰雕像。这位汉代水官一定是承接了李冰的伟大精魂，竟敢于把自己尊敬的祖师，放在江中镇水测量。他懂得李冰的心意，唯有那里才是他最合适的岗位。这个设计竟然没有遭到反对而顺利实施，只能说都江堰为自己流泻出了一个独特的精神世界。

石像终于被岁月的淤泥掩埋，21世纪70年代出土时，有一尊石像头部已经残缺，手上还紧握着长锸。有人说，这是李冰的儿子。即使不是，我仍然把他看成是李冰的儿子。一位现代作家见到这尊塑像怦然心动，"没淤泥而蔼然含笑，断颈项而长锸在握"，作家由此而向现代官场衮衮诸公诘问：活着或死了应该站在哪里？

出土的石像现正在伏龙馆里展览。人们在轰鸣如雷的水声中向他们默默祭奠。在这里，我突然产生了对中国历史的某种乐观。只要都江堰不坍，李冰的精魂就不会消散，李冰的儿子会代代繁衍。轰鸣的江水便是至圣至善的遗言。

继续往前走，看到了一条横江索桥。桥很高，桥索由麻绳、竹篾编成。跨上去，桥身就猛烈摆动，越犹豫进退，摆动就越大。在这样高的地方偷看桥下会神志慌乱，但这是索桥，到处漏空，由不得你不看。一看之下，先是惊吓，后是惊叹。脚下的江流，从那么遥远的地方奔来，一派义无反顾的决绝势头，挟着寒风，吐着白沫、凌厉锐进。我站得这么高还感觉到了它的砭肤冷气，估计它是从雪山赶来的罢。但是，再看桥的另一边，它硬是化作许多亮闪闪的河渠，改恶从善。人对自然力的驯服，干得多么爽利。如果人类干什么事都这么爽利，地球早已是另一副模样。

但是，人类总是缺乏自信，进进退退，走走停停，不停地自我耗损，又不断地为耗损而再耗损。结果，仅仅多了一点自信的李冰，倒成了人们心中的神。离索桥东端不远的玉垒山麓，建有一座二王庙，祭祀李冰父子。人们在虔诚膜拜，膜拜自己同类中更像一点儿人的人。锤鼓钹盘，朝朝暮暮，重一声，轻一声，伴和着江涛轰鸣。

李冰这样的人，是应该找个安静的地方好好纪念一下的，造个二王庙，也合民众心意。

实实在在为民造福的人升格为神，神的世界也就会变得通情达理、平适可亲。中国宗教颇多世俗气息，因此，世俗人情也会染上宗教式的光斑。一来二去，都江堰倒成了连接两界的桥墩。

我到边远地区看傩戏，对许多内容不感兴趣，特别使我愉快的是，傩戏中的水神河伯，换成了灌县李冰。傩戏中的水神李冰比二王庙中的李冰活跃得多，民众围着他狂舞呐喊，祈求有无数个都江堰带来全国的风调雨顺，水土滋润。傩戏本来都以神话开头的，有了一个李冰，神话走向实际，幽深的精神天国一下子贴近了大地，贴近了苍生。

# 最容易的路最好走吗

陈　彤

　　早些时候，看过一本书，《亨利八世和他的六个妻子》，当时不明白，在他杀了他的第一个妻子时，为什么还有女人肯赴汤蹈火地嫁给他？

　　现在我不会问这么愚蠢的问题了——他就是杀了十个老婆，后面还有赶不尽杀不绝的女人排着队自荐枕席，因为他是亨利八世，嫁给他，自己就是王后，自己生的孩子就可以继承王位。毕竟这是通往荣华富贵最近的一条路——虽然从结果看，也是通向死亡的最短的路，但在最终结果降临之前，普天之下的女人都会认为这其实是通向幸福的最容易的路吧？

　　这是一个极端的例子，你可以认为它不说明任何问题，但我想人生有的时候就是这么极端——我们每个人都想找到一条通往山顶的捷径，就像每个人到股市买进卖出都是为了赚到钱而不是为了血本无归。人生就是充满这么多的不确定性。

　　一个女友失了恋，我们说天下男人又没有死绝，你那个男朋友也很一般，赶紧再找一个更好的弥补回来。于是我们把我们所认识的钻贵都往她那里推，因为这是一条捷径，每个女人都知道，这是最短的幸福之路——在千百万成功富有的男人中，只要一个肯对她说"YES"，她这辈子的幸福就到手了。

　　这事儿难吗？从理论上说，不难。她美丽、年轻、单纯，而且还很温柔，多才多艺，应该不是什么难事儿吧？但偏偏就等了很久很久。不是没有人追求她，但总是在谈婚论嫁的那一瞬，那些她中意的男人们，全身而退。也不是没有男人肯娶她，但那些肯娶她要她的，她又不肯——因为那些男人显然是一条太远的路，她说要跟那些男人吃多少苦，才能享受到丰收的喜悦?

于是,她的人生像在沙滩上找珍珠——难道她没有发现,沙滩上挤满了像她这样的女孩子,每个人都光着一双脚,即使有珍珠,她凭什么能找到?即便是她有这个运气,她又有这个实力攥住这颗珍珠吗?

很多时候,人生最容易的路,看上去是那么短,但走起来,却是那么长——在沙滩上,最多捡到几枚花纹漂亮的贝壳,但珍珠,哪里轮得到你来捡呢?

我很喜欢阿加莎·克里斯蒂的故事。她生于1890年,那个时代女人大部分是没有工作的,尤其是贵族妇女。可惜阿加莎没有那么好的命,她爱上了一个没有多少钱的穷男人,嫁给了他,为他生了一个可爱的女儿。他们同甘共苦,曾经有过相当拮据的日子。后来男人发迹了,他们买了大房子以及只有富人才拥有的轿车。然后,男人爱上了另一个女人。

她等了一年,期待丈夫回心转意。当然她的期待落空了,于是她同意离婚。她说:"再没有什么可以忧虑的了,剩下的就是为自己打算了。"她为自己打算得很好,她不仅以写神秘谋杀案闻名于世,而且还嫁给了比自己小14岁的年轻考古学家。她在39岁那年遇到25岁的他,人们劝她不要接受这个年轻人的爱情,她回答:为什么不呢?他热爱考古,所以我不用害怕变老——我年纪越大,他就会越爱我。

事实确实如此。她活到很老,受到女王接见,被封了爵号,再不必为金钱、名望、荣誉、地位、爱情而发愁。她看上去走了一条漫长的路——写侦探小说,在她之前,还没有女人通过写侦探小说而成功呢。

人,如果不是被逼到悬崖边上,谁肯跳下去呢?即使跳下去可能是一个更美好的世界。人,尤其是女人,总是喜欢安逸,喜欢不劳而获,喜欢不必费什么力气就已经全部得到。

这是一个讲求双赢的世界。你没有实力,没有硬碰硬的素质,单凭一颗恨嫁的心,最多是嫁到二流三流的男人,而且等到他们厌倦你、抛弃你的时候,如果你没有及时成长起来,除了茫然无措,追悔莫及,你还能得到什么?

我不是鼓励你去走一条很长的路,一条布满荆棘蜿蜒崎岖的路。我是想说，许多路，许多看上去很容易的路，实际上是最艰难、最没有可能性的路。它们不过是看上去很短，仿佛离成功只有一步之遥，但跨越那一步，你需要的不只是运气。

还不如索性咬紧牙关，把你的人生当作是一场长途旅行，也许当你终于到达光辉的顶点的时候，你会发现你的周围到处都是美丽人生。你不需要去巴结谁，讨好谁，迎合谁，你就已经得到了你想要的一切。

就像舞蹈奇才伊莎朵拉·邓肯，无论生活怎样对她，她都一直在向自己的希望努力。即使希望落空，遭受巨大打击，依然充满信心。这使她成为一个与众不同的人，并且即使在今天也依然光芒四射。我想她应该也是想过要走捷径的吧？在她的自传中，她自己说过，"……数年来被拒之门外；不过，这最后的打击对于我的感情本质起了决定性的作用，从此以后，我把感情的所有力量投入到我的艺术之中，爱情没有给予我的快乐，我从自己的艺术追求中得到了补偿。"而事实上，她得到了更多更丰富的爱，并且也拥有了更丰富更传奇的人生。

假如你不幸没有生在豪门，没有像帕丽斯·希尔顿那样幸运——既拥有美貌又拥有财富，而且还只有25岁，那么你并不是真的不幸。这个世界上幸福的女人很多，但她们都不是帕丽斯·希尔顿。一个女人真的不幸并不是她们没有找到通往幸福的捷径，而是她们以为自己找到了，但走了一辈子，最后却发现原来这条路是条最远的路，且不通往任何地方。

# 遭遇感恩节

## 王力平

访美期间恰逢感恩节，街上的店铺，包括麦当劳快餐店都关门放假了。这个细节的变动，带来的后果是严重的。

首先，早饭没着落了。更严重的是，厕所没着落了。

对于旅行者来说，寻找公共洗手间的最简便方法是，在城市找快餐店，在旅途找加油站。

事情往往是这样，越是屋漏，越是逢上连阴雨，立即就有人要求去厕所。我们的旅行车在波士顿大街上兜着圈子，没人知道是为了寻找公厕。街头冷风凄凄，路人行色匆匆。

终于发现一间还在营业的面包店。导游玛瑞前去接洽，希望能借用面包店的洗手间，但店家拒绝了，理由很简单：我们的洗手间不是公共设施。再有人去接洽，提出愿意付费，仍被拒绝了，理由仍很简单，我们的洗手间不收费。又有人去接洽，提出如果购买店里的商品，是否允许使用洗手间？这次店家同意了，表示愿意为自己的顾客提供帮助。

我没有立即使用洗手间的需要，因而可以轻松地坐在车上"看风景"。

我想，店家如果重义，就应该基于人道和人情的立场，允许这些需要帮助的人们使用洗手间。毕竟不是天天感恩节，面包店的洗手间不会因此变成公共设施，况且那些需要帮助的人多半是妇女和孩子。当然，店家也可以重利，那就应该接受付费使用洗手间的建议，即使每人收取半个美元，获利也会大于每人买去一个面包圈。

波士顿面包店老板的想法不得而知，他的做法是：是我的权利则寸土不让（拒绝借用并非公共设施的洗手间），不是我的权利则不敢越雷池半步

（未经许可绝不收费），是我的义务则竭力恪守（愿意为顾客提供帮助）。

　　曾经听说欧美社会人情淡薄，信然！说欧美人做事认死理儿，刻板，不知变通，亦信然！坐在车上的我如是想，其他人的想法也不会相去太远。因为使用过洗手间回到车上的人们，虽然不是人人都骂面包店老板，但却没有人发自内心地称赞他、感谢他。

　　为他人提供了帮助，经济上并没有得到好处，却显得做事没有人情味儿。

　　波士顿面包店老板在哪里出了错呢？

　　错在认真吗？但认真何错之有？

　　也许就是曹雪芹说得对，假作真时真亦假，无为有时有还无。

　　到达机场后得知，本次航班不提供食品。已经没有时间去找饭店就餐了，洛杉矶华文作协秘书长雪菱女士在波士顿面包店买了一大包面包圈，原本是为了把"路人"变成"顾客"，现在则是我们迟到的早餐和提前的午餐。

　　我衷心感谢波士顿面包店老板能够跳出"义"与"利"的二元思维模式，感谢他恪守权利与义务统一的契约原则，感谢他的认死理儿、不知变通。否则，我们将一直饿着肚子，直到晚上感恩节火鸡大餐端上桌来。

　　顺便说一句，感恩节的火鸡无趣且无味。比起烤鸭来，那距离真的是从洛杉矶到北京。

# 在大学里要做的20件事

薛　涌

　　在《波士顿环球报》上看到一条新闻，综述了许多专家给大学新生的建议。题目叫"为了找到好工作现在要做的20件事"，不妨边抄录边评论，看看美国大学教育的理念和我们有着怎样的不同。

　　第一，走出图书馆。你可以拿到学位，有很高的平均分，但仍然没有为实际工作做好准备。大学是四年人生经验，不是120个学分。在美国的大学，课外活动常常和功课一样重要。

　　第二，在你的宿舍里开始做生意。记住，雅虎、谷歌都会争先恐后地买你弄出来的网站。这也许是和中国的大学最不同的。清华曾禁止学生开小买卖。这次因为香港诸大学的冲击，我提出了北大、清华"二流"说，有人义正词严地驳斥：北大、清华学术气氛浓，香港的学生，老是打工做生意。要按美国的标准，香港的大学确实在这方面领先一步。别忘了，谷歌本身就可以归于大学宿舍里诞生的买卖。

　　第三，别债务缠身。在普通的州立大学和名牌但昂贵的私立大学之间，最好选择前者。因为目前州立大学质量很好。从个人前途上看，无债一身轻比花钱买个名牌要有利得多。

　　第四，积极参加校园的活动。比如有个二年级的学生去年给新生当校园导游，今年成了导游部的主任。通过这种活动，她学会怎么理解，帮助别人，满足别人的需要，和别人沟通。这在美国文化中，是所谓"领袖素质"的基础。找工作时会被别人另眼相看。

　　第五，不要读文科博士，除非你离了学术不能活。读博士对实际工作毫无帮助。美国的文科博士，培养出来只去大学教书，除此而外几乎别无出路。我写博士论文时叫苦："早知如此，还不如去当出租车司机。"同事听了笑着说："你知道吗？那些出租车司机，许多都有博士学位。"在中国，博士泛滥成灾。干什么都要有个博士学位。仿佛是教育的炫耀性消费。实在太过浪费。政府应该砍掉博士课程去办好中小学。

第六，别上法学院。前几天看报道，纽约律师事务所的起薪已经涨到十四万多美元，无怪法学院挤破门，但律师总是代表别人去争利，压力奇大。自杀是律师中第一号非正常死亡的原因。

第七，参加体育运动。调查表明，大学从事体育的人，毕业后比那些不沾体育的同学明显收入高。特别是企业总裁，从大学体育中获益甚大。这一点，在中文世界中，大概数我的近著《精英的阶梯：美国教育考查》中论述最详，也是国人理解最浅的面向。美国人从事体育不仅是锻炼身体，而且是培养竞争的才能和领袖素质。一个大学运动队的队长到华尔街找工作，优势不可限量。

第八，别按着父母的期待生活，要干自己喜欢的事情。

第九，干一些你并不擅长的新事物。这一点我自己可以现身说法。大学生很爱给自己下定义，什么自己不擅长这个，不擅长那个，作茧自缚。你对自己未必了解。这是苏格拉底给人类的教诲。所以，请给你自己一个机会。我大学不学英语，觉得不喜欢，也无才能。后来被逼无奈，居然要靠说英语吃饭。如果我二十岁时有人给我指出这样的前程，我一定觉得是个笑话。我敢和现在的大学生打赌，你们中许多人，二十年后会生活在自己完全没有设想过的现实中。

第十，以自己为中心来定义成功，别以外在的东西（比如金钱）来定义成功。美国一位巨富之子，后来成了CNN的节目主持人。他说和名人长大再当记者，一大好处就是看破人生。那些从小见到的传奇般的富翁，有时比小老百姓的生活悲惨多了。他自己的一个兄弟就自杀了。

第十一，好工作要自己去找，不要等着天上掉馅饼。

第十二，选修关于"幸福"的心理课程。在哈佛，这一课程是最热门的课之一。大学开不出这样的课，我看是不合格。

第十三，上表演课。美国社会整个就是个舞台。从教授、政治家、企业总裁，到律师、将军、记者，不会表演就很难出头。

第十四，学会赞美别人。在生活中，既要当好演员，也要当好观众。

第十五，使用职业咨询服务机构。美国大学一个重要部门就是求职咨询机构。专业人员帮助你分析自己的长短以及就业市场，帮助你准备面试，修改申请信。没有这样的机构的大学，也是不及格的。

第十六，被拒后应该坦然以对。我有一位朋友，当年没有上清华，后来对我说：高考给人一种自卑心理。因为清华那个分，我发挥多好也到不了。所以见了清华就自觉得低一头。其实，他的事业远比许多清华学生成功。一句话，要自己定义自己，不要用外在指标定义自己。

第十七，从上一点延伸下来，就是要傲视名校，别觉得上了哈佛有多么了不起。

第十八，不要过分追求完美，不要给自己不必要的压力。

第十九，要靠打工读完大学，积累工作经验。

第二十，把你的目标列成表，因为你没有计划就不可能成功。

其实，这20件事就是一张表。这些建议，凝聚着许多在哈佛等校长期执教的教授的经验。我看了后，对比自己读大学时从老师那里接受的教导，简直目瞪口呆。这20件事，没有谈课堂，没有谈读书。上来就让你走出图书馆。其实美国学生阅读量很大。但是，上课读书，只是大学生活的一角。大学生从走进校门那一天起，就要想到并且不断练习怎么走出来。我并不认为美国这一套完全都好。但是，毕竟人家主宰着世界一流的高等教育。对比一下，总可以帮助我们反省自己在大学里应该干什么。

# 仇人与恩人

## 高永斌

大学刚毕业的时候，某电视公司请我去主持个特别节目，那节目的导播看我文章不错，又要我兼编剧。

可是当节目做完，领酬劳的时候，导播不但不给我编剧费，还扣我一半的主持费。他把收据交给我说："你签收一千六，但我只能给你八百，因为节目透支了。"

我当时没吭声，照签了，心想"君子报仇，三年不晚"。

后来那导播又找我，我还"照样"帮他做了几次。

最后一次，他没扣我钱，变得对我很客气，因为那时我被电视公司的新闻部看上，一下子成了电视记者兼新闻主播。

我们后来常在公司遇到，他每次笑得都有点儿尴尬。

我曾经想去告他一状，可是正如高中那位同学所说，没有他我能有今天吗？如果我当初不忍下一口气，能继续获得主持的机会吗？

机会是他给的，他是我的贵人，他已经知错，我何必去报复呢？

后来我到了美国留学。

有一天，一位已经就业的同学对我抱怨他的美国老板"吃"他，不但给他很少的薪水，而且故意拖延他的绿卡（美国居留权）申请。

我当时对他说："这么坏的老板，不做也罢。但你岂能白干了这么久？总要多学一点，再跳槽，所以你要偷偷学。"

他听了我的话，不但每天加班，留下来背那些商业文书的写法。甚至连怎么修理影印机，都跟在工人旁边记笔记，以便有一天自己出去创业，能够省点修理费。隔了半年，我问他是不是打算跳槽了？他居然一笑："不用！我的老板现在对我刮目相看，又升官，又加薪，而且绿卡也马上下来了，老板还问我为什么工作态度有了一百八十度转变，变得那么积极呢。"

他心里的不平不见了，他做了"报复"，只是换了一种方法，而且他自我检讨，当年其实是他自己不努力。

大概前五年吧，我遇到个有意思的事。

一位老友突然猛学算命，由生辰八字、紫薇斗数、姓名学到占星术，没一样不研究。

他学算命，当然不是觉得算命灵验，而是想证明算命是骗人的东西。

原因是有一位非常著名的大师为他算命，算他活不到47岁，他发誓，非打烂那大师的招牌不可。

你猜怎样？

他愈学愈怕，因为他发现自己算自己，也确实活不长。

这时候，他改了，他跑去做慈善，说："反正活不久了，好好运用剩下的岁月，做点儿有意义的事。"

他很积极地投入，人人都说他变了，由一个焦躁势利的小人，变成敦厚慈爱的君子。

不知不觉，他过了47岁、过了48岁，而今已经53岁，红光满面、生气勃勃，比谁都活得健康。"你可以去砸那大师的招牌了！"我有一天开他玩笑。

他眼一亮，回问我："为什么？"又笑笑："要不是那人警告我，照我以前的个性，确实47岁非犯心脏病不可，他没有不准啊！"

各位年轻朋友！

你喜欢逞强斗狠吗？你总是心有不平吗？你有"此仇不报非君子"的愤恨吗？

请想想我说的这几个故事。

你要知道，敌人、仇人，都可以激发你的潜能，成为你的贵人。

你也要知道，许多仇、怨、不平，其实问题都出在你自己。

你更要知道，这世间最好的"报复"，就是运用那股不平之气，使自已迈向成功，以那成功和"成功之后的胸怀"，对待你当年的敌人，且把敌人变成朋友。

当"冤冤相报何时了"的双赢，能成为"相逢一笑泯恩仇"的双赢。不是人生最大的成功吗？